岩波文庫

31-021-2

# 田舎教師

田山花袋作



岩波書店

# 目次

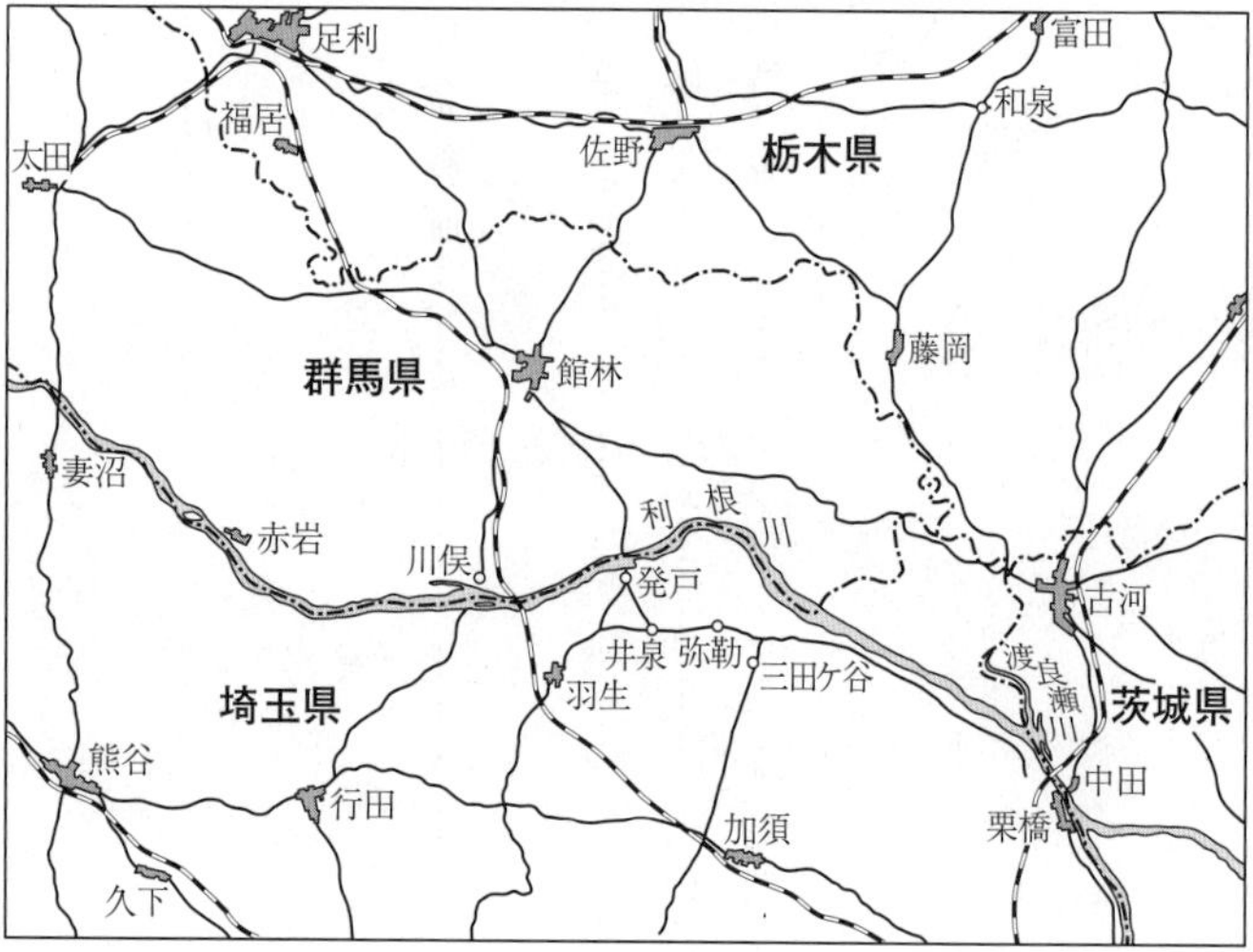
足利
富田
和泉
福居
太田
佐野
栃木県
藤岡
群馬県
館林
妻沼
利
根
川
赤岩
川俣
発戸
古河
井泉
弥勒
三田ケ谷
渡
良
瀬
川
埼玉県
羽生
茨城県
熊谷
中田
行田
加須
栗橋
久下

関連地図

# 田舎教師

この書を太田玉茗氏に呈す

# 一

四里*の道は長かった。その間に青縞《あおじま》*の市《いち》の立つ羽生《はにゅう》*の町があった。田圃《たんぼ》にはげんげが咲き、豪家の垣《かきね》からは八重桜《やえざくら》が散りこぼれた。赤い蹴出《けだし》*を出した田舎《いなか》の姐《ねえ》さんがおりおり通った。

羽生からは車に乗った。母親が徹夜して縫《ぬ》ってくれた木綿《もめん》の三紋《みつもん》の羽織《はおり》に新調のメリンスの兵児帯《へこおび》、車夫《しゃふ》は色の褪《あ》せた毛布《けっとう》を袴《はかま》の上にかけて、梶棒《かじぼう》を上げた。何となく胸が躍《おど》った。

清三《せいぞう》の前には、新しい生活がひろげられていた。どんな生活でも新しい生活には意味があり希望があるように思われる。五年間の中学校生活、行田《ぎょうだ》から熊谷《くまがや》まで三里の路《みち》を朝早く小倉服《こくらふく》*着て通ったことももう過去になった。卒業式、卒業の祝宴、初めて席に侍《はべ》る芸妓《げいしゃ》なるものの嬌態《きょうたい》にも接すれば、平生《へいぜい》難かしい顔をしている教員が銅鑼声《どらごえ》を張上《はりあ》げて調子外《はず》れの唄《うた》をうたったのをも聞いた。一月二月《ひとつきふたつき》と経《た》つ中《うち》に、学校の窓から覗《のぞ》いた人生と実際の人生とはどことなく違っているような気が段々して来た。第一に、父母からして既にそうである。それは周囲《まわり》の人々の自分に対する言葉の中《うち》にもそれが見える。常に往来している友人の群《むれ》の空気もそれぞれに変った。

ふと思い出した。

十日ほど前、親友の加藤郁治《かとういくじ》と熊谷から歩いて帰って来る途中で、文学のことやら将来のことやら恋のことやらを話した。二人は一少女に対するある友人の関係についてまず語った。

「そうして見ると、先生なかなか御執心《ごしゅうしん》なんだねえ」

「御執心以上さ！」と郁治は笑った。

「この間まではそんな様子が少しもなかったから、何でもないと思っていたのさ、現にこの間も「大《おおい》に悟った」ッて言うから、ラヴのために一身上の希望を捨ててはつまらないと思って、それであきらめたのかと思ったら、正反対だッたんだね」

「そうさ」

「不思議だねえ」

「この間《あいだ》、手紙を寄越《よこ》して、「余も卿等《けいら》の余のラヴのために力を貸せしを謝す。余は初めて恋の物うきを知れり。しかして今はこのラヴの進み進まんを願へり、Physicalなしに……」なんて言って来たよ」

このPhysicalなしにという言葉は、清三に一種の刺戟《しげき》を与えた。郁治も黙って歩いた。

郁治は突然、

「僕には君、大秘密があるんだがね」

その調子が軽かったので、

「僕にもあるさ！」

と清三が笑って合《あわ》せた。二人はまた黙って歩いた。

調子抜けがして、少時《しばらく》して、

「君はあの「尾花《おばな》」を知ってるね」

郁治はこう訊《たず》ねた。

「知ってるさ」

「君は先生にラヴが出来るかね」

「いや」と清三は笑って、「ラヴは出来るかどうか知らんが、単に外形美として見てることは見てるさ」

「Aの方は？」

「そんな考《かんがえ》はない」

郁治は躊躇《ちゅうちょ》しながら、「じゃ、Art は？」

清三の胸は少しく躍《おど》った。「そうさね、機会が来ればどうなるかわからんけれど……今の処《ところ》では、まだそんなことを考えていないね」こう言いかけて急にはしゃいだ調子で、

「もし君が Art に行けば、……そうさな、僕は丁度《ちょうど》小畑《おばた》と Miss N とに対する関係のような考《かんがえ》で、君と Art に対するようになると思うね」

「じゃ僕はその方面に進むぞ」

郁治は一歩を進めた。

清三は今、車の上でその時のことを思い出した。心臓の鼓動の尋常でなかったことをも思出《おもいだ》した。そしてその夜日《よ》記帳に、「かれ、幸《さち》多かれ、願はくば幸多かれ、オ、神よ、神よ、かの友の清きラヴ、美しき無邪気なるラヴに願はくば幸多からしめよ、涙多き汝《なんじ》の手を以《もっ》て願はくば幸多からしめよ、神よ、願ふ、親しき、友のために願ふ」と書いて、机の上に打伏《うつふ》したことを思い出した。

それから十日ほど経《た》って、二人はその女の家を出て、士族屋敷のさびしい暗い夜道を通った。その日は女はいなかった。女は浦和《うらわ》に師範学校の入学試験を受けに行っていた。

「どんなことでも人の力を尽せば、出来ないことはないとは思うけれど……僕は先天的にそういう資格がないんだからねえ」

「そんなことはないさ」

「でもねえ……」

「弱いことを言うもんじゃないよ」

「君のようだと好《い》いけれど……」

「僕がどうしたッていうんだ?」

「僕は君などと違って、ラヴなどの出来る柄《がら》じゃないからな」

清三は郁治をいろいろに慰めた。清三は友を憫《あわれ》みまた己《おのれ》を憫んだ。

色々な顔と事件とが眼に映っては消え映っては消えた。路《みち》には榛《はん》の疎《まば》らな並木やら、庚申塚《こうしんづか》やら、畠《はた》やら、百姓家《ひゃくしょうや》やらが車の進むままに送り迎えた。馬車が一台、後《あと》から来て、砂烟《すなけむり》を立てて追越《おいこ》して行った。

郁治の父親は郡視学《ぐんしがく》*であった。郁治の妹が二人、雪子《ゆきこ》は十七、しげ子は十五であった。清三が毎日のように遊びに行くと、雪子は常に莞爾《にこにこ》として迎えた。繁子《しげこ》はまだほんの子供ではあるが、『少年世界』などをよく読んでいた。

家が貧しく、到底東京に遊学などの出来ぬことが清三にも段々意識されて来たので、遊んでいても仕方がないから、当分小学校にでも出た方が好《よ》いという話になった。今度月給十一円でいよいよ羽生在《ざい》の弥勒《みろく》の小学校に出ることになったのは、全く郁治の父親の尽力の結果である。

路《みち》の傍《かたわら》に小さな門があったと思うと、井泉村役場《いずみむらやくば》という札が眼に留《とま》った。清三は車を下りて門に入った。

「頼む」

と声を立てると、奥から小使《こづかい》らしい五十男が出て来た。

「助役《じょやく》さんは出ていらっしゃいますか」

「岸野《きしの》さんかな」

と小使は眼をしょぼしょぼさせて反問した。

「ああ、そうです」

小使は名刺と視学からの手紙とを受取《うけと》って引込んだが、やがて清三は応接室に導かれた。応接室といっても、卓《テーブル》や椅子《いす》があるではなく、がらんとした普通の六畳で、粗末な瀬戸《せと》火鉢《ひばち》が中央《まんなか》に置かれてあった。

助役は肥《ふと》った背の低い男で、縞《しま》の羽織《はおり》を着ていた。視学からの手紙を見て、「そうですか、貴郎《あなた》が林《はやし》さんですか。加藤さんからこの間その話がありました。紹介状を一つ書いて上げましょう」こう言って、汚い硯箱《すずりばこ》を取寄《とりよ》せて、何か頻《しき》りに考えながら、長く黙って、一通の手紙を書いて、上に三田《みた》ケ谷村《やむら》村長石野栄造《いしのえいぞう》様という宛名《あてな》を書いた。

「それじゃこれを弥勒の役場に持っていらっしゃい」

## 二

弥勒《みろく》まではそこからまだ十町《ちょう》*ほどある。

三田ケ谷村といっても、一ところに人家が固《かたま》っている訳ではなかった。そこに一軒、かしこに一軒、杉の森の陰に三、四軒、野の畠《はた》の向うに一軒という風で、町から来て見ると、何だかこれでも村という共同の生活をしているのかと疑《うたが》われた。けれど少し行くと、人家が両側に並び出して、汚い理髪店、だるまで*もいそうな料理屋、子供の集《あつま》った駄菓子屋《だがしや》などが眼に留《とま》った。ふと見ると平家造《ひらやづくり》の小学校がその右にあって、門に三田ケ谷村弥勒高等尋常小学校と書いた古びた札が懸《かか》っている。授業中で、学童の誦読《しょうどく》の声に交って、おりおり教師の甲走《かんばし》った高い声が聞える。埃《ほこり》に汚れた硝子窓《ガラスまど》には日が当って、処々《ところどころ》生徒の並んでいるさまや、黒板やテーブルや洋服姿などが微《かす》かに透《すか》して見える。出入《ではいり》の時に生徒で一杯になる下駄箱《げたばこ》の辺《あたり》も今はしんとして、広場には白斑《しろぶち》の犬がのそのそと餌《え》をあさっていた。オルガンの音が微《かす》かに講堂と覚《おぼ》しき辺《あたり》から聞えて来る。

学校の門前を車は通り抜けた。そこに傘屋《かさや》があった。家中《うちじゅう》を油紙《あぶらがみ》やしぶ皿や糸や道具などで散らかして、その中央《まんなか》に五十位《ぐらい》の中爺《ちゅうおやじ》がせっせと傘を張っていた。家《いえ》の周囲《まわり》には油を布《し》いた傘のまだ乾かないのが幾本となく干しつらねてある。清三は車を停《と》めて、役場のあるところをこの中爺に訊《たず》ねた。

役場はその街道に沿った一固《ひとかた》まりの人家の中《うち》にはなかった。人家が尽きると、昔の城址《しろあと》でもあったかと思われるような土手《どて》と濠《ほり》とがあって、土手には笹《ささ》や草が一面に繁り、濠には汚ない錆《さ》びた水が樫《かし》や椎《しい》の大木の影を帯びて、更に暗い寒い色をしていた。その濠に沿って曲って一町ほど行った処《ところ》が役場だと清三は教えられた。かれはここで車代を二十銭払って、車を捨てた。笹藪《ささやぶ》の傍《かたわら》に、茅葺《かやぶき》の家が一軒、古びた大和障子《やまとしょうじ》に御料理そば切《きり》うどん小川屋《おがわや》と書いてあるのがふと眼に留った。家の周囲《まわり》は畑《はた》で、麦の青い上には雲雀《ひばり》が好《い》い声で低く囀《さえず》っていた。

弥勒《みろく》には小川屋という料理屋があって、学校の教員が宴会をしたり飲食《のみくい》に行ったりするということを兼《か》ねて聞いていた。当分はその料理屋で賄《まかない》もしてくれるし、夜具も貸してくれるとも聞いた。そこにはお種《たね》という綺麗《きれい》な評判な娘もいるという。清三は四辺《あたり》に人がいなかったのを幸《さい》わい、通り懸《がか》りの足をとどめて、低い垣《かきね》から庭をのぞいて見た。庭には松が二、三本、桜の葉になったのが一、二本、障子《しょうじ》の黒いのが殊《こと》に際立《きわだ》って眼についた。垣の隅《すみ》には椿《つばき》と珊瑚樹《さんごじゅ》との厚い緑の葉が日を受けていた。椿には花がまだ二つ三つ葉がくれに残って見える。

この辺《へん》の名物だという赤城《あかぎ》おろし*も、四月に入ると全く止《や》んで、今は野も緑と黄と赤とで美しく彩《いろど》られた。麦の畑《はた》を貫いた細い道は、向うに見えるひょろ長い榛《はん》の並木に通じて、その間から役場らしい藁葺屋根《わらぶきやね》が水彩画のように見渡される。

応接室は井泉《いずみ》村役場の応接室よりも綺麗であった。そこからは吏員《りいん》の事務を執《と》っている室《へや》が硝子窓《ガラスまど》を透《とお》して分明《はっきり》と見えた。卓《テーブル》の上には戸籍台帳やら、収税帳やら、願届《ねがいとどけ》を一《ひと》纏《まとめ》にした書類やらが秩序よく置かれて、頭を分けた痩削《やせぎす》の二十四、五の男と、五十位《くらい》の頭のはげた爺《じじい》とが何かせっせと書いていた。助役《じょやく》らしい鬚《ひげ》の生《は》えた中年者と土地の勢力家らしい肥《ふと》った百姓とが頻《しき》りに何か笑いながら話していたが、おりおり煙管《キセル》をトントンと拍《たた》く。

村長は四十五位《ぐらい》で、痘痕面《あばたづら》で、頭は半ば白かった。ここあたりによく見るタイプで、言葉には時々武州訛《ぶしゅうなまり》が交《まじ》る。井泉村の助役の手紙を読んで、巻き返して、「私は視学からも助役からもそういう話は聞かなかったが……」と頭を傾けた時は、清三は不思議な思いに打たれた。何だか狐《きつね》につままれたような気がした。視学も岸野も余り無責任に過ぎるとも思った。

村長はしばらく考えていたが、やがて、「それじゃもう内々《ないない》転任の話も定《きま》ったのかも知れない。今いる平田《ひらた》という教員が評判が悪いので、変えるッて言う話はちょっと聞いたことがあるから」と言って、「一つ学校に行って、校長に逢《あ》って聞いて見る方が好《い》い！」

横柄《おうへい》な口の利方《ききかた》がまずわかいかれの矜持《プライド》を傷《きず》つけた。

何も出来もしない百姓の分際《ぶんざい》で、金があるからと言って、生意気《なまいき》な奴《やつ》だと思った。初めての教員、初めての世間への首途《かどで》、それがこうした冷淡な幕で開かれようとはかれは思いもかけなかった。

一時間後、かれは学校に行って、校長に逢った。授業中なので、三十分ほど教員室で待った。教員室には掛図《かけず》や大きな算盤《そろばん》や書籍や植物標本やいろいろなものが散《ち》らばって乱れていた。女教員《じょきょういん》が一人隅《すみ》の方で何かせっせと調物《しらべもの》をしていたが、始めちょっと挨拶《あいさつ》したぎりで、言葉も懸けてくれなかった。やがてベルが鳴る。長い廊下を生徒はぞろぞろと整列して来て、「別れ」を遣《や》るとそのまま、蛛《くも》の子《こ》を散《ち》らしたように広場に散った。今までの静謐《せいひつ》とは打って変って、足音、号令の音、散ばった生徒の騒ぐ音が校内に満ち渡った。

校長の背広《せびろ》には白いチョークがついていた。顔の長い、背《せ》の高い、何方《どっち》かといえば痩《や》せた方の体格で、師範校出の特色の一種の「気取《きどり》」がその態度に歴々《ありあり》と見えた。知らぬ振《ふり》をしたのか、それとも本当に知らぬのか、清三にはその時の校長の心が解《わか》らなかった。

校長はこんなことを言った。

「ちっとも知りません……しかし加藤さんがそう言って、岸野さんも御存じなら、いずれ何とか命令があるでしょう。少し待っていて戴《いただ》きたいものですが……」

時宜《じぎ》によればすぐにも使者を遣《や》って、よく聞糺《ききただ》して見てもいいから、今夜一晩は不自由でもあろうが役場に宿《とま》ってくれとのことであった。教員室には、教員が出たり入ったりしていた。五十位《ぐらい》の平田《ひらた》という老朽と若い背広の関《せき》という准《じゅん》教員とが廊下の柱の処《ところ》に立って、久しく何事をか語っていた。二人は時々此方《こっち》を見た。

ベルがまた鳴った。校長も教員も皆出て行った。生徒はぞろぞろと潮《うしお》のように集って入って来た。女教員は教員室を出ようとして、じろりと清三を見て行った。

唱歌の時間であると見えて、講堂に生徒が集って、やがて緩《ゆるや》かなオルガンの音が静かな校内に聞え出した。

## 三

村役場の一夜《ひとよ》はさびしかった。小使《こづかい》の室《へや》にかれは寝ることになった。日のくれぐれに、勝手口《かってぐち》から井戸の傍《そば》に出て、平野をめぐる遠い山々のくらくなるのを眺めていると、身も引入《ひきい》れられるような哀愁《かなしみ》がそれとなく心を襲って来る。父母《ちちはは》のことが犇々《ひしひし》と思い出される。幼い頃は兄弟も多かった。その頃父は足利《あしかが》の呉服屋《ごふくや》をしていた。財産もかなり豊《ゆたか》であった。七歳の時没落して熊谷《くまがや》に来た時のことをかれは朧《おぼろ》げながらに覚えている。母親の泣いたのを不思議に思ったのをも覚えている。今は──兄も弟も死んでしまって自分一人になった今は、家庭の関係についても、他の学友のような自由なことは言っていられない。人の好《い》い父親と弱々しい情愛の深い母親とを持ったこの身は、生れながらにして既に薄倖《はっこう》の運命を得て来たのである。こう思うと、例のセンチメンタルな感情が烈《はげ》しく胸に迫って来て、涙がおのずと押すように出る。

近い森や道や畠《はた》は名残《なごり》なく暮れても、遠い山々の頂《いただき》はまだ明るかった。浅間《あさま》の煙が刷毛《はけ》ではいたように夕焼の空に靡《なび》いて、その末がぼかしたように広くひろがり渡った。蛙《かわず》の声がそこにもここにも聞え出した。処々《ところどころ》の農家に灯《ともしび》が点《とぼ》って、唄《うた》をうたって行く声がどこか遠くで聞える。

かれはじっと立尽《たちつく》していた。

ふと前の榛《はん》の並木のあたりに、人の来る気勢《けはい》がしたと思うと、華《はな》やかに笑う声がして、足音がばたばた聞える。小川屋に弁当と夜具を取りに行った小使が帰って来たのだと思っていると、夕闇《ゆうやみ》の中から大きな夜具を被《かず》いた黒い影が浮き出すように動いて来て、その後《あと》に女らしい影がちょこちょこ跟《つ》いて来た。

小使は室《へや》の中にドサリと夜具を置いて、さも重かったというように呼吸《いき》を吐《つ》いたが、昼間掃除して置いた三分心《さんぶじん》*の洋灯《ランプ》に火を点《とぼ》した。四辺《あたり》は急に明るくなった。

「ご苦労でした」

こう言って、清三が戸内《こない》に入って来た。

この時、清三はそこに立っている娘の色白の顔を見た。娘は携《たずさ》えて来た弁当をそこに置いて、急に明るくなった一室を眩《まぶ》しそうに見渡《みわた》した。

「お種坊《たねぼう》、遊んで行くが好《え》いや」

小使はこんなことを言った。娘は莞爾《にこにこ》と笑って見せた。評判な美しさという程でもないが、眉《まゆ》の処《ところ》に人に好かれるように艶《えん》な処があって、豊かな肉づきが頬《ほお》にも腕にも露《あら》わに見えた。

「お母《つかあ》、加減《あんべい》が悪いッて聞いたが、どうだい。もう好《い》いかな」

「ああ」

「風邪《かぜ》だんべい」

「寒い思《おも》いをしてはいけないいけないッて言っても、仮寝《うたたね》なぞしているもんだから……風邪を引いちゃったんさ……」

「お母、好《い》い気だからなア」

「本当に困るよ」

「でも、お種坊はかせぎものだから、お母、楽が出来らアな」

娘は黙って笑った。

少時《しばらく》して、

「お客様の弁当は、明日《あした》も持って来るんだんべいか」

「そうよ」

「それじゃ、お休み」

と娘は帰り懸けると、

「まア、好《い》いじゃねえか、遊んで行けやな」

「遊んでなんかいられねえ、これから跡仕舞《あとじまい》しねきゃなんねえ……それだらお休み」と出て行ってしまう。

弁当には玉子焼に漬物《つけもの》とが入れられてあった。小使は出流《でなが》れの温《ぬる》い茶をついでくれた。やがて爺《じじい》は傍《わき》に行って、内職の藁《わら》を打ち始めた。夜《よ》はしんとしている。蛙《かえる》の声に家も身も埋《う》めらるるように感じた。かれは想像にも労《つか》れ、さりとて読むべき雑誌も持って来なかったので、包《つつみ》の中から洋紙を横綴《よことじ》にした手帳を出して、鉛筆で日記をつけ出した。

四月二十五日と前の日に続けて書いて、ふと思い附いて鉛筆を倒《さかさ》にして、ゴムでゴシゴシ消した。今日は少くとも一生の中《うち》で新しい生活に入る紀念の第一日である。小説ならば、編《パアト》が改まるところである。で、かれは頁《ページ》の裏を半分白いままにして置いて、次の頁から新《あら》たに書き始めた。

四月廿五日、(弥勒《みろく》にて)……

一頁ほど簡単に書終《かきおわ》って、ついでに今日の費用《かかり》を数えて見た。新郷《しんごう》で買った天狗煙草《てんぐたばこ》*が十銭、途中の車代が三十銭、清心丹《せいしんたん》が五銭、学校で取った弁当が四銭五厘《りん》、合計四十九銭五厘、持って来た一円二十銭の中《うち》から差引七十銭五厘がまだ蝦蟇口《がまぐち》の中に残っていた。続いて今度ここに来るについての費用を計算して見た。

| | |
|---|---|
| 25.0 | 認印 |
| 22.0 | 名刺 |
| 3.5 | 歯磨及楊子 |
| 8.5 | 筆二本 |
| 14.0 | 硯 |
| 1,15.0 | 帽子 |
| 1,75.0 | 羽織 |
| 30.0 | へこ帯 |
| 14.5 | 下駄 |
| 4,07.5 | |

これに前の七十銭五厘を加えて総計四円七十八銭也《なり》と書いて、そしてこの金をつくるについて、父母《ちちはは》の苦心したことを思い出した。僅《わず》か一円の金すら容易に出来ない家庭の憐《あわれ》む

べきをつくづく味気《あじき》なく思った。

夜着《よぎ》の襟《えり》は汚れていた。旅の緩《ゆるや》かな悲哀がスウイトな涙を誘《さそ》った。かれはいつか微《かす》かに鼾《いびき》を立てていた。

翌日は学校の予算表の筆記を頼《たのま》れて、役場で一日を暮した。それがすんでから、父母に手紙を書いて出した。

夕暮に校長の家から使《つかい》がある。

校長の家は遠くはなかった。麦の青い畑《はた》の処々《ところどころ》に黄い菜《きいろな》の花の一畦《いっけい》が交った。茅葺屋根《かやぶきやね》の一軒立《いっけんだち》ではあるが、つくりは総《すべ》て百姓家《ひゃくしょうや》の構《かまえ》で、広い入口、六畳と八畳と続いた室《へや》の前に小さな庭があるばかりで、細君のだらしのない姿も、子供の泣顔《なきがお》も、茶の間の長火鉢《ながひばち》も、畳の汚れて破れたのも、表から来る人の眼に皆映った。校長の室には学校管理法や心理学や教育時論の赤い表紙などが見えた。

「君には本当に気の毒でした。実はまだ手筈《てはず》だけで、表向《おもてむき》にしなかったものだからねえ……」と言って、細君の運んで来た茶を一杯ついで出して、「君も御存じかも知れないが、平田というあの年の老《よ》った教員、あれがもう老朽で仕方がないから、転校か免職かさせようと言っていたところに、丁度《ちょうど》加藤さんからそういう話があるッて岸野君が言うもんだから、それで御頼《おたの》みしようッて言うことにしたのでした。ところが尠《すこ》し貴君《あなた》のお出《いで》が早かったものだから……」

言い懸《か》けて笑った。

「そうでしたか、少しも知りませんものでしたから……」

「それはそうですとも、貴君《あなた》は知る訳はない。岸野さんが今少し注意してくれると好《い》いんですけれど、あの人はああいう風で、何事にも無頓着《むとんちゃく》ですからな」

「それじゃその教員がいたんですね？」

「ええ」

「それじゃまだ知らずにおりましたのですか」

「内々《ないない》は知ってるでしょうけれど……表向《おもてむき》はまだ発表してないんです。二、三日の中《うち》にはすっかり村会で決めてしまうつもりですから、来週からは出て戴《いただ》けると思いますが……」

こう言って、少し途切れて、「私《わたし》の方の学校は皆《みん》な好《い》い方ばかりで、万事総《すべ》て円《まる》く行っていますから、始めて来た方にも勤め好いです。貴下《あなた》も一つ大《おおい》に奮発して戴きたい。俸給もその中《うち》には段々どうかなりますから……」

煙草を一服吸って、トンと叩《たた》いて、

「貴下《あなた》はまだ正教員の免状は持っていないんですね？」

「ええ」

「じゃ一つ、取って置く方が、万事都合が好《い》いですな。中学の証明があれば、実科を少し遣《や》れば訳はありゃしないから……教授法はちっとは読みましたか？」

「少しは読んで見ましたけれど、どうも面白くなくって困るんです」
「どうも教授法も実地に当って見なくっては面白くないものです。遣《や》って見ると、これでなかなか味が出て来るものですがな」

学校教授法の実験に興味を持つ人間と、詩や歌にあくがれている青年とがこうして長く相対《あいたい》して坐った。点心《ちゃうけ》には大きい塩煎餅《しおせんべい》が五、六枚盆に載せて出された。校長の細君は挨《あい》拶《さつ》をしながら、顔の蒼白《あおじろ》い、鼻の高い、眉《まゆ》と眉との間の遠い客の姿を見て、弱々しい人だと思った。次の間では話をしている間、今年生れた子が間断《しっきり》なしに啼《な》いたが、しかし主《あるじ》はそれを喧《やかま》しいとも言わなかった。

襁褓《むつき》が四辺《あたり》に散《ち》ばって、火鉢《ひばち》の鉄瓶《てつびん》はカラカラ煮《に》え立《た》っていた。

中学の話が出る。師範校の話が出る。教授上の経験談が出る。同僚になる人々の噂《うわさ》が出る。清三は思わず興《きょう》に乗って、理想めいたことやら、家庭のための犠牲《ぎせい》と言うことやらその他いろいろのことを打明《うちあ》けて語って、一生小学校の教員をする気はないというようなことまでほのめかした。清三は昨日《きのう》学校で逢《あ》った時に似ず、この校長の存外性質の好《よ》さそうな処《ところ》のあるのを発見した。

校長の語る処によると、この三田《みた》ケ谷《や》という地は村長や子弟の父兄の権力の強い処で、その楫《かじ》を取って行《ゆ》くのがなかなか難かしいそうである。それに人気も余り好い方ではない、発戸《ほっと》、上村君《かみむらぎみ》、下村君《しもむらぎみ》などいう利根川《とねがわ》寄りの村落では、青縞《あおじま》の賃機《ちんばた》が盛んで、若い男や女が出入《ではいり》するので、風俗もどうも悪い。七、八歳の子供が卑猥極《ひわいきわ》まる唄《うた》などを覚えて来てそれを平気で学校で唄っている。「私《わたし》がここに来てから、もう三年になりますが、その時分は生徒の風儀はそれは随分酷《ひど》かったものですよ。初めは私もこんなところにはとてもつとまらないと思った位《くらい》でしたよ。今では、それでも大分《だいぶ》よくなったがな」と校長は語った。

帰る時に、

「明日《あした》は土曜日ですから、日曜にかけて一度行田《ぎょうだ》に帰って来たいと思いますが、御差支《おさしつかえ》はないでしょうか？」

かれはこう訊《たず》ねた。

「ようござんすとも……それでは来週から勤めて戴《いただ》くように……」

その夜《よ》はやはり役場の小使室《こづかいべや》に寝た。

## 四

朝起《おき》ると春雨《はるさめ》が蕭々《しとしと》と降っていた。

濡《ぬ》れた麦の緑と菜の花の黄《きいろ》とはいつもよりは際立《きわだ》って美しく野を彩《いろど》った。村の道を蛇《じゃ》の目傘《めがさ》が一つ通って行った。

清三は八時過ぎに、番傘《ばんがさ》を借りて、雨を衝《つ》いて出た。それには三田ケ谷村役場と黒々と大きく書き附けてあった。

小川屋の傍《かたわら》の川縁《かわべり》の繁みからは、雨滴《あまだれ》がはらはらと傘の上に乱れ落ちた。錆《さ》びた黒い水には蠑螈《いもり》が赤い腹を見せている。ふと街道の取《と》っつきの家から、小川屋のお種《たね》という色白娘が、白い手拭《てぬぐい》で髪《かみ》を掩《おお》ったまま、傘もささずに、大きな雨滴の落ちる木蔭《こかげ》を急いで此方《こなた》に遣《や》って来たが、二、三歩前で、清三と顔見合せて、ちょっと会釈《えしゃく》して笑顔《えがお》を見せて通り過ぎた。

学校はまだ授業が始まらぬので、門から下駄箱の見える辺《ほとり》には、生徒の傘がぞろぞろと続いた。男生徒も女生徒も多くは包《つつみ》を腰の処《ところ》に負って尻《しり》を搴《から》げて歩《あるい》て来る。雨の降る中を濡《ぬ》れそぼちながら、傘を車の輪のように地上に廻して来る頑童《わっぱ》もあれば、傘の柄《え》を頸《くび》の処で押えて、編棒《あみぼう》と毛糸とを動かして歩いて来る十二、三の娘もあった。この生徒らを来週からは自分が教えるのだと思って、清三はその前を通った。

明方《あけがた》から降出《ふりだ》した雨なので、路《みち》はまだそう大して悪くなかった。車や馬の通った処はグシャグシャしているが、拾えば泥濘《どろ》にならぬ処がいくらもある。道の縁《ふち》の乾いた土には雨がまだ僅《わず》かに浸込《しみこ》んだばかりであった。

井泉村《いずみむら》の役場に助役を訪ねて見たが、まだ出勤していなかった。道に沿った長い汚い溝《どぶ》には、藻《も》や藺《い》や葦《あし》の新芽や沢瀉《おもだか》がごたごたと生《は》えて、淡竹《まだけ》の雨を帯びた藪《やぶ》がその上に蔽《おお》い冠《かぶ》さった。雨滴がばらばら落ちた。

路《みち》の畔《ほとり》に軒《のき》の傾いた小さな百姓家《ひゃくしょうや》があって、壁には鋤《すき》や犂《くわ》や古い蓑《みの》などがかけてある。

髪の乱れた肥《ふと》った嚊《かかあ》が柱に凭《よ》り懸《かか》って、今年生れた赤児《あかご》に乳を呑ませていると、亭主らしい鬚面《ひげづら》の四十男は、雨に仕事の出来ぬのを退屈そうに、手を伸して大きな欠《あくび》をしていた。鎮守《ちんじゅ》の八幡宮《はちまんぐう》の茅葺《かやぶき》の古い社殿は街道から見える処にあった。華表《とりい》の傍《かたわら》には社殿修繕の寄附金の姓名と額《たか》とが古く新しく並べて書いてある。周囲の欅《けやき》の大木にはもう新芽が萌《きざ》し始めた。賽銭箱《さいせんばこ》の前には、額髪《ひたえがみ》を手拭で巻いた子傅《こもり》が二人、子守歌を調子よく唄《うた》っていた。昨日《きのう》の売残りのふかし甘薯《いも》が不味《まず》そうに並べてある店もあった。雨は細く糸のようにその低き軒《のき》を掠《かす》めた。

畑《はたけ》にはようやく芽を出しかけた桑、眼もさめるように黄い《きいろ》菜の花、げんげや菫《すみれ》や草の生《は》えている畔《あぜ》、遠くに杉や樫《かし》の森に囲まれた豪農の白壁《しらかべ》も見える。

青縞《あおじま》を織る音が処々《ところどころ》に聞える。チャンカラチャンカラと忙しそうな調子が絶えず響いて来る。時には四辺《あたり》にそれらしい人家も見えないのに、どこで織ってるのだろうと思わせることもある。唄《うた》が若々しい調子で聞えて来ることもある。

発戸河岸《ほっとがし》の方に岐《わか》れる路《みち》の角には、ここらで評判だという饂飩屋《うどんや》があった。朝から大釜《おおがま》には湯が沸《たぎ》って、主《あるじ》らしい男が、大きなのべ板にうどん粉《こ》をなすって、せっせと玉を伸《のば》していた。赤い襷《たすき》を懸けた若い女中が馴染《なじみ》らしい百姓と笑って話をしていた。

路の曲った処に、古い石が立ててある。維新前からある境界石《きょうかいいし》で、「これより羽生領《はにゅうりょう》」としてある。

ひょろ長い榛《はん》の片側並木が田圃《たんぼ》の間に一しきり長く続く。それに沿って細い川が流れて、萌出《もえだ》した水草のかげを小魚《こうお》がちょろちょろ泳いでいる。羽生から大越《おおごえ》に通《かよ》う乗合馬車《のりあいばしゃ》が泥濘《どろ》を飛《とば》して通って行った。

来る時には、路傍《みちばた》のこけら葺《ぶき》*の汚いだるま屋の二階の屋根に、襟垢《えりあか》のついた蒲団《ふとん》が昼の日ののどかな光に干されて、下では蒼白《あおじろ》い顔をした女がせっせと張物《はりもの》をしていたが、今日《きょう》は障子《しょうじ》がぴっしゃりと閉じられて、日当りの悪い処には青ごけの生えたのが汚なく眼に附いた。

段々道が悪くなって来た。拾って歩いてもピシャピシャしないような処はもうなくなった。足の踵《かかと》を離さないようにして歩いても、摩滅《すりへら》した駒下駄《こまげた》からは絶えずハネが揚《あが》った。風が出て雨も横しぶきになった。袖《そで》も濡《ぬ》れてしまった。

羽生の町はさびしかった。時々番傘や蛇《じゃ》の目傘《めがさ》が通るばかり、庇《ひさし》の長く出た広い通《とおり》は森閑《しんかん》としている。郵便局の前には為替《かわせ》を受取《うけとり》に来た若い女が立っているし、呉服屋《ごふくや》の店には番頭と小僧とが固《かたま》って話をしているし、足袋屋《たびや》の店には青縞と雲斎織《うんさいおり》*とが積重《つみかさ》ねられた中で、職人がせっせと足袋を縫《ぬ》っていた。新式に硝子戸《ガラスど》の店を造った唐物屋《とうぶつや》*の前には、自転車が一箇、半《なかば》は軒《のき》の雨滴《あまだれ》に濡《ぬ》れながら置かれてある。

町の四辻《よつつじ》には半鐘台《はんしょうだい》が高く立った。そこから行田道《ぎょうだみち》は岐《わか》れている。烟草屋《たばこや》、うどん屋、医師《いしゃ》の大きな玄関、塀《へい》の上に聳《そび》えている形の面白い松、吹井《ふきい》が清い水を噴《ふ》いている豪家の前を向うに出ると、草の生えた溝があって、白いペンキのはげた門に、羽生分署という札がかかっている。巡査が一人、剣をじゃらつかせて、雨の降頻《ふりしき》る中を出て来た。

それからまた裏町の人家が続いた。多くはこけら葺《ぶき》の古い貧しい家並《いえなみ》である。馬車屋の前に、乗合馬車が一台あって、もう出ると見えて、客が二、三人乗込《のりこ》んでいた。清三は立留《たちどま》って聞いたが、生憎《あいにく》一杯で乗せてもらう余地がなかった。

清三の姿はなおしばらくその裏町の古い家並の間に見えていたが、ふと、とある小さな家の大和障子《やまとしょうじ》を明《あ》けて入って行った。中には中年の上《かみ》さんがいた。

「下駄《げた》を一つ貸して頂きたいんですが……、弥勒《みろく》から雨に降られて閉口してしまいました」

「お安い御用ですとも」

上さんは足駄《あしだ》を出してくれた。

足駄の歯はすれて曲って、歩きにくいこと一通《ひととおり》でなかった。駒下駄よりは好《い》いが、ハネはやっぱり少しずつ揚《あが》った。

かれは遂《つい》に新郷《しんごう》から十五銭で車に乗った。

# 五

家は行田町《ぎょうだまち》の大通から、昔の城址《しろあと》の方に行く横町にあった。角《かど》に柳の湯という湯屋《ゆや》があって、それと対して、綺麗《きれい》な女中のいる料理屋の入口が見える。棟割長屋《むねわりながや》を一軒仕切ったというような軒《のき》の低い家で、風雨に曝《さら》されて黒くなった大和障子《やまとしょうじ》に糸のような細い雨が斜《はす》に降り懸った。隣《となり》には蚕《かいこ》の仲買《なかがい》をする人が住んでいて、その時節になると、狭い座敷から台所《だいどころ》、茶の間、入口まで、白い繭《まゆ》で一杯になって、朝から晩までごたごたと人が出入《ではいり》するのが例であるが、今は建附《たてつけ》の悪い障子がぴっしゃりと閉《しま》って、四辺《あたり》がしんとしていた。

清三は大和障子をがらりと明けて中に入った。年の頃四十位《くらい》の品の好《よ》い丸髷《まるまげ》に結《ゆ》った母親が、裁物板《たちものいた》を前に、四辺《あたり》に鋏《はさみ》、糸巻、針箱などを散《ち》かして、せっせと賃仕事をしていたが、障子が明《あ》いて、子息《せがれ》の顔がそこに顕《あら》われると、

「まア、清三かい」

と呼んで立って来た。

「まア、雨が降って大変だったたねえ！」濡《ぬ》れそぼちた袖《そで》やら、はねの揚った袴《はかま》などをすぐ見て取ったが、言葉を続《つ》いで、「生憎《あいにく》だッたねえ、お前。昨日《きのう》の具合では、こんな天気になろうとは思わなかったのに

……ずっと歩いて来たのかえ」

「歩いて来ようと思ったけれど、新郷《しんごう》に廉《やす》いかえり車があったから乗って来た」

見馴《みな》れぬ足駄《あしだ》を穿《は》いているのを見て、

「どこから借りて来たえ、足駄を?」

「峯田《みねだ》で」

「そうかえ、峯田で借りて来たのかえ……本当に大変だったねえ」こう言って、雑巾《ぞうきん》を勝手から持って来ようとすると、

「雑巾では駄目だよ。母《おっか》さん。バケツに水を汲《く》んで下さいな」

「そんなに汚れているかえ」

と言いながら勝手からバケツに水を半分ほど汲んで来る。

乾いた手拭《てぬぐい》をもそこに出した。

清三は綺麗《きれい》に足を洗って、手拭で拭《ふ》いて上にあがった。母親はその間に、結城縞《ゆうきじま》の綿入《わたいれ》と、自分の紬《つむぎ》の衣服《きもの》を縫《ぬ》い直《なお》した羽織《はおり》とを揃《そろ》えてそこに出して、脱いだ羽織と袴《はかま》とを手ばしこく衣紋竹《えもんだけ》にかける。

二人はやがて長火鉢《ながひばち》の前に坐った。

「どうだったえ?」

母親は鉄瓶《てつびん》の下の火をあらけながら、心にかかるその様子を訊《き》く。

かいつまんで清三が話すと、

「そうだってねえ、手紙が今朝《けさ》着いたよ。どうしてそんな不都合なことになっていたん

だろうねえ」

「何《な》あに、少し早く行き過ぎたのさ」

「それで、話はどう定《きま》ったえ?」

「来週から出ることになった」

「それは好《よ》かったねえ」

喜悦《よろこび》の色が母親の顔に上った。

それからそれへと話は続いた。校長さんはどういう人だの、やさしそうな人かどうかの、弥勒《みろく》という処《ところ》はどんなところかの、下宿する好い処があったかのと、いろいろなことを持《も》ち出《だ》して母親は聞いた。清三は一々それを話して聞かせた。

「お父《とっ》さんは?」

少時《しばらく》して、清三がこう訊《き》いた。

「ちょっと下忍《しもおし》まで行って来るッて出かけて行ったよ。どうしても少しお銭《あし》を拵《こしら》えて来なくってはッてね……雨が降るから、明日《あした》にしたら好いだろうと言ったんだけれど……」

清三は黙ってしまった。貧しい自分の家のことが今更《いまさら》に頭脳《あたま》に繰返《くりかえ》される。父親の働きのないことが歯痒《はがゆ》いようにも思われるが、一方にはまた、好人物で、善人で、人にだまされやすい弱い鈍い性質を持っていながら、贋物《にせもの》の書画を人にはめることを職業にしているということに甚《はなは》だしく不快を感じた。正直なかれの心には、父親の職業は人間のすべき正業ではないように常に考えられているのである。

騙《だま》されさえしなければ、今でも相応な呉服屋《ごふくや》の店を持っていられたのである。こう思うと、何も知らぬ母親に対する同情と共に、正業でない職業とは言いながら、こうした雨の降る日に、纔《わず》か五十銭か一円の銭《ぜに》で、一里もある処《ところ》に出懸けて行く老いた父親を気の毒に思った。

やがて鉄瓶《てつびん》がチンチン音を立て始めた。

母親は古い茶簞笥《ちゃだんす》から茶の入った缶《かん》と急須《きゅうす》とを取った。茶はもう粉《こ》になっていた。火鉢《ひばち》の抽斗《ひきだし》の紙袋にも塩煎餅《しおせんべい》が二枚しか残っていなかった。

清三は夕暮近くまで、母親の裁縫《しごと》する傍《かたわら》の暗い窓の下で、熊谷《くまがや》にある同窓の友に手紙を書いたり、新聞を読んだりしていた。友の手紙には恋のことやら詩のことやら明星派《みょうじょうは》*の歌のことやら我ながら若々しいと思うようなことを罫紙《けいし》に二枚も三枚も書いた。

四時頃から雨は霽《は》れた。路《みち》はまだグシャグシャしている。父親が不成功で帰って来たので、家庭の空気が何となく重々しく、親子三人黙って夕飯《ゆうめし》を食っていると、「御免なさい」という声を先に立てて、建附《たてつけ》の悪い大和障子を明けようとする人がある。

母親が立って行って、

「まア……さあ、どうぞ」

「いいえ、ちょっと、湯に参りましたのですが、帰りにねえ、貴女《あなた》、御宅へ上って、今日は土曜日だから、清三さんが御帰りになったかどうか郁治《いくじ》が伺《うかが》って来いと申しますものですから……いつも御無沙汰ばかり致しておりましてねえ、まア本当に」

「まア、どうぞ御懸け下さいまし、……おや雪《ゆき》さんも御一緒に、……さア、雪さん、此方《こっち》に御入りなさいましよ」

と女同士は頻《しき》りに饒舌《しゃべ》り立てる。郁治の妹《いもと》の雪子は痩削《やせぎす》なすらりとした田舎《いなか》にはめずらしい好《い》い娘だが、湯上りの薄く化粧した白い顔を夕暮の暗くなり懸けた空気にくっきりと浮き出すように見せて、ぬれ手拭《てぬぐい》に石鹸《シャボン》箱《ばこ》を包んだのを持って立っていた。

「さア、こんな処《ところ》ですけど……」

「いいえ、もうそうは致してはおれませんから」

「それでもまア、ちょっとおかけなさいましな」

この会話にそれと知った清三は、箸《はし》を捨てて立ってそこに出て来た。母親どもの挨拶《あいさつ》し合っている向うに雪子の立っているのをちょっと見て、すぐ眼を外《そら》した。

郁治の母親は清三の顔を見て、

「お帰りになりましたね。郁治が待っておりますから……」

「今夜上《あが》ろうと思っていました」

「それじゃ、どうぞお遊びにお出下《いで》さいまし。毎日行ったり来たりしていた方が急にお出《いで》にならなくなると、あれも淋《さび》しくって仕方がないと見えましてね……それに、外《ほか》に仲の好《よ》いお友達もないものですから……」

郁治の母親はやがて帰って行《ゆ》く。清三も母親も再び茶湯台《ちゃぶだい》に向った。親子はやはり黙って夕飯《ゆうめし》を食った。

湯を飲む時、母親は急に、

「雪さん、大変綺麗《きれい》になんなすったな!」

と誰《たれ》に向って言うともなく言った。けれど誰もそれに調子を合せるものもなかった。父親の茶漬《ちゃづけ》を掻込《かきこ》む音がさらさらと聞えた。清三は沢庵《たくあん》をガリガリ食った。日は暮れかかる、雨はまた降り出した。

# 六

加藤の家は五町《ちょう》と隔《へだた》っておらなかった。公園道の半《なかば》から左に折れて、裏町の間を少し行《ゆ》くと、やがて一方麦畑一方垣《かきね》になって、夏は紅《くれない》と白の木槿《もくげ》が咲いたり、胡瓜《きゅうり》や南瓜《とうなす》が生《な》ったりした。緑陰の重《かさな》った夕闇《ゆうやみ》に蛍《ほたる》の飛ぶのを、雪子やしげ子と追い廻したこともあれば、寒い冬の月夜を歌留多《かるた》に更《ふか》して、からころと足音高く帰って来たこともあった。細い巷路《こうじ》の杉垣の奥の門と瓦屋根《かわらやね》、それはかれに取ってまことに少なからぬ追憶《おもいで》がある。

今日は桜の葉を透《とお》した洋灯《ランプ》の光がキラキラと雨に濡《ぬ》れて光っていた。雪子の色の白い取《とり》済《すま》した顔や、繁子のあどけなく莞爾《にこにこ》と笑って迎えるさまや、晩酌《ばんしゃく》に酔って機嫌よく話しかける父親の様子などがまだ訪問せぬ中《うち》からはっきりと目に見えるような気がする。笑声《わらいごえ》がいつも絶えぬ平和な友の家庭を羨《うらやまし》く思ったことも一度や二度ではなかった。

郡視学《ぐんしがく》といえば、田舎《いなか》では随分こわ持《もて》のする方で、難かしい、理窟ぽい、取附悪《とりつきにく》い質《たち》のものが多いが、郁治《いくじ》の父親は、物の解《わか》りが早くって、優しくって、親切で、そして口を利く方に懸けてもかなり重味があると人から思われていた。鬚《ひげ》は半《なかば》白く、髪《かみ》にもチラチラ交っているが、気はどちらかと言えば若い方で、青年を相手に教育上の議論などを飽《あ》かずにして聞かせることもあった。清三《せいぞう》と郁治と話している室《へや》に来ては、二人を相手に種々《いろいろ》なことを語った。

門を明《あ》けると、ベルがチリチリンと鳴った。踏石《ふみいし》を伝って、入口《いりくち》の格子戸《こうしど》の前に立つと、洋灯《ランプ》を持って迎えに出たしげ子の笑顔《えがお》が浮き出すように闇《やみ》の中にいる清三の眼に映った。

「林さん？」

と、覗《のぞ》くようにして見て、

「兄《にい》さん、林さん」

と高い無邪気な声を立てる。

父親は今日熊谷《くまがや》に行って不在であった。子供がいないので、室《へや》が綺麗《きれい》に片附いている。掃除も行届《ゆきとど》いて、茶の間の洋灯も明るかった。母親は長火鉢《ながひばち》の前に、晴れやかな顔をして坐《すわ》っていた。雪子は勝手で跡仕舞《あとじまい》をしていたが、丁度《ちょうど》それが終ったので、白い前懸《まえかけ》で手を拭《ふ》き拭き茶の間に来た。

挨拶《あいさつ》をしていると、郁治は奥から出て来て、清三をそのまま自分の書斎につれて行った。

書斎は四畳半であった。桐《きり》の古い本箱が積重《つみかさ》ねられて、綱鑑易知録《こうかんいちろく》＊、史記、五経《ごきょう》＊、唐宋《とうそう》八家文《はっかぶん》＊などと書いた白い紙がそこに張られてあった。三尺の半床《はんどこ》＊に草雲《そううん》の蘭《らん》の幅《ふく》のかかっているのが、洋灯の遠い光に朧《おぼ》ろげに見える。洋灯の載った朴《ほお》の大きな机の上には、『明星《みょうじょう》』、『文芸倶楽部』、『万葉集』、『一葉《いちよう》全集』などが乱雑に散《ち》ばって置かれてある。

一年も逢《あ》わなかったようにして、二人は熱心に話した。いろいろな話が絶間《たえま》なく二人の口から出る。

「君はどう決った？」

少時《しばらく》して清三が訊《たず》ねた。

「来年の春、高等師範を受けて見ることにした。それまでは、唯《ただ》おっても仕方がないから、ここの学校に教員に出ていて、そして勉強しようとおもう……」

「熊谷の小畑《おばた》からもそう言って来たよ。やっぱり高師《こうし》を受けて見るッて……」

「そう、君の処《ところ》にも言って来たかえ、僕の処にも言って来たよ」

「小島《こじま》や杉谷《すぎたに》はもう東京に行ったッてねえ」

「そう書いてあったね」

「どこに入るつもりだろう？」

「小島は第一を志願するらしい」

「杉谷は？」

「先生はどうするんだか……どうせ、先生は学費になんか困らんのだから、どうでも好きに出来るだろう」

「この町からも東京に行くものはあるかね？」

「そう」と郁治は考えて、「佐藤《さとう》は行くようなことを言っていたよ」

「どういう方面に？」

「工業学校に入るつもりらしい」

同窓に関する話が尽きずに出た。清三の身にしては、将来の方針を定《さだ》めて、各自《てんで》に出たい方面に出て行く友達がこの上もなく羨《うらやま》しかった。中学校にいる中《うち》から、卒業して後《のち》の境遇を予《あらかじ》め想像せぬでもなかったが、その時はまたその時で、思わぬ運が思わぬ処《ところ》から向いて来ないとも限らないと、強《し》いて心を安んじていた。けれどそれは空想であった。家庭の餓《うえ》は日に日にその身を実際生活に近《ちかづ》けて行った。

かれはまた母親から優しい温かい血を承《う》け続《つ》いでいた。幼い時から小波《さざなみ》のおじさんのお伽噺《ときばなし》を読み、小説や歌や俳句に若い思《おもい》を湧《わ》かしていた。体の発達するにつれて、心は燃えたり冷えたりした。町の若い娘たちの眼色《めつき》をも読み得るようにもなった。恋の味もいつか覚えた。あるデザイアに促《うなが》されて、人知れず汚い業《わざ》をすることもあった。世間は自分の前に面白い楽しい舞台を展《ひろ》げていると思うこともあれば、汚い醜《みにく》い近《ちかづ》くべからざる現象を示していると思うこともある。自己の満《みた》しがたい欲望と美しい花のような世界と如何《いか》になり行くかを知らぬ自己の将来とを考える時は、いつも暗い侘《わび》しい堪《た》えがたい心になった。

熊谷にいる友人の恋の話から、Art の君の話が出る。

「僕は苦しくって仕方がない」

「どうかする方法がありそうなもんだねえ」

二人はこんなことを言った。

「昨日《きのう》公園で逢《あ》ったんさ。ちょっと浦和《うらわ》から帰って来たんだッて、先生、徒《いたずら》に肥《こ》えてるッて言う形だッた」

郁治はこう言って笑った。

「徒に肥えてるは好《い》いねえ」

清三も笑った。

「君のシスタアが友達だし、先生のエルダアブラザアもいるんだし、どうにか方法がありそうなもんだねえ」

「まア、放って置いてくれ、考えると苦しくなる」

胸にひそかに恋を包める青年の苦しさというような顔を郁治はして見せた。前に自《みず》からも言ったように、郁治は好男子ではなかった。男らしいきっぱりとした処《ところ》はあるが、体格の大きい、肩の怒《いか》った、眼《め》の鋭い、頬骨《ほおぼね》の出た処など、女に好かれるような点はなかった。若い者の苦しむような煩悶《はんもん》はかれの胸にもあった。清三に比べては、境遇も好《よ》かった、家庭も好かった。高等師範に入れぬまでも、東京に行って一、二年は修業するほどの学費は出して遣《や》る気が父親にもある。それに体格が好いだけに、思想も健全で、清三のようにセンチメンタルの処はない。清三が今度の弥勒行《みろくゆき》を、この上もない絶望のように――田舎《いなか》に埋《うず》もれて出られなくなる第一歩であるかのように言ったのを、「だッて、そんなことはありゃしないよ、君。人間は境遇に支配されるということは、それはいくらかはあるには違いないが、どんな境遇からでも出ようと思えば出て来られる」と言ったのでも、郁治の性格の一部は解《わか》る。

その時、清三は、

「君はそういうけれど、それは境遇の束縛《そくばく》の恐ろしいことを君が知らないからだよ。つまり君の家庭の幸福から出た言葉だよ」

「そんなことはないよ」

「いや、僕はそう思うねえ、僕はこれっきり埋《うも》れてしまうような気がしてならないよ」

「僕はまた、仮に一歩譲って、人間がそういう種類の動物であると仮定しても、そういう消極的な考《かんがえ》には服従してはおられないねえ」

「じゃ、どんな境遇からでも、その人の考一つで抜け出ることが出来るというんだねえ」

「そうさ」

「つまりそうすると、人間万能論だね、どんなことでも出来ないことはないという議論だね」

「君はじきそう極端に言うけれど、それはそこに取除《とりの》けもあるがね」

その時いつもの単純な理想論が出る。積極的な考《かんがえ》と消極的な考とがごたごたと混合して要領を得ずに終結《おしまい》になった。

かれらの群《むれ》は学校にいる頃から、文学上の議論や人生上の議論などをよくした。新派の和歌や俳句や抒情文《じょじょうぶん》などを作って、互《たがい》に見せ合ったこともある。一人が仙骨《せんこつ》という号をつけると、皆《み》な骨という字を用いた号をつけようじゃないかという動議が出て、破骨だの、洒骨《しゃこつ》だの、露骨だの、天骨だの、古骨だのという面白い号が出来て、しばらくの間は手紙を遣《や》るにも、話をするにも、皆《みん》なその骨の字の号を使った。古骨と言うのは、やっぱり郁治や清三と同じく三里の道を朝早く熊谷に通《かよ》った連中の一人だが、その本当の号は機山《きざん》といって、町でも屈指《くっし》の青縞商《あおじましょう》の息子《むすこ》で、平生《へいぜい》は角帯《かくおび》などを締《しめ》て、常に色の白い顔に銀縁《ぎんぶち》の近眼鏡を懸けていた。田舎の青年に多く見るような非常に熱心な文学好《ぶんがくずき》で、雑誌という雑誌は大抵取って、始めはいろいろな投書をして、自分の号の活字になるのを喜んでいたが、近頃ではもう投書でもあるまいという気になって、毎月の雑誌に出る小説や詩や歌の批評を縦横《じゅうおう》にその夥伴《なかま》にして聞かせるようになった。それに、投書家交際《づきあい》をすることが好きで、地方文壇の小さな雑誌の主筆と常に手紙の往復をするので、地方文壇消息には、武州行田《ぶしゅうぎょうだ》には石川機山ありなどとよく書かれてあった。時の文壇に名のある作家も二、三人は知っていた。

やはり骨の字の号をつけた一人で——これは文学などは余り解る方ではなく、同じ夥伴《なかま》におつき合《あい》につけてもらった組であるが、かれの兄が行田町に一つしかない印刷業を遣《や》っていて、その前を通ると、硝子戸《ガラスど》の入口に、行田印刷所と書いたインキに汚れた大きい招《かん》牌《ばん》が懸《かか》っていて、旧式な手刷《てずり》が一台、例の大きなハネを巻返し繰返し動いているのが見える。広告の引札《ひきふだ》や名刺が主《おも》で、時には郡役所警察署の簡単な報告などを頼まれて刷ることもあるが、それは極めて稀《まれ》であった。棚《たな》に並べたケースの活字も少なかった。文選《ぶんせん》も植字《しょくじ》も印刷も主《あるじ》が皆《み》な一人で遣《や》った。日曜日などにはその弟が汚れた筒袖《つつそで》を着て、手刷台《てずりだい》の前に立って、刷れた紙を翻《ひるがえ》しているのを常に見懸けた。

金持の息子と見て、その小遣《こづかい》を見込んで、それでそそのかしたという訳でもあるまいが、この四月の月の初めに、機山がこの印刷所に遊びに来て、長い間その主人兄弟と話して行ったが、帰る時、「それじゃ毎月《まいげつ》七、八円ずつ損するつもりなら大丈夫だねえ。原稿料は出さなくッたって書手《かきて》は沢山《たくさん》あるし、それに二、三十部は売れるアね」と言った顔は、新しい計画に対する喜悦《よろこび》に輝いていた。『行田文学』という小雑誌を起《おこ》すことについての相談がその連中の間に持上《もちあが》ったのはこれからである。

機山がその相談の席で、

「それから、羽生《はにゅう》の成願寺《じょうがんじ》に山形古城《やまがたこじょう》＊がいるアねえ。あの人はあれでなかなか文壇には聞えている名家で、新体詩じゃ有名な人だから、まず第一にあの人に賛成員になってもらうんだね。あの人から頼んでもらえば、原杏花《はらきょうか》＊の原稿も貰《もら》えるよ」

「あの古城ッていう人はここの士族だッて言うじゃないか」

「そうだッて……。だから、賛成員にするのは訳はないさ」

丁度《ちょうど》清三が弥勒に出るようになった時なので、かれがまずその寺を訪問する責任を仲間《なかま》から負わせられた。

その夜《よ》、『行田文学』の話が出ると、郁治が、

「寄って見たかね？」

「生憎《あいにく》、雨に逢《あ》っちゃッたものだから」

「そうだったね」

「今度行ったら一つ寄って見よう」

「そう言えば、今日荻生《おぎゅう》君が羽生に行ったが、逢わなかったかねえ」

「荻生君が？」と清三は珍らしがる。

荻生君というのは、やはりその仲間で、熊谷の郵便局に出ている同じ町の料理店の子息《むすこ》さんである。今度羽生局に勤めることになって、今車で行くという処《ところ》を郁治は町の角で逢

った。

「これからずッと長く勤めているのかしら」

「無論そうだろう。羽生の局を遣《や》ってるのは荻生君の親類だから」

「それは好《い》いな」

「君の話相手が出来て、好いと僕も思ったよ」

「でも、そんなに親しくはないけれど……」

「じき親しくなるよ、ああいうやさしい人だもの……」

そこにしげ子が、「昼間拵《こしら》えたのですから、不味《まず》くなりましたけれど……」とお萩餅《はぎ》を運んで、茶をさして来た。そのまま兄の傍《そば》に坐《すわ》って、無邪気な口振《くちぶり》で二言《こと》三言話していたが、今度は姉の雪子が丈《せい》の高い姿をそこに顕《あら》わして、「兄さん、石川さんが」という。

やがて石川が入って来た。

座に清三がいるのを見て、

「君の処《ところ》に今寄って来たよ」

「そうか」

「此方《こっち》に来たッてマザアが言ったから」こう言って石川は坐って、「先生が旨《うま》くつとまりましたかね？」

清三は笑っている。

郁治は、「まだ出来るか出来ないか、遣《や》って見ないんだとさ」と傍《かたわら》から言う。

雪子もしげ子も石川の顔を見ると、挨拶《あいさつ》してすぐ引込んで行ってしまった。郁治と清三と話している間は、話に気が置けないので、よく長く傍《そば》に坐っているが、他人が交《まじ》るとすましてしまうのが常である。それほど清三と郁治とは交情《なか》が好《よ》かった。それほど清三とこの家庭とは親しかった。郁治と清三との話し振《ぶり》も石川が来るとまるで変った。

「いよいよ来月の十五日から一号を出そうと思うんだがね」

「もうすっかり決ったかえ」

「東京からも大家《たいか》では麗水《れいすい》＊と天随《てんずい》＊とが書いてくれるはずだ。……それに地方からも大分《だいぶ》原稿が来るから大丈夫だろうと思うよ」

こう言って、地方の小雑誌やら東京の文学雑誌やらを五、六種出したが、岡山地方で発行する菊阪《きくばん》二十四頁の『小文学』というのを特に抜出《ぬきだ》して、

「大抵こういう風にしようと思うんだ。沢田《さわだ》(印刷所)にも相談して見たが、それが好《い》いだろうと言うんだ。けれどどうも中の体裁《ていさい》は余り感心しないから、組み方なんかは別にしようと思うんだがね」

「そうねえ、中は余り綺麗《きれい》じゃないねえ」と二人は『小文学』を見ている。

「これはどうだろう?」

と二段、十八行二十四字詰のを石川は見せた。

「そうねえ」

三人は数種の雑誌を翻《ひるが》えして見た。郁治の持っている雑誌もそこに参考に出した。洋灯《ランプ》は額《ひたえ》を集めた三人の青年とそこに乱雑に散らかった雑誌とをくっきり照《てら》した。

やがてその中の一つに大略定《あらかたき》まる。

石川の持って来た雑誌の中に、『明星《みょうじょう》』の四月号があった。清三はそれを手に取って、初めは藤島武二《ふじしまたけじ》*や中沢弘光《なかざわひろみつ》*の木版画の鮮《あざや》かなのを見ていたが、やがて晶子《あきこ》*の歌に熱心に見入った。新しい「明星派」の傾向が清三の渇《かわ》いた胸にはさながら泉のように感じられた。

石川はそれを見て笑って、

「もう見てる。違ったもんだね、崇拝者《すうはいしゃ》は！」

「だッて、実際好《い》いんだもの」

「何が好いんだか、国語は支離滅裂《しりめつれつ》、思想は新しいかも知れないが、訳の解《わか》らない文句ばかり集めて、それで歌になってるつもりなんだから、明星派の人たちには閉口するよ」

いつかも遣《や》った明星派是非論、それを三人はまた繰返《くりかえ》して論じた。

## 七

夜はもう十二時を過ぎた。雨滴《あまだれ》の音はまだしている。時々ザッと降って行《ゆ》く気勢《けはい》も聞取《ききと》られる。城址《しろあと》の沼《ぬま》のあたりで、むぐり*の鳴く声が寂しく聞えた。

一室には三つ床《とこ》が敷いてあった。小さい丸髷《まるまげ》と禿《は》げた頭とが床を並べてそこに寝ていた。母親はつい先程まで眼《め》を覚《さま》していて、「明日《あした》眠いから早くおやすみよ」と幾度となく言った。「ランプを枕元《まくらもと》につけて置いて、つい寝込んでしまうと危《あぶな》いから」とも忠告した。その母親も寝てしまって、父親の鼾《いびき》に交って、微《かす》かな呼吸《いき》がスウスウ聞える。さらぬだに紙の笠《かさ》が古いのに、先程心《さっきしん》が出過ぎたのを知らずにいたので、ホヤが半分ほど黒くなって、光線が厭《いや》に赤く暗い。清三は借りて来た『明星』をほとんどわれを忘れるほど熱心に読耽《よみふけ》った。

椿《つばき》それも梅《むめ》もさなりき白かりきわが罪《つみ》問はぬ色桃に見る*

わが罪問わぬ色桃に見る。桃に見る、あの赤い桃に見ると歌った心がしみじみと胸に沁《し》みた。不思議なようでもあるし、不自然のようにも考えられた。またこの不思議な不自然な処《ところ》に新しい泉が滾々《こんこん》として湧《わ》いているようにも思われた。色桃に見ると四の句と五の句を分けた処に言われぬ匂《にお》いがあるようにも思われた。かれは一首ごとに一頁《ページ》ごとに本を伏せて、湧いて来る思《おもい》を味《あじわ》うべく余儀なくされた。この瞬間には昨夜役場《やくば》に寝た侘《わび》しさも、弥勒《みろく》から羽生《はにゅう》まで雨にそぼぬれて来た辛《つら》さも全く忘れていた。ふと石川と今夜議論をしたことを思い出した。あんな粗《あら》い感情で文学などを遣《や》る気が知れぬと思った。それに引《ひき》かえて、自分の感情のかく鮮《あざや》かに新しい思潮に触れ得るのをわれと自《みず》から感謝した。

渋谷《しぶや》のさびしい奥に住んでいる詩人夫妻*の侘住居《わびずまい》のことなどをも想像して見た。何だか悲しいようにもあれば、羨《うらやま》しいようにもある。かれは歌を読むのをやめて、体裁《ていさい》から、組み方から、表紙の絵から、総《すべ》て新しい匂いに満《み》されたその雑誌に憧《あくが》れ渡った。

時計が二時を打っても、かれはまだ床の中に眼を大きく明いていた。鼠《ねずみ》の天井《てんじょう》を渡る音が騒がしく聞えた。

雨は降ったり霽《は》れたりしていた。人の心を他界に誘《さそ》うようにザッとさびしく降って通るかと思うと、びしょびしょと雨滴《あまだれ》の音が軒《のき》の樋《とい》を伝って落ちた。

何時《いつ》まで憧れていたッて仕方がない。「もう寝よう」と思って、起上《おきあが》って、暗い洋灯《ランプ》を手にして、父母の寝ている夜着《よぎ》の裾《すそ》の処《ところ》を通って、厠《かわや》に行った。手を洗おうとして雨戸《あまど》を一枚明けると、縁側《えんがわ》に置いた洋灯《ランプ》がくっきりと闇《やみ》を照して、濡れた南天《なんてん》の葉に雨の降りかかるのが光って見えた。

障子《しょうじ》を閉《た》てる音に母親は眼を覚《さま》して、

「清三かえ?」

「ああ」

「まだ寝ずにいるのかえ」

「今、寝るところなんだ」

「早くお寝よ……明日《あした》が眠いよ」と言って、寝反《ねがえり》をして、

「もう何時だえ」

「二時が今鳴った」

「二時……もう夜《よ》が明けてしまうじゃないか。お寝よ」

「ああ」

で、蒲団《ふとん》の中に入って、洋灯《ランプ》をフッと吹消《ふきけ》した。

# 八

翌日、午後一時頃、白縞《しろじま》の袴《はかま》を着けて、借りて来た足駄《あしだ》を下げた清三と、半禿《なかばは》げた、新《しん》紬《つむぎ》の古ぼけた縞の羽織《はおり》を着た父親とは、行田《ぎょうだ》の町はずれを伴れ立《だ》って歩いて行った。雨あがりの空はやや曇って、時々思い出したように薄い日影が射《さ》した。町と村との境を劃《かぎ》った川には、葦《あし》や藺《い》や白楊《やなぎ》がもう青々と芽を出していたが、家鴨《あひる》が五、六羽《ぱ》ギャアギャア鳴いて、番傘《ばんがさ》と蛇日傘《じゃのめがさ》とがその岸に並べて干されてあった。町に買物に来た近所の百姓は腰を懸《しき》けて頻りに饂飩《うどん》を食っていた。

並んで歩く親子の後姿《うしろすがた》は、低い庇《ひさし》や地焼《じやき》の瓦《かわら》で葺《ふ》いた家根《やね》や、襁褓《むつき》を干しつらねた軒《のき》や、石屋の工作場《こうさくじょう》や、鍛冶屋《かじや》や、娘の青縞《あおじま》を織っている家や、子供の集《あつま》っている駄菓子屋《だがしや》などの両側に連《つらな》った間を静かに動いて行った。と、向うから頭に番台《ばんだい》を載せて、上に小旗を無数にヒラヒラさしたあめ屋が太鼓《たいこ》を面白く叩《たた》きながら遣《や》って来る。

父親は近在の新郷《しんごう》という処《ところ》の豪家に二、三日前書画の幅《ふく》を五、六品預けて置いて来た。今日行っていくらかにして来なければならないと思って、午後から弥勒《みろく》に行く清三と一所に出懸《でか》けて来たのである。

ここまで来る間に、父親は町の懇意《こんい》な人に二人逢《あ》った。一人は気《き》の措《お》けない夥伴《なかま》の者で、「どこへ行くけえ? そうけえ、新郷《しんごう》へ行くけえ、あそこはどうもな、吝嗇《けち》な人間ばかりで、ねっから埒《らち》が明《あ》かんな」と言って声高《こわだか》くその中年の男は笑った。一人は町の豪家の書画道楽の主人で、それが向うから来ると、父親は丁寧に挨拶《あいさつ》をして立留《たちどま》った。「この間は、どうも悪いようだねえ、どうもあやしい」と向うから言うと、「いや、そんなことは御座いません。出所《でどこ》がしっかりしていますから、折紙《おりがみ》つきですから」と父親は頻りに弁解《しき》した。清三は五、六間《けん》先から振返《ふりかえ》って見ると、父親が頻りに腰を低くして、頭を下げている。その禿げた額《ひたえ》を、薄い日影がテラテラ照《てら》した。

加須《かぞ》に行《ゆ》く街道と館林《たてばやし》に行く街道とが町のはずれで二つに岐《わか》れる。それから向うは闊々《ひろびろ》した野になっている。野の処々《ところどころ》にはこんもりとした森があって、その間に白堊《しらかべ》の土蔵《どぞう》などが見えている。まだ犂《くわ》を入れぬ田には、げんげが赤い毛氈《もうせん》を敷いたように綺麗《きれい》に咲いた。商家の若旦那《わかだんな》らしい男が平坦《へいたん》な街道に滑《なめ》らかに自転車を輾《きしら》して来た。

路《みち》は野から村に入ったり村から野に出たりした。樫《かし》の高い生垣《いけがき》で家《いえ》を囲んだ豪家もあれば、青苔《あおごけ》が汚く生《は》えた溝《みぞ》を前にした荒壁の崩《くず》れかけた家もあった。鶏《とり》の声が処々にのどかに聞える。街道におろし菓子屋が荷を下《おろ》していると、髪を茫々《ぼうぼう》させた村の駄菓子屋のかみさんが、帯を締《し》めずに出て来て、豆菓子や鉄砲玉《てっぽうだま》をあれのこれのと言って入用《にゅうよう》だけ置かせている。

新郷への岐《わか》れ路《みち》が近くなった頃、親子はこういう話をした。

「今度はいつ来るな、お前」

「この次の土曜日には帰る」

「それまでに少しはどうかならんか」

「どうだか解《わか》らんけれど、月末だから少しは呉《く》れるだろうと思うがね」

「少しでも手伝ってもらうと助かるがな」

清三は返事をしなかった。

やがて別れる処に来た。新郷へはこれから一田圃《ひとたんぼ》越せば行ける。

「それじゃ気をつけてな」

「ああ」

そこには庚申塚《こうしんづか》が立っていた。禿頭《はげあたま》の父親が猫背《ねこぜ》になって歩いて行くのと、茶色の帽子《ぼうし》に白縞《しろじま》の袴《はかま》を着けた清三の姿とは、長い間野の道に見えていた。

# 九

その夜《よ》は役場《やくば》にとまった。校長を訪《たず》ねたが不在であった。かれは日記帳に、「ああわれ終《つい》に堪《た》へんや、ああわれ遂《つい》に田舎の一教師に埋《うず》もれんとするか。明日《みょうにち》！　明日は万事定《さだま》るべし。村会の夜の集合！　ああ！　一語以《もっ》て後日《ごじつ》に寄す」と書いた。なお詳しくその心持《こころもち》を書こうと思ったが、到底充分に書き現わし得ようとも思えぬので、記憶に留《と》めて置くことにした。

翌日、朝九時に学校に行って見た。けれどその平田というのがまだいたので、一先《ひとまず》役場に引返《ひきかえ》した。一時間ばかりしてまた出かけた。

今度はもうその教員はいなかった。授業は既に初《はじ》まっていた。生徒を教える教員の声が各教場から分明《はっきり》と聞えて来る。女教員の冴《さ》えた声も聞えた。清三の胸は何となく躍《おど》った。教員室に入ると、校長は卓《テーブル》に向って、何か書類の調物《しらべもの》をしていたが、

「さア、入り給《たま》え」と言って、清三の入って来るのを待って、傍《そば》にある椅子《いす》をすすめた。

「お気の毒でした、ようやくすっかり決りました。なかなか面倒でしてな……昨夜の相談でもいろいろの話が出ましてな」こう言って笑って、「どうも村が小さくって、それで喧《やかま》しい学務委員がいるから困りますよ」

校長は言葉をついで、

「それで家《うち》の方はどうするつもりです？　毎日行田《ぎょうだ》から通うという訳にも行くまい。まア、当分は学校に泊《とま》っていても、好《い》いけれど……考《かんがえ》がありますか」

「どこか寄宿する好《い》い処《ところ》が御座いますまいか」とこれをきっかけに清三が問うた。

「どうもここは田舎だから、恰好《かっこう》な処がなくって……」

「ここでなくっても、少しは遠くっても好いんですけれど……」

「そうですな……一つ考えて見ましょう。どこかあるかも知れません」

二時間済んだ処で、清三は同僚になるべき人々に紹介された。関《せき》という准《じゅん》教員は、莞爾《にこにこ》と気が措《お》けぬようなところがあった。大島《おおしま》という校長次席は四十五、六位《ぐらい》の年格好《かっこう》で、頭はもう大分《だいぶ》白く、ちょっと見ると窮屈そうな人であるが、笑うと、顔にやさしい表情が出て、初等教育にはさもさも熟達《じゅくたつ》しているように見えた。「はア、この方が林さん、私は大島と申します。何分《なにぶん》よろしく」といった言葉の調子にも世馴《よな》れた処《ところ》があった。次に狩野《かのう》という顔に疣《ほくろ》のある訓導《くんどう》と杉田《すぎた》という肥《ふと》った師範校出とが紹介された。師範校出は何だかそッ気ないような挨拶《あいさつ》をした。女教員は下を向いてにこにこしていた。

次の時間の授業の始まる前に、校長は生徒を第一教室に集めた。かれは卓《テーブル》の処に立って、新しい教員を生徒に紹介した。

「今度、林先生と仰《おっ》しゃる新しい先生がお出《いで》になりまして、皆さんの授業をなさることになりました。新しい先生は行田のお方で、中学の方を勉強していらしって、よくお出来になる先生で御座いますから、皆さんもよく言うことを聞いて勉強するようにしなければなりません」

校長の側《わき》に立って、少し低頭《うつむき》加減に、顔を赤くしている新しい先生は、何となく困ったような恥《はずか》しそうな様子に生徒には見えた。生徒は黙って校長の紹介の言葉を聞いた。

次の時間には、その新しい先生の姿は、第三教室の卓《テーブル》の前に顕《あら》われた。そこには高等一年生の十二、三歳の児童がずらりと前に並んで、何か頻《しき》りにがやがや言っていたが、先生が入って来ると、いずれも眼《め》をその方に向けて黙ってしまった。

新しい教師は卓《テーブル》の前に来て椅子に腰を掛けたが、その顔は赤かった。読本《とくほん》を一冊持って来たが、卓の上に顔を低《た》れたまま、少時《しばし》の間は、その教科書の頁《ページ》を翻《ひるがえ》して見ていた。後《うしろ》の方で私語《ささや》く声がおりおりした。

教室の硝子戸《ガラスど》は埃《ちり》に塗《まみ》れて灰色に汚くよごれているが、そこに丁度《ちょうど》日影が黄《きいろ》く射《さ》して、戸外では雀《すずめ》が百囀《ももさえずり》をしている。通《とおり》を荷車の轢《きし》る音がガタガタ聞えた。

隣の教室からは、女教員の細く尖《とが》った声が聞え出した。

少時《しばらく》して思切《おもいき》ったというように、新しい教師は顔を挙《あ》げた。髪の延びた、額《ひたえ》の広い眉《まゆ》の濃いその顔には一種の努力が見えた。

「第何課からですか」

こう言った声は広い教室にひろがって聞えた。

「第何課からですか」と繰返して言って、「どこまで教《おそ》わりましたか」

こう言った時には、もう赤かった顔の色が褪《さ》めていた。

答が彼方此方《あっちこっち》から雑然として起った。清三は生徒の示した読本の頁《ページ》をひろげた。もうこの時は初めて教場に立った苦痛がよほど薄らいでいた。どうせ教えずには済まされぬ身である。どうせ自分のベストを尽すより外《ほか》に仕方がないのである。人が何と言おうが、どう思おうが、そんなことに頓着《とんじゃく》していられる場合でない。こう思ったかれの心は軽くなった。

「それでは始めますから」

新しい教師は第六課を読み始めた。

生徒は早いしかし滑《なめら》かな流るるような声を聞いた。前の老朽教師の低い蜂《はち》の唸《うな》るような活気のない声に比べては、大変な違いである。しかしその声はとかく早過ぎて生徒の耳に留《とま》らぬ処が多かった。生徒は本よりも先生の顔ばかり見ていた。

「どうです、これで解《わか》りますか」

「今少しゆっくり読んで下さい」

いろいろな声が彼方此方《あっちこっち》から起った。二度目には、つとめてゆっくりした調子で読んだ。

「どうです、この位《くらい》なら解りますか」

にこにこと笑顔《えがお》を見せて、馴々《なれなれ》しげにかれは言った。

「先生、後《あと》のはよく解りました」

「今少し早くっても好《よ》う御座います」

などと生徒は言った。

「今までは先生に幾度読んでもらいました。二度ですか、三度ですか？」

「二度」

「二度です」

という声がそこにもここにも起った。

「それじゃこれで好《い》いですな」と清三は生徒の存外《ぞんがい》無邪気な調子に元気づいて、「でも、始めのが早過ぎましたから、今一度読んで上げましょう、よく聞いてお出《いで》なさい」

今度のは一層はっきりしていた。早くも遅くもなかった。

読める人に手を上げさせて、前の列にいる色の白い可愛い子に読ませて見たり何かした。読めるのもあれば読めぬのもあった。清三は文章の中から難《むず》かしい文字《もんじ》を拾って、それを黒板に書いて、順々に覚えさせて行くようにした。殊《こと》に難かしい字には圏点《けんてん》をつけてその傍《そば》に片仮名でルビを振って見せた。卓《テーブル》の前に始めて立った時の苦痛はいつか拭《ぬぐ》うが如《ごと》く消えて、自分ながら遣《や》りさえすれば遣れるものだという快感が胸に溢《あふ》れた。やがて時間が来てベルが鳴った。

昼飯《ひるめし》は小川屋から運んで来てくれた。正午《しょうご》の休みに生徒らは皆《みん》な運動場《うんどうば》に出て遊んだ。鞦韆《ぶらんこ》に乗るものもあれば、鬼事《おにごと》をするものもある。女生徒は男生徒とはおのずから別に組をつくって、綾《あや》を取ったり、御手玉《おてだま》を弄《もてあそ》んだりしている。運動場を縁取《ふちど》って、白楊《やなぎ》の緑葉《みどりば》が疎《まば》らに並んでいるが、その間からは広い青い野が見えた。

清三は廊下の柱に凭《よ》り懸《かか》って、無心に戯《たわむ》れ遊ぶ生徒らに見惚《みと》れていた。そこに遣《や》って来たのは、関という教員であった。

やさしい眼色《めつき》と、莞爾《にこにこ》した円満な顔には、初めて逢《あ》った時から、人の好《よ》さそうなという感を清三の胸に起させた。この人には隔てを措《お》かずに話が出来るという気もした。

「どうでした、一時間御すみになりましたか」

「え……」

「どうも始めてというものは、具合の悪いものでしてな……私などもつい三月《みつき》程前にここに来たのですが、始めは弱りましたよ」

「どうも馴《な》れないものですから」

この同情を清三も嬉《うれ》しく思った。

「私の前に勤めていた方はどういう方でした」

「あの方はもう年を取ったから罷《や》めさせるという噂《うわさ》が前からあったんです。今泉《いまいずみ》の人で、随分古くから教員は遣《や》っているんだそうですが……やはり若いものがずんずん出て来るものだから……それに教員をやめても困るッて言う人ではありませんから」

「家には財産があるんですか」

「財産ということもありますまいが、子息《むすこ》が荒物屋《あらものや》の店をしておりますから」

「そうですか」

こんな普通な会話もこの若い二人を近づける動機とはなった。二人はベルの鳴るまでそこに立って話した。

午後には理科と習字とを教えた。

夜は宿直室に泊《とま》った。宿直室は六畳で、その隣に小使室《こづかいべや》があった。小使室には大きな囲炉裏《いろり》に火が活々《かっかっ》と起って、自在鍵《じざいかぎ》*に吊《つる》した鉄瓶《てつびん》は常に煮えくりかえっていた。その向うは流元《ながしもと》で、手桶《ておけ》の傍《そば》に茶碗《ちゃわん》や箸《はし》が置いてあった。棚《たな》には桶《おけ》と擂鉢《すりばち》が伏せてあった。

その夜は大島訓導の宿直で、いろいろ打解《うちと》けた話をした。かれは栃木県のもので、久しく宇都宮《うつのみや》に教鞭《きょうべん》を取っていたが、一昨年埼玉県に来るようになって、ちょっと浦和にいて、それからここに赴任したという。家《いえ》は大越在《おおごえざい》で、十五になる娘と九歳になる男の児《こ》がある。初めて逢《あ》った時と打解けて話し合った時と感じはまるで違っていた。大島先生は一合の晩酌《ばんしゃく》に真赤《まっか》になって、教育上の経験やら若い者のためになるような話やらを得意になってして聞かせた。

湯屋《ゆや》が通《とおり》にあった。細い烟筒《えんとつ》から烟《けむり》が青く黒く颺《あが》っているのを見たことがある。格子戸《こうしど》が男湯と女湯とにわかれて、入るとそこに番台《ばんだい》があった。湯気《ゆげ》の白く一杯に籠《こも》った中に、箱洋灯《はこランプ》がボンヤリと暗くついていて、筧《とい》から落ちる上《あが》り水《みず》の音が高く聞えた。湯殿《ゆどの》は掃除が行届《ゆきとど》かぬので、気味悪くヌラヌラと滑《すべ》る。清三は湯につかりながら、自分の新しい生活を思い浮べた。

## 十

ある朝、授業を始める前に、清三は卓《テーブル》の前に立って、真面目《まじめ》な調子で生徒に言った。

「今日は皆さんに御目出度《おめでた》いことを一つ御知らせ致します。皇太子妃殿下節子《さだこ》姫*には去る二十九日、新たに親王殿下を易々《やすやす》と御分娩《ごぶんべん》遊ばされました。これは皆さんも新聞紙上でお父様やお母様から既に御聞きなされたことと存じます。皇室の御栄《おんさか》えあらせらるることは、我々国民に取ってまことに喜悦《よろこび》に堪《た》えませんことで、千秋万歳、皆さんの毎日御歌いになる君が代の唱歌にもさざれ石の巌《いわお》となりて苔《こけ》のむすまでと申して御座います通りであります。然《しか》るに、一昨日その親王殿下の御命名式が御座いまして、迪宮《みちのみや》殿下裕仁《ひろひと》親王と名《な》告《の》らせらるるということが御発表になりました」

こう言って、かれは後向《うしろむ》きになって、チョオクを取って、黒板に迪宮裕仁親王という六字を大きく書いて見せた。

## 十一

「どうぞ一つ名誉賛成員になって戴《いただ》きたいと存じます……それに、何か原稿を。どんな短かいものでも結構ですから」

清三はこう言って、前に坐《すわ》っている成願寺《じょうがんじ》の方丈《ほうじょう》さん*の顔を見た。兼ねて聞いていたよりも風采《ふうさい》の揚《あが》らぬ人だとかれは思った。新体詩、小説、その名は東京の文壇《ぶんだん》にもかなり聞えている。清三はかつてその詩集を愛読したこともある。雑誌に載った小説を読んだこともある。一昨年ここの住職になるについても、止《や》むを得ぬ先住《せんじゅう》からの縁故があったからで、羽生町《はにゅうまち》で屈指な名刹《めいさつ》とは言いながら、こうした田舎寺には惜《お》しいということも噂《うわさ》にも聞いていた。それが、こうした背の低い小づくりな弱々しそうな人だとは夢にも思いがけなかった。

かれは土曜日の家《うち》への帰途《かえりがけ》に、羽生の郵便局に荻生秀之助《おぎゅうひでのすけ》を訪《たず》ねたが、秀之助が丁度成願寺《ちょうどじょうがんじ》の山形古城《やまがたこじょう》を知っていると言うので、それで伴立《つれだ》って、訪問した。

「それは面白いですな……それは面白いですな」

こう繰返して主僧《しゅそう》は言った。『行田文学』について話が三人の間に語られた。

「無論、御尽力しましょうとも……何か、まア、初《はじめ》には詩でも上げましょう。東京の原《はら》にもそう言って遣《や》りましょう……」

主僧はこう言って軽く挨拶《あいさつ》した。

「どうぞ何分《なにぶん》――」

清三は頼んだ。

「荻生君もお仲間ですか」

「いいえ、私には……文学など解《わか》りやしませんから」と荻生さんはどこか町家《ちょうか》の子息《むすこ》といったような風で笑って頭を掻《か》いた。中学にいる頃から、石川や加藤や清三などとは違って、文学だの宗教だのということには余り携《たずさ》わらなかった。随《したが》って空想的な処《ところ》はなかった。中学を出るとすぐ、前から手伝っていた郵便局に勤めて、不平も不満足もなく世の中に出て行った。

主僧の室《へや》は十畳の一間で、天井《てんじょう》は高かった。前には伽羅《きゃら》や松や躑躅《つつじ》や木犀《もくせい》などの点綴《てんてつ》*された庭が展《ひろ》げられてあって、それに接して、本堂に通ずる廊下が長く続いた。瓦屋根《かわらやね》と本堂の離れの六畳の障子《しょうじ》の黒くなったのが見えた。書箱《ほんばこ》には洋書が一杯入れられてある。

主僧はめずらしく調子づいて話した。今の文壇の不真面目《ふまじめ》と党閥《とうばつ》の弊《へい》とを説いて、「とても東京にいても勉強などは出来ない。田園生活などと言う声の聞えるのも尤《もっと》もなことです」などと言った。風采《ふうさい》は揚《あが》らぬが、言葉に一種の熱があって、若い人たちの胸をそそった。

詩の話から小説の話、戯曲の話、それが容易に尽きようとはしなかった。明星派《みょうじょうは》の詩歌の話も出た。主僧もやはり晶子《あきこ》の歌を賞揚《しょうよう》していた。「そうですとも、言葉などを余り喧《やかま》しく言う必要はないです。新しい思想を盛《も》るにはやはり新しい文字の排列《はいれつ》も必要ですとも……」こう言って林の説に同意した。

ふと理想ということが話題にのぼったが、これが出ると主僧の顔は俄《にわ》かに生々《いきいき》した色を着けて来た。主僧の早稲田《わせだ》に通《かよ》って勉強した時代は紅葉露伴《こうようろはん》*の時代であった。いわゆる

『文学界』の感情派の人々とも往来した。ハイネ*の詩を愛読する大学生とも親しかった。麻布《あざぶ》の曹洞宗《そうとうしゅう》の大学林*から早稲田の自由な文学社会に入ったかれには、冬枯《ふゆがれ》の山から緑葉《みどりば》の野に出たような気がした。今ではそれがこうした生活に逆戻りした位《くらい》であるから、よほど鎮静《ちんせい》はしているが、それでもどうかすると昔の熱情が迸《ほとばし》った。

「人間は理想がなくっては駄目《だめ》です。宗教の方でもこの理想を非常に重く見ている。同化する、惑溺《わくでき》するということは理想がないからです。美しい恋を望む心、これもやはり理想ですからな、……普通の人間のように愛情に盲従したくないというところに力がある。それは仏《ほとけ》も如是《にょぜ》一心《いっしん》と言って霊肉の一致は説いていますが、どうせ自然の力には従わなければならないのは解《わか》っていますが――そこに理想があって物にあくがれる処があるのが人間として意味がある」

持前の猫背《ねこぜ》をいよいよ猫背にして、蒼《あお》い顔にやや紅《くれない》を潮《ちょう》した熱心な主僧の態度と言葉とに清三はそのまま引入られるような気がした。その言葉はヒシヒシと胸にこたえた。かつて書籍で読み詩で読んだ思想と憧憬《しょうけい》、それはまた空想であった。自己の周囲《まわり》を見廻《みまわ》しても、そんなことを口にするものは一人もなかった。養蚕《ようさん》の話でなければ金儲《かねもうけ》の話、月給の多い寡《すくな》いという話、世間の人は多くパンの話で生きている。理想などということを言い出すと、まだ世間を知らぬ乳臭児《にゅうしゅうじ》のように一言《いちごん》の下《もと》に言い消される。

主僧の言葉の中《うち》に、「成功不成功は人格の上に何の価値もない。人は多くそうした標準で価値をつけるが、私はそういう標準よりも理想や趣味の標準で価値をつけるのが本当だと思う。乞食《こじき》にも立派な人格があるかも知れぬ」という意味があった。清三には自己の寂しい生活に対して非常に有力な慰藉者《いしゃしゃ》を得たように思われた。

主客《しゅかく》の間には陶器《とうき》の手炉《てあぶり》が二箇《ふたつ》置かれて、菓子器には金米糖《こんぺいとう》が入れられてあった。主僧とは正反対に体格のがっしりした色の黒い細君《さいくん》が注《つ》いで行った茶は冷たくなったまま黄《き》ろく濁《にご》っていた。

一時間の後《のち》には、二人の友達は本堂から山門に通ずる長い鋪石道《しきいしみち》を歩いていた。鐘楼《しょうろう》の傍《そば》に扉《とびら》を閉め切った不動堂があって、その高い縁《えん》では、額髪《ひたえがみ》を手拭《てぬぐい》で巻いた子守が二、三人遊んでいる。大きい銀杏《いちょう》の樹《き》が五、六本、その幹《みき》と幹との間にこれから織ろうとする青《あお》縞《じま》のはたをかけて、二十五、六の櫛巻《くしまき》*の細君が、頻《しき》りにそれを綜《へ》ていた。

「面白い人だねえ」

清三は友を顧《かえり》みて言った。

「あれでなかなか好《い》い人ですよ」

「僕はこんな田舎《いなか》にあんな人がいようとは思わなかった。田舎寺には惜しいッて言う話は聞いていたが、本当にそうだねえ。……」

「話相手がなくって困るッて言っていましたねえ」

「それはそうだろうねえ君、田舎には百姓や町人しかいやしないから」

二人は山門を過ぎて、榛《はん》の木の並んだ道を街道に出た。街道の片側《かたわき》には汚い溝《どぶ》があって、歩くと蛙《かえる》が幾疋《いくひき》となく叢《くさむら》から水の中に飛込んだ。水には黒い青い苔《こけ》やら藻《も》やらが浮いていた。

大和障子《やまとしょうじ》を半明《なかば》けて、色の白い娘が横顔を見せて、青縞をチャンカラチャンカラ織っていた。その前を通る時、

「あのお寺の本堂に室《へや》がないだろうか？」

こう清三は訊《き》いた。

「ありますよ。六畳が」

と友は振返《ふりかえ》った。

「どうだろうねえ、君。あそこで置いてくれないかしらん」

「置いてくれるでしょう……この間まで巡査《じゅんさ》が借りて自炊《じすい》をしていましたよ」

「もうその巡査はいないのかねえ」

「この間岩瀬《いわせ》に転任になって行ったッて聞きました」

「一つ、君は懇意だから、頼んで見てくれませんか。自炊でも何でもして、食事の方は世話をかけずに、室《へや》さえ貸してもらえば好《い》いが……」

「それは好い考《かんがえ》ですねえ」と荻生君も賛成した。「ここからなら弥勒《みろく》にも一里に近いし……土曜日に行田へ帰るにも余り遠くないし……」

「それにいろいろ教えてもらえるしねえ、君。弥勒あたりの下《くだ》らん処《ところ》に下宿するよりいくら好いか知れない」

「本当ですねえ、私も話相手が出来て好い」

荻生さんが来週の月曜日までに聞いて置いて遣《や》るということに決って、二人の友達は分署の角で別れた。

## 十二

昨日《きのう》の午後、月給が半月分渡った。清三の財布《さいふ》は銀貨や銅貨でガチャガチャしていた。古いとじの切れたよごれた財布！　今までこの財布にこんなに多く金の入ったことはなかった。それに、とにかく自分で働いて初めて取ったのだと思うと、何となく異《ちが》った意味がある。母親が勝手に立とうとするのを呼留《よびと》めて、懐《ふところ》から財布を出して、かれはそこに紙幣と銀貨とを三円八十銭並べた。母親はさもさも喜ばしさに堪《た》えぬように子息《むすこ》の顔を見ていたが、「お前がこうして働いて取ってくれるようになったかと思うと本当に嬉《うれ》しい」と心《しん》から言った。子息は残りの半分は今四、五日経《た》つと下《お》るはずであるということを語って、「どうも田舎はそれだから困るよ。何でも三度四度位に下《お》りることもあるんだッて……けちけちしてるから」

母親はその金をさも尊《とうと》そうに押戴《おしいただ》く真似《まね》をして、立って神棚《かみだな》に供えた。神棚には躑躅《つつじ》と山吹《やまぶき》とが小さい花瓶《かびん》に生けて上げられてあった。清三は後向《うしろむき》になった母親の小さい丸髷《まるまげ》に白髪《しらが》のこの頃多くなったのを見て、そのやさしい心のいかに生活の嵐に吹荒《ふきすさ》まれているかを考えて同情した。こればかりの金にすらこうして喜ぶのが親の心である。かれは中学からすぐ東京に出て行く友達の噂《うわさ》を聞く度《たび》に燃した羨望《せんぼう》の情と、こうした貧しい生活をしている親の慈愛に対する子の境遇とを考えずにはいられなかった。

その土曜日は愉快に過ぎた。母親は自分で出懸《でか》けて清三の好きな田舎饅頭《いなかまんじゅう》を買って来て茶を煎《い》れてくれた。母親の小皺《こじわ》の多い莞爾《にこにこ》した顔と子息《むすこ》の青白い弱々しい淋《さび》しい笑顔とは久しく長火鉢《ながひばち》に相対して坐《すわ》った。

清三は来週から先方の都合さえよければ羽生《はにゅう》の成願寺《じょうがんじ》に下宿したいという話を持出《もちだ》して、若い学問のある方丈《ほうじょう》さんのことや、やさしい荻生《おぎゅう》君のことなどを話して聞かした。母親はそれまでには夜具や衣物《きもの》を洗濯《せんたく》して遣《や》りたい、それに袷《あわせ》を一枚拵《こしら》えたいなどと言った。父親の商売の不景気なことも続いて語った。清三の幼稚《おさな》い頃の富裕な家庭の話も出た。

夜は菓子を買って郁治《いくじ》の家《うち》に行った。雪子が莞爾《にこにこ》と笑って迎えた。書斎での話は容易に尽《つき》ようともしなかった。同じことを繰返《くりかえ》して語っても、それが同じこととは思えぬほど二人は親しかった。相対して互《たがい》に顔を見合せているということが二人に取ってこの上もない愉快である。『行田文学』の話も出れば山形古城《やまがたこじょう》の話も出る。そこに郁治の父親が折よく昨日帰って来ていたとて出て来て、「林さん、どうです、学校の方は旨《うま》く行きますか」など言った。

「あそこの学校は軋轢《あつれき》がなくって好《い》いでしょう。校長は二十七年の卒業生だが、割合にあれで話が解《わか》っている男でしてな……村の受けも好いです」

郡視学はこんなことを語って聞かせた。

雪子が茶を加《さ》しに来た時、袂《たもと》から絵端書《えはがき》を出して、「浦和の美穂子《みほこ》さんから今、私の処《ところ》にこんな手紙が来てよ」と二人に示した。美穂子はかの Art の君である。雪子はまだ兄の心の秘密を知らなかった。

絵端書は『女学世界』についていた「初夏」という題で、新緑の陰にハイカラの女が細い流行の小傘《パラソール》を携《たずさ》えて立っていた。文句は別に変ったこともなかった。

――雪子さん御変り御座いませんか。ここに参ってからもう二月《ふたつき》になりました。寄宿の生活――それは他からは想像が出来ない位で御座います。この春、御一緒に楽しく遊んだことなどをおりおり考えることが御座いますよ。御無沙汰《ごぶさた》のお詫《わび》までに……美穂子

清三はその端書を畳の上に置いて、

「今度は貴嬢《あなた》も浦和にいらっしゃるんでしょう?」

「私など駄目《だめ》」

と雪子は笑った。

その笑顔を清三は帰路の闇《やみ》の中に思い出した。相対していたのは僅《わず》かの間であった。そ

の横顔を洋灯《ランプ》が照《てら》した。常に似ず美しいと思った。ツンと済《すま》したような処《ところ》があるのをいつも不愉快に思っていたが、今宵《こよい》はそれがかえって品《ひん》があるかのように見えた。美穂子の顔が続いて眼前《めのまえ》を通る。雪子の顔と美穂子の顔が重《かさな》って一つになる……。田の畔《あぜ》に蛙《かえる》の声がして、町の病院の二階の灯《あかし》が窓から洩《も》れた。

＊　＊　＊　＊　＊

町の裏に小さな寺があった。門を入ると、庫裡《くり》の藁葺屋根《わらぶきやね》と風雨に曝《さら》された黒い窓障子《まどしょうじ》が見えた。本堂の如来様《にょらいさま》は黒く光って、木魚《もくぎょ》が赤いメリンスの敷物の上に載せてある。その裏にある墓地には、竹藪《たかやぶ》が隣の地面を仕切って、墓石《ぼせき》にはなめくじの這《は》った痕《あと》が歴々《ありあり》と残っていた。その多い墓石の中《うち》に清三の弟の墓があった。弟は一昨年の春十五歳で死んだ。その病《やまい》は長かった。次第に痩《や》せ衰《おとろ》えて顔は日に日に蒼白《あおじろ》くなった。医師は診断書に肺結核と書いたが、父母はそんな病気が家の血統にある訳がないと言って、その医師の診断書を信じなかった。清三は時々その幼い弟のことを思い起すことがある。死んだ時の悲哀《かなしみ》――それよりも、今生きていてくれたなら、話相手になって、どんなにうれしかったろうと思う。その度ごとにかれは花を携えて墓参《はかまいり》をした。

日曜日の朝、かれは樒《しきび》と山吹《やまぶき》とを持って出懸《でか》けた。庫裡《くり》で、手桶《ておけ》を借りて、水を汲んで、手《て》ずから下げて裏へ廻《まわ》った。墓石はまだ建ててなく、風雨に曝《さら》されて黒くなった墓標が土饅頭《どまんじゅう》の上にさびしく立っている。父母も久しくお参《まいり》をせぬと見えて、花立《はなたて》は割れていた。

水を入れても甲斐《かい》がなかった。

清三の姿は久しくその前に立っていた。もう五月の新緑があたりを鮮《あざや》かにして、老鶯《ろうおう》の声が竹藪の中に聞えた。

午後からは、印刷所に行ったり石川を訪問したりした。今日、弥勒《みろく》に帰らぬと、明日《あした》は少くも朝の四時に家を出なければ授業時間に間に合わぬと知ってはいるが、どうも帰るのが厭《いや》で——親しい友人と物語る楽《たのし》みを捨てて碌々《ろくろく》話す人もない処《ところ》に帰って行くのが厭で、われ知らず時間を過《すご》してしまった。

夕飯《ゆうめし》を食ってから、湯に出かけたが、帰りに再び郁治を訪《たず》ねて、明《あきら》かな夕暮の野を散歩した。

城址《しろあと》はちょっと見てはそれと思えぬ位《くらい》昔の形《さま》を失っていた。牛乳屋の小さい牧場《ぼくじょう》には牛が五、六頭モーモーと声を立てて鳴いていて、それに接した青縞《あおじま》機業会社の細長い建物からは、機《はた》を織る音に交って女工の唄《うた》う声がはっきり聞える。夕日は昔大手《おおて》の門のあったというあたりから、年々田に埋立てられて、里川《さとがわ》のように細くなった沼に画《え》のように明《あきら》かに照り渡った。新《あらた》に芽を出した蘆荻《あし》や茅《かや》や蒲《がま》や、それに錆《さ》びた水が一杯に満ちて、ある処《ところ》は暗くある処は明るかった。沼に架《かか》った板橋を渡ると、細い田圃《たんぼ》路《みち》がうねうねと野に通じて、車を曳《ひ》いて来る百姓の顔は夕日に赤く彩《いろど》られて見えた。

麦畑《むぎばた》と桑畠《くわばたけ》、その間を縫うようにして二人は歩いた。話は話と続いて容易に尽きようとしなかった。路はいつか士族屋敷のあたりに出た。

家はところどころにあった。今日まで踏留《ふみとま》っている士族は少なかった。昔は家から家へと続いたものであるが、今は晨《あした》の星のように畠《はたけ》と畠の間に一軒二軒と残っている。昔風の黒いシタミ*や白い壁や大きい栗《くり》の木や柿《かき》の木や井字形《せいじがた》の井戸側や疎《まば》らな生垣《いけがき》からは古い縁《えん》側《がわ》に低い庇《ひさし》、文人画を張った襖《ふすま》なども明かに見透《みす》かされた。夏の日などそこを通ると、垣《かき》に目の覚《さ》めるような紅《あか》い薔薇《ばら》が咲《さ》いていることもあれば、新しい青簾《あおすだれ》が縁側《えんがわ》にかけてあって、風鈴《ふうりん》が涼しげに鳴っていることもある。秋の霧の深い朝には、桔槹《はねつるべ》*のギイと鳴る音がして、茘子《れいし》*の黄《きいろ》いのが垣から口を開《ひら》いている。琴《こと》の音《ね》などもおりおり聞えた。

この士族屋敷にはやっぱりもとの士族が世に後《おく》れて住んでいた。役場《やくば》に出ているものもあれば、小学校の先生をしているものもある。財産があって無為《むい》に月日を送っているものもあれば、小規模に養蚕《ようさん》などを行《や》って暮しているものもある。金貸《かねかし》などをしているものもあった。

士族屋敷の中での金持の家が一軒路《みち》の畔《ほとり》にあった。珊瑚樹《さんごじゅ》の垣は茂って、分明《はっきり》と中は見えないが、それでも白壁《しらかべ》の土蔵《どぞう》と棟《むね》の高い家屋とは解《わか》った。門から中を見ると、立派な玄関があって、小屋の傍《そば》に鶏《とり》が餌《え》をひろっている。

二人はその垣に添って歩いた。

垣が尽きると、水の充《み》ちた幅の狭い川が気持よく流れている。岸には楊《やなぎ》がその葉を水面に浸して漣《さざなみ》をつくっている。細い板橋が川の折曲った処に架《かか》っている。

美穂子の家はそこから近かった。

「行って見ようか。北川は今日はいるだろう」

清三はこう言って友を誘《さそ》った。

その家は大きな田舎道《いなかみち》を隔てて広い野に向っていた。古びた黒い門があった。やっぱり庇《ひさし》の低い藁葺《わらぶき》の家で、土台がいくらか曲っている。庭には松だの、檜《ひのき》だの、椿《つばき》だのが茂っていた。今年の一月から三月にかけて、若い人々はよくこの家に歌留多牌《うたがるた》を取りに来たものである。美穂子の姉の伊与子《いよこ》、妹《いもと》の貞子《さだこ》、それに国府《こくぶ》という人の妹に友子《ともこ》と言って美しい人がいた。それらの少女連《おとめれん》と、郁治や清三や石川や沢田や美穂子の兄の北川などの若い人々が八畳の間に一杯になって、竹筒台《たけづつだい》の五分心《ごぶじん》の洋灯《ランプ》の光の下《もと》に頭を並べて、夢中になって歌留多牌を取ると、傍《そば》には半白《はんぱく》の、品の好《い》い、桑名訛《くわななまり》のある美穂子の母親が、眼鏡《めがね》をかけて、高く徹《とお》った声で若い人々のために倦《あ》きずに歌留多牌を読んでくれた。茶の時には蜜柑《みかん》と五色飯《ごもくめし》の赤薑《しょうが》とが一座の眼《め》を鮮かにした。帰りはいつも十一時を過ぎていた。さびしい士族屋敷の竹藪《たかやぶ》の陰の道を若い男と女とは笑いさざめいて帰った。

北川は湯に行って不在《るす》であった。「まア、よくいらっしゃいましたな……今、もうじき帰って参りますから……」母親はこう言って、莞爾《にこにこ》して二人を迎えた。郁治はその笑顔に美穂子の笑顔を思い出した。声もよく似ている。

二人は庭に面した北川の書斎に通された。父親はどこに行ったか姿は見えなかった。母親は暫《しば》し二人の相手をした。

「林さんは弥勒《みろく》の方にお出になりましたッてな、まア結構でしたな……母《おっか》さん、さぞ御よろこびでしたろうな」

こんなことを言った。

浦和にいる美穂子の噂《うわさ》も出た。

「女がそんなことをしたッて仕方がないッて父親《ちち》は言いますけどもな……当人がなかなか言うことを聞きませんでな……どうせ女のすることだから、碌《ろく》なことは出来んのは知れてるですけど……」

「でもお変りはないんでしょう」

清三がこう訊《き》くと、

「え、もう……御転婆《おてんば》ばかりしているそうでな」と母親は笑った。

すぐ言葉を続《つ》いで、今度は郁治に、

「雪さんどうして御座《ござ》るな」

「相変らずぶらぶらしています」

「ちと、遊びにおつかわし。貞《さだ》も退屈しておりますで……」

それこれする中《うち》に、北川は湯から帰って来た。背の高い頬骨《ほおぼね》の出た男で、手織《ており》の綿衣《わたいれ》に絣《かすり》の羽《は》織《おり》を着ていた。話の最中《さなか》にけたたましく声を立てて笑う癖《くせ》がある。石川や清三などとは違って、文学に対しては余り興味を持っていない。学校にいた頃は、有名な運動家で、ベースボールなどに懸《か》けては級《クラス》の中でかれに匹敵するものはなかった。軍人志願で、卒業するとすぐ熱心に勉強して、この四月の士官学校の試験に応じて見たが、数学と英語とで失敗した。けれど余り失望もしておらなかった。九月の学期には、東京に出て、然《しか》るべき学校に入って、充分な準備をすると言っている。

三人は胸襟《きょうきん》を開いて語り合った。けれどここで語る話と清三と郁治と話す話とは、大《おお》いに異《こと》なっていた。同じ親しさでも単に学友としての親しさであった。打解《うちと》けて語ると言っても、心の底を互《たがい》に披瀝《ひれき》するようなことはなかった。

ここでは、学校の話と将来の希望と受験の準備の話などが多く出た。北川は東京で受けた士官学校入学試験の話を二人にして聞かせた。「どうも試験に余裕がなくって困った。英語の書取《かきとり》など一度しか読んでくれないんだから困るよ。それに試験の場所が大きく広すぎて、声が散ってよく聞取《ききと》れないんだから、ドマドマしてしまったよ。おまけに代数が馬鹿に難かしかった」

代数の二次方程式の問題を渠《かれ》は手帳に書き附けて来た。それを机の抽斗《ひきだし》やら押入《おしいれ》の中やら文庫の中やら彼方此方《あっちこっち》とさがし廻《まわ》して、ようやく探し出して二人に見せる。なるほど問題はむつかしかった。数学に長じた郁治にも出来なかった。

北川は漢学には長じていた。父親は藩《はん》でも屈指《くっし》の漢学者で、漢詩などをよく作った。今は町の役場《やくば》に出るようになったので止《よ》したが、三年前までは、町や屋敷の子弟に四書五経《ししょごきょう》の素読《そどく》を教えたものである。午後三時頃から日没前までの間、蜂《はち》の唸《うな》るような声は常にこの家の垣から洩《も》れた。その頃、美穂子は赤いメリンスの帯を緊《し》めて、髪をお下げに結《ゆ》って、門の前で近所の友達と遊んだ。清三はその時分から美穂子の眼《め》の美しいのを知っていた。

郁治と清三が暇《いとま》を告げたのは、夜の九時過であった。若い人々は話がないと言っても話がある。二人はそこを出てしばしの間黙《だま》って歩いた。竹藪《たかやぶ》のガサガサする陰の道は暗かった。郁治の胸にも清三の胸にもこの際浦和の学校にいる美穂子のことが浮んだ。「あの時――郁治がそれと打明《うちあ》けた時、何故《なぜ》自分もラヴしていることを思切《おもいき》って言わなかったろう」と清三は思った。けれど友の恋はまだ美穂子に通じてある訳ではない。恋された人の知らぬ前に恋した人の心を自分はその人から打明けられた。それだけかれは苦しかった。またそれだけかれはその問題に突き詰めていなかった。時には「まだ決ったと言う訳ではない、打突《ぶつか》って見て、どうなることか解《わか》らない。……希望がすっかり破れてしまったという訳でもない……」などと思うこともある。友のために犠牲《ぎせい》になるという気は無論ある。友の恋の成らんことを望む念もある。かれの性質から言っても、家庭の事情から言っても、現在の恋の状態から言っても、烈《はげ》しく熱するにはまだ大分《だいぶ》距離もあり余裕もあった。

しかしその夜は二人とも不思議に胸が躍《おど》っていた。黙って歩いていても、その心はいろいろなことを語っていた。野に出ようとすると、昨日《きのう》の雨に路《みち》の悪《わ》るくなっているところがあった。低い駒下駄《こまげた》はズブズブ入った。

「悪い路だね」

二人は互にこう言い合った。しかし心では二人とも美穂子のことを考えていた。郁治にしては、女に対する煩悶《はんもん》、それを残す処《ところ》なくこの友に語りたいと思った。打明けて話したならいくらかこの胸が静まるだろうとも思った。しかし何故かそれを打明けて語る気にはならなかった。

二人はやっぱり黙って歩いた。

城址《しろあと》の森が黒く見える。沼がところどころ闇《やみ》の夜《よ》の星に光った。蘆《あし》や蒲《がま》がガサガサと夜風に動く。町の灯《あかし》がそこにもここにも見える。

公園から町に入った。もうその頃は二人は黙っていなかった。郁治は低い声で、得意の詩吟《しぎん》を始めた。心の感激の余波がそれにも残って聞かれる。別れる道の角に来ても、かれらは何だかこのまま別れるのが物足らなかった。「僕の家に寄って茶でも飲んで行かんか」清三がこう誘《さそ》うと、郁治は跟《つ》いて来た。

清三の母親は裁物板《たちものいた》に向ってまだせっせっと賃仕事をしていた。茶を煎《い》れてもらってまた一時間位話した。語っても語っても尽きないのは若い人々の思いであった。十二時が鳴って、郁治が思い切って帰って行くのを清三はまた湯屋《ゆや》の角《かど》まで送る。町の大通《おおどおり》はもうしんとしていた。

翌日は母も清三も寝過《ねすご》してしまった。時計は七時を過ぎていた。清三は慌《あわ》てて茶漬《ちゃづけ》を掻《かっ》込《こ》んで出懸《でか》けた。いくら急いでも四里の長い長い路《みち》、弥勒《みろく》に着いた頃はもう十時を余程過ぎた。学校の硝子窓《ガラスまど》には朝日が既に長《た》けて、校長の修身《しゅうしん》を教うる声が高く明《あきら》かに四辺《あたり》に聞える。急いで行って見ると、受持《うけもち》の級《くみ》では生徒がガヤガヤと騒いでいた。

# 十三

熊谷町《くまがやまち》にもかれの同窓の友はかなりにある。小畑《おばた》というのと、桜井《さくらい》というのと、小島《こじま》というのと。――殊《こと》に小畑とはかれも郁治も人並すぐれて交情《なか》が好《よ》かった。卒業して逢《あ》われなくなってからは毎日のように互《たがい》に手紙の往復をして、戯談《じょうだん》を言ったり議論をしたりした。月に一、二度は清三はきっと出懸《でか》けた。

行田町《ぎょうだまち》から熊谷町まで二里半、その路《みち》は綺麗《きれい》な豊富な水で満《み》された用水の縁《ふち》に沿って駛《はし》った。一田圃《ひとたんぼ》ごとに村があり、一村ごとに田圃が開《ひら》けるという風で、夏の日には家の前の広場で麦を打っている百姓家《ひゃくしょうや》や、南瓜《とうなす》の見事に熟している畑《はた》や、豪農の白壁《しらかべ》の土蔵などが続いた。秋の晴れた日には、田圃から村に稲を満載した車が轢《きし》って、黄《きいろ》く熟した田には、頬被《ほおかむ》りをした田舎娘が、鎌《かま》の手を止めて街道を通って行く旅人《たびびと》の群《むれ》を眺《なが》めた。その街道にはいろいろなものが通る。熊谷行田間の乗合馬車《のりあいばしゃ》、青縞屋《あおじまや》の機廻《はたまわ》りの荷車、その頃流行《はや》った豪家の旦那《だんな》の自転車、それに俥《くるま》にはさまざまの人が乗って通った。よぼよぼの老いた車《しゃ》夫《ふ》が町に買物に行った田舎の婆《ばあ》さんを二人《ににん》乗《のり》に乗せて重そうに挽《ひ》いて行くのもあれば、黒《くろ》鴨《かも》仕立《したて》*の立派な車に町の医者らしい鬚《ひげ》の紳士が威勢よく乗って駛《はし》らせて行くのもある。田植時分には、雨が蕭々《しょぼしょぼ》と降って、こねかえした田の泥濘《どろ》の中に低頭《うつむ》いた饅頭笠《まんじゅうがさ》がいくつとなく並んで見える。好《い》い声でうたう田植唄《たうえうた》も聞える。植え終った田の緑は美しかった。田の畔《あぜ》、街道の両側の草の上には、おりおり植え残った苗《なえ》の束《たば》などが捨ててあった。五月晴《さつきばれ》には白い繭《まゆ》が村の人家の軒下《のきした》や屋根の上などに干してあるのを常に見懸《みか》けた。

用水の傍《かたわら》に一軒涼しそうな休茶屋《やすみぢゃや》があった。楡《にれ》の大きな木がまるで冠《かぶ》さるように繁《しげ》って、店には土地で出来る甜瓜《まくわ》が手桶《ておけ》の水の中に浸《つ》けられてある。平たい半切《はんぎり》*に心太《ところてん》も入れられてあった。暑い木陰《こかげ》のない路《みち》を歩いて来て、ここで汗になった詰襟《つめえり》の小倉《こくら》の夏服を脱いで、瓜《うり》を食った時の旨《うま》かったことを清三は覚えている。その店の婆さんに娘が一人あって、東京の赤坂《あかさか》に奉公に出ていることも知っている。

関東平野を環《わ》のように繞《めぐ》った山々の眺め——その眺めの美しいのも、忘れられぬ印象の一つであった。秋の末、木の葉がどこからともなく街道を転《ころが》って通る頃から、春の霞《かすみ》の薄く被衣《かつぎ》のようにかかる二、三月の頃までの山々の美しさは特別であった。雪に光る日光の連山、羊の毛のように白く靡《なび》く浅間《あさま》ケ岳《たけ》の烟《けむり》、赤城《あかぎ》は近く、榛名《はるな》は遠く、足利《あしかが》附近の連山の複雑した襞《ひだ》には夕日が絵のように美しく光線を漲《みなぎ》らした。行田から熊谷に通う中学生の群《むれ》はこの間を笑ったり戯《たわむ》れたり走ったりして帰って来た。

熊谷の町はやがてその瓦屋根《かわらやね》や烟突《えんとつ》や白壁造《しらかべづくり》の家などを広い野の末に顕《あら》わして来る。熊谷は行田とは比較にならぬほど賑《にぎや》かな町であった。家並《いえなみ》も整《そろ》っているし、富豪《かねもち》も多いし、人口は一万以上もあり、中学校、農学校、裁判所、税務管理局なども置かれた。汽車が停《てい》車場《しゃじょう》に着くごとに、行田地方と妻沼《めぬま》地方に行く乗合馬車が各自《てんで》に客を待受けて、町の広い大通に喇叭《らっぱ》の音をけたたましく漲《みなぎ》らせてガラガラと通って行った。夜は商家に電気が点《つ》いて、小間《こま》物屋《ものや》、洋物店《ようぶってん》、呉服屋《ごふくや》の店も晴々《はればれ》しく、料理店からは陽気な三味線《しゃみせん》の音が賑《にぎや》かに聞えた。

町は清三に取って第二の故郷である。八歳の時に足利《あしかが》を出て、通りの郵便局の前の小路《こうじ》の奥に一家はその落魄《らくはく》の身を落附《おちつ》けた。その小路は渠《かれ》に取っていろいろな追憶《おもいで》がある。そこには郵便局の小遣《こづかい》や走り使《つかい》に人に頼まれる日傭取《ひようとり》などが住んでいた。山形あたりに生れてそこここと流れ渡って来ても故郷の言葉が失《う》せないという元気なお婆《ばあ》さんもあった。八歳から十七歳まで――小学校から中学の二年まで、かれは六畳、八畳、三畳のその小さい家に住んでいた。小学校は町の裏通にあった。明神《みょうじん》の華表《とりい》から右に入って、溝板《どぶいた》を踏鳴《ふみな》らす細い巷路《こうじ》を通って、駄菓子屋の角を左に、それから少し行くと、向うに大きな二階造の建物と鞦韆《ぶらんこ》や木馬のある運動場が見えた。生徒の騒ぐ音がガヤガヤと聞えた。

校長の肥《ふと》った顔、校長次席の難かしい顔、体操の先生の莞爾《にこにこ》した顔などが今もありありと眼《め》に見える。卒業式に晴衣《はれぎ》を着飾って来る女生徒の群《むれ》の中《うち》にもかれの好《す》きな少女が三、四人あった。紫の矢絣《やがすり》の衣服《きもの》に海老茶《えびちゃ》の袴《はかま》を穿《は》いて来る子が中でも一番眼に残っている。その子は町外《まちはず》れの町から来た。農学校の校長の娘だということを聞いたことがある。清三が中学の一年にいる時一家は長野の方に移転して行ってしまったので、その明《あきら》かな眸《ひとみ》を町の何処《いずこ》にも見出すことが出来なくなったが、それでも今も時々思い出すことがある。一人は芸者屋の娘で、今は小滝《こたき》と言って、一昨年《おととし》一本*になって、町でも流行妓《はやりっこ》の中《うち》に数えられてある。通りで盛装した座敷姿に邂逅《でっくわ》すことなどあると、「失礼よ。林さん」などと鮮《あざや》かに笑って挨拶《あいさつ》して通って行く。中学卒業の祝の宴会にも遣《や》って来て、好い声で歌をうたったり、三絃《さみせん》を引いたりした。小畑が傍《そば》に坐って、「小滝は僕らの芸者だ。ナア小滝」などと言って、酔った顔をその前に押附《おしつ》けるようにすると、「厭《いや》よ、小畑さん、貴郎《あなた》は昔から私を酷《いじ》めるのねえ、覚えていてよ」と打《う》つ真似《まね》をした。その時、「貴様《きさま》は同級生の中で、誰が一番好きだ」という問題がゆくりなく出た。小学校時分の同級生が大分《だいぶ》その周囲《まわり》に集《たか》っていた。と、小たきは少しも躊躇《ちゅうちょ》の色を示さずに、「それア誰だッてそうですわねえ、……無論林さん！」と言った。小たきも酔っていた。喝采《かっさい》の声が嵐のように起った。それからは、小畑や桜井や小島などに逢《あ》うと、小滝の話がよく出る。終《しまい》には「小滝君どうした。健在かね」などと書いた端書《はがき》を送って寄越《よこ》した。「小滝」という渾名《あだな》をつけられてしまったのである。清三もまた面白半分に、小滝を「しら滝」に改めて、それを別号にして、日記の上表紙《うわびょうし》に書いたり手紙に署したりした。「歌妓《かぎ》しら滝の歌」という五七調四行五節の新体詩を作って、わざと小畑の処《ところ》に書いて遣《や》ったりした。

時には清三も真面目《まじめ》に芸者というものを考えて見ることもある。その時にはきっと自分と小滝とを引つけて考えて見る。ロマンチックな一幕などを描いて見ることもあった。時にはまた節操《みさお》も肉体も自《みず》から護《まも》ることの出来ない芸者の薄命《はくめい》な生活を想像して同情の涙を流すことなどもあった。清三には芸者などのことはまだ解《わか》らなかった。

かれはまた熊谷から行田に移転した時のことを明《あきら》かに記憶している。父親がよそから帰って来て、突然今夜引越《ひっこし》をするという。明日《あした》になすったら好《い》いではありませんかと母親が言ったが、しかし昼間公然と移転して行かれぬ訳があった。熊谷における八年の生活は、尠《すく》なからざる借金をかれの家に残したばかりであった。父親は財布《さいふ》の銭《ぜに》——わずかに荷車二、三台を頼む銭をちゃらちゃらと音させながら出て行くと、その跡《あと》で母親と清三とは、近所に知れぬように二人きりで荷造をした。長い行田街道には冬の月が照った。二台の車の影と親子四人の影とが淋《さび》しく黒く地上に印《いん》した。これが一家の零落《れいらく》した縮図かと思うと、清三は堪《たま》らなく悲しかった。その夜《よ》行田の新居に辿《たど》り着いたのは、もうかれこれ十二時に近かった。灯光《あかり》もない暗い大和障子《やまとしょうじ》の前に立った時には、涙がホロホロとかれの頬《ほお》を伝《つた》って流れた。

けれど如何《いか》ようにしても暮して行かるる世の中である。それからもう四年は経過した。

その狭い行田の家も、住馴《すみな》れてはさしていぶせくも思わなかった。かれはおりおり行田の今の家と熊谷の家と足利の家とを思って見ることがある。

熊谷の家は今もある。老いた夫婦者が住《すま》っている。よく行った松《まつ》の湯《ゆ》は新しく普請《ふしん》をして見違えるように立派になった。通りの荒物屋《あらものや》にはやはり愛嬌者《あいきょうもの》のかみさんが坐って客に接している。種物屋《たねものや》の娘は廂髪《ひさしがみ》などに結《ゆ》ってツンと済《す》まして歩いて行く。薬種屋《やくしゅや》の隠居は相変らず禿頭《はげあたま》を振り立てて伜《せがれ》や小僧《こぞう》を叱《しか》っている。郵便局の為替受口《かわせうけぐち》には、黒繻子《くろじゅす》とメリンスの腹合せの帯をしめた女が為替の下渡《さげわたし》を待かねて、たたきを下駄《げた》でコトコト言わせている。その傍《そば》にお馴染《なじみ》の白《しろ》犬が頭を地につけて眼《め》を閉じて眠っている。郵便集配人がズックの行嚢《こうのう》をかついで入って来る。

小畑は郡役所に勤めている官吏の子息《むすこ》、小島は町で有名な大きな呉服店《ごふくや》の子息、桜井は行田の藩士《はんし》で明治の初年にこの地に地所を買って移って来た金持の子息、その他造酒屋《ぞうしゅや》、米屋、紙屋、裁判所の判事などの子息たちに同窓の友がいくらもあった。そしてそれが大抵は小学校からの馴染なので、行田の友達の群《むれ》よりも一層したしい処《ところ》がある。小畑の家は停車場《ていしゃじょう》の敷地に隣《となっ》ていて、そこからは有名な熊谷堤《くまがやづつみ》の花が見える。桜井の家は蓮正寺《れんしょうじ》の近所で、お詣《まいり》の鰐口《わにぐち》の音が終日聞える。清三は熊谷に行くと、きっとこの二人を訪問した。どちらの家《いえ》でも家《うち》の人々とも懇意《こんい》になって、我儘《わがまま》も言えば気の置けない言葉も遣《つか》う。食事時分には黙っていても膳《ぜん》を出してくれるし、夜遅《おそ》くなれば友達と一緒に一つ蒲団《ふとん》にくるまって寝た。

「どうした、いやに悄気《しょげ》てるじゃないか」

「どうかしたか」

「まだ老い込むには早いぜ！」

「少しは何か調べたか」

「何だか顔色が悪いぜ！」

熊谷に来ると、こうした活気ある言葉を彼方此方《あっちこっち》から浴《あび》せかけられる。生々《いきいき》した友達の顔色《かおつき》には中学校時代の面影がまだ残っていて、硝子窓《ガラスまど》の下や運動場や湯呑場《ゆのみじょう》などで話し合った符牒《ふちょう》や言葉が絶えず出る。

また次のような話もした。

「Lはどうした」

「まだいる？　そうかまだいるか」

「仙骨は先生に熱中しているが、実に可笑《おか》しくって話にならん」

「先生、この頃、鬚《ひげ》など生《はや》して、ステッキなどついて歩いているナ」

「杉《すぎ》はすっかり色男になったねえ、君」

傍《かたわら》で聞いてはちょっと解《わか》らぬような話の仕方で、それでぐんぐん話は解って行く。

熊谷の町が行田、羽生《はにゅう》に比べて賑《にぎや》かでもあり、商業も盛んであると同じように、ここには同窓の友で小学校の教師などになるものは稀《まれ》であった。角帯《かくおび》を緊《し》めて、老舗《しにせ》の若旦那《わかだんな》になってしまうものの他は、多くは他の高等学校の入学試験の準備に忙しかった。活気は若い人々の上に充《み》ちていた。これに引くらべて、清三は自分の意気地《いくじ》のないのを常に感じた。熊谷から行田、行田から羽生、羽生から弥勒《みろく》と段々活気がなくなって行くような気がして、帰りはいつもさびしい思《おもい》に包まれながらその長い街道を歩いた。

それに人の種類も顔色《かおつき》も語り合う話も皆違った。同じ金儲《かねもうけ》の話にしても、弥勒あたりでは田舎者の吝嗇臭《けちくさ》いことを言っている。小学校の校長さんと言えば、余程立身《りっしん》したように思っている。また校長自《みずか》らも鼻を高くしてその地位に満足している。清三は熊谷で逢《あ》う友達と行田で語る人々と弥勒で顔を合せる同僚とを比べて見ぬ訳には行かなかった。かれは今の境遇を考えて、理想が現実に触れて次第に崩《くず》れて行く一種のさびしさと侘《わび》しさとを痛切に感じた。

ある日曜日の午前に、かれは小畑と桜井と伴《つ》れ立《だ》って、中学校に行って見た。中学校は町の外《はず》れにあった。二階造の大きな建物で、木馬《もくば》と金棒《かなぼう》と鞦韆《ぶらんこ》とがあった。運動場には小《こ》倉《くら》の詰襟《つめえり》の洋服を着た寄宿舎にいる生徒が処々《ところどころ》にちらほら歩いているばかり、どの教室もしんとしていた。湯呑所には例の難《むず》かしい顔をした、かれらが「般若《はんにゃ》」という綽名《あだな》を奉《たてまつ》った小使《こづかい》がいた。舎監《しゃかん》のネイ将軍*もいた。宿直番に当った数学の教師もいた。二階の階段、長い廊下、教室の黒板、硝子窓《ガラスまど》から梢《こずえ》だけ見える梧桐《あおぎり》、一つとして追懐《ついかい》の伴わないものはなかった。かれらはその時分のことを語りながら彼方此方《あっちこっち》と歩いた。

宿直室で一時間ほど話した。同級生のことを聞かれるままその知れる限りを三人は話した。東京に出たものが十人、国に残っているものが十五人、小学校教師になったものが八人、他《た》の五人は不明であった。三人は講堂に行ってオルガンを鳴《なら》したり、運動場に出てボールを投げて見たりした。

別れる前に、三人は町の蕎麦屋《そばや》に入った。いつもよく行く青柳庵《せいりゅうあん》という家《うち》である。奥の一間は瀟洒《こざっぱり》した小庭に向って、楓《もみじ》の若葉は人の顔を青く見せた。ざるに生玉子、銚子《ちょうし》を一本つけさせて、三人はさも楽しそうに飲食《いんしょく》した。

「この間、小滝に逢《あ》ったぜ！」小畑は清三の顔を見て、「先生、この頃なかなか流行《はや》るんだそうだ。土地の者では一番売れるんだろうよ。湯屋《ゆや》の路次《ろじ》を通ると、今、座敷に出る処《ところ》か何かで、にこにこして遣《や》って来たッけ」

「林さんは！　ッて聞かなかったか？」

傍《かたわら》から桜井が笑いながら言った。

清三も笑った。

「Yはどうしたねえ」

清三は続いて聞いた。

「相変らず御熱心さ」

「もうエンゲージが出来たのか」

「当人同志は出来てるんだろうけれど、家《うち》では両方とも難かしいという話だ」

「面白いことになったものだねえ」と清三は考えて、「Yは一体Vのラヴァだッたんだろう。それがそういう風になるとは実際運命というものは解らんねえ」

「Vはどうしたえ」と桜井が小畑に聞く。

「先生、足利《あしかが》に行った」

「会社にでも出たのか」

「何でも機業会社とか何とかいう処に出るようになったんだそうだ」

三人はお替《かわ》りの天《てん》ぷら蕎麦《そば》を命じた。

「Art の君はどうした?」

小畑が訊《き》いた。

「浦和にいるよ」

「それは知ってるさ。どうしたッて言うのはそういう意味じゃないんだ」

「うむ、そうか――」と清三は点頭《うなず》いて、「まだ、もとの通りさ」

「加藤も臆病者《おくびょうもの》だからなア」

と小畑も笑った。

一本の酒で、三人の顔は赤くなった。勘定は蟇口《がまぐち》から銀貨と銅貨をじゃらつかせながら小畑がした。可愛《かあい》い娘の子が釣銭《つりせん》と蕎麦湯《そばゆ》と楊子《ようじ》とを持って来た。

その日の午後四時過には、清三は行田と羽生の間の田舎道を弥勒へと歩いていた。野は日に輝いて、向うの村の若葉は美しく鮮《あざや》かに光った。けれど心は寂しく暗かった。かれは希望に充《み》されて通った熊谷街道と、さびしい心を抱いて帰って行く弥勒街道とを比べて見た。若い元気の好《い》い友達が羨《うらやま》しかった。

## 十四

六月一日《いちじつ》、今日成願寺《じょうがんじ》に移る。こう日記にかれは書いた。荻生《おぎゅう》君が主僧といろいろ打合《うちあわせ》をしてくれたので、話は容易に纏《まとま》った。無人《ぶにん》で食事の世話まではして上げることは出来ないが、家にあるもので入用《いりよう》なものは何でも御遣《おつか》いなさい。こう言って、主僧は机、火鉢《ひばち》、座蒲団《ざぶとん》、茶器などを貸してくれた。

本堂の右と左に六畳の間があった。右の室《へや》は日が当って冬は好《い》いが、夏は暑くって仕方がない。で、左の間《ま》を借りることにする。和尚《おしょう》さんは障子《しょうじ》の合うのを彼方此方《あっちこっち》から外《はず》して来てはめてくれる。上《かみ》さんはバケツを廊下に持出《もちだ》して畳《たたみ》を拭《ふ》いてくれる。机を真中に据《す》えて、持って来た書箱《ほんばこ》を傍《わき》に置いて、角火鉢《かくひばち》に茶器を揃《そろ》えると、それで立派な心地《ここち》の好い書斎が出来た。荻生君は丁度《ちょうど》郵便局が閑《ひま》なので、同僚に跡《あと》を頼んで遣《や》って来て、庭に生《は》えた草などを挘《むし》った。清三が学校から退《ひ》けて帰って来た時には、もうあたりは綺麗《きれい》になって、主僧と荻生君とは茶器を中央《まんなか》に、さも室《へや》の明るくなったのを楽しむという風に笑って話をしていた。

「これは綺麗になりましたな、まるで別の室のようになりましたな」

こう言って、清三は莞爾《にこにこ》した。

「荻生さんが草を取ってくれたんですよ」

主僧が笑いながら言うと、

「荻生君が？　それは気の毒でしたねえ」

「いや、草を取って、庭を綺麗にするということは趣味があるものですよ」と荻生君は言った。

そこに餅菓子《もちがし》が竹の皮に入ったまま出してあった。これも荻生君の御土産《おみやげ》である。清三は、「これは御馳走《ごちそう》ですな」と言いながら、一箇《ひとつ》、二箇《ふたつ》、三箇《みっつ》まで摘《つま》んで、むしゃむしゃと食った。弁当腹で、長い路《みち》を歩いて来たので、少なからず飢《うえ》を覚えていたのである。

その日の晩餐《ばんさん》は寺で調理してくれた。里芋《さといも》と筍《たけのこ》の煮付《につけ》、汁には、長《た》けたウドが入れられてあった。主僧は自分の分もここに持って来《こ》させて、ビールを二本奢《おご》って、三人して団欒《だんらん》して食った。文学の話、人生問題の話、近所の話、小学校の話、主僧の御得意の禅《ぜん》の話も出た。庭に近く柱に凭《よ》った主僧の顔が白く夕暮の空気に見えた。

長い廊下に小僧が急ぎ足で此方《こっち》に遣《や》って来るのが見えたが、やがて入って来て、一通の電報を主僧に渡した。

急いで封を切って読み終った主僧の顔色は変った。

「大島孤月《おおしまこげつ》*が死んだ！」

「孤月さんが――」

二人も驚愕《おどろき》の目を瞠《みは》った。

大島孤月といえば、文学好《ぶんがくずき》の人は大抵は知っていた。某書肆《ぼうしょし》の女婿《じょせい》で、創作家としてよりも書肆の支配人としての勢力の大きな人であった。昨年の秋泰西漫遊《たいせいまんゆう》に出かけて、一月《ひとつき》ほど前に帰朝した。送別会と歓迎会、その記事はいつも新聞紙上を賑《にぎや》かした。雑誌にもいろいろなことが書いてあった。ここの主僧がまだ東京にいる頃は、殊《こと》にこの人の世話になって、原稿を買ってもらったりその家に置いてもらったりした。

「もう今日は行かれませんな」

「そう、馬車はありませんしな、車じゃ大変ですし……それに汽車に乗っても、彼方《あっち》に着いてから困るでしょう」

主僧は考えて、

「明日《あした》にしましょうかな」

「明日で好《い》いなら――明日朝の馬車で久喜《くき》まで行って、奥羽線《おううせん》の一番に乗る方が好《い》いですな」

「行田から吹上《ふきあげ》の方が便利じゃないでしょうか」

「いや、久喜の方が便利です」

と荻生君は言った。

主僧はそれと心を定めたらしく、やがて「人間というものはいつ死ぬか解《わか》りませんな」と慨嘆《がいたん》して、「ちょっと病気で病院に入ってるということは聞きましたけれど、死ぬなどとは夢にも思わなかったですよ。先生など幸福ではあるし、得意でもあるし、これから益々《ますます》自分の懐抱《かいほう》を実行して行かれる身なんですから」こう言って、自分の田舎寺に隠れた心の動機を考えて、主僧は黯然《あんぜん》とした。

「世の中は蝸牛角上《かぎゅうかくじょう》の争闘＊——私は東京にいる頃には、つくづくそれが厭《いや》になったですよ。人の弱点を利用したり、朋党《ほうとう》を作って人を陥《おとし》れたり、一歩でも人の先に出よう出ようとのみ齷齪《あくせく》している。実に浅間《あさま》しく感じたですよ。世の中は好《い》いが好いじゃない、悪いが悪いじゃない、幸福が幸福じゃない、どんな人でもやっぱり人間は人間で、それ相応の安《あん》慰《い》と幸福とはある。それに価値もある。何も名誉を逐《お》って、一生を齷齪《あくせく》暮すにも当らない。それよりも、人間としての理想のライフを送る方がどれほど人間として豪《えら》いか知れない、どんなに零落《れいらく》して死んでもその方が意味がありますからなア」

「本当にそうですとも」

清三は主僧の言葉に引込まれるような気がした。

「不幸福《ふしあわせ》な人だッた！」

と主僧は思わず感激して独言《ひとりごと》のように言った。得意なる地位を知ってるだけそれだけ、その背景が悲しかった。平生戯談《へいぜいじょうだん》ばかり言う男で、軽い皮肉を常に人に浴《あび》せ懸《か》けた。まだ三十四、五であったが、世の中の辛酸《しんさん》を嘗《な》めつくして、その圭角《けいかく》がなくなって、心持《こころもち》は四十近い人のようであった。養子としての淋《さび》しい心の煩悶《はんもん》をも思い遣《や》った。「何《なん》の彼《か》のと言って、誰も皆《み》な死んでしまうんですな……それを考えると、本当に詰《つま》らない」主僧は深く動かされたような調子で言った。

こんなことでその夜は一室の空気が何となく低い悲哀《ひあい》で包まれた。やがて主僧は庫裡《くり》に引上げたが、清三と荻生君との話も理に落ちてしまって、いつものように快活《かいかつ》に語ることが出来なかった。二人は暗い洋灯《ランプ》に対して久しく黙《もく》した。

翌日主僧は早く出懸《でか》けた。

清三は大島孤月の病死と葬儀とについての記事をそれから毎日々々新聞紙上で見た。かれはその度《たび》ごとにいろいろな思いに撲《う》たれた。その人の作には感心してはおらぬが、出版者としての勢力が文壇に及ぼす関係などを想像して見たり、自分の崇拝している明星一派の不遇などをそれに比べて考えて見たりした。時には「とにかく不幸福《ふしあわせ》と言っても死んでこうして新聞に書《かか》れれば光栄である」などと考えて、音も香《か》もなく生れて活《い》きて死んで行く普通の多数の人々の上をも思い遣《や》った。その間《あいだ》に雨が降《ふっ》たり風が吹いたりした。雨の降る日には本堂の四面の新緑が殊《こと》に鮮《あざや》かに見えて、庫裡《くり》の高い屋根にかけたトタンの樋《とい》からビショビショ雨滴《あまだれ》の落ちるのを見た。風の吹く日には、裏の林がざわざわ鳴って、何だか海近くにでも住んでいるように思われた。弁当は朝に晩に、馬車継立所《つぎたてしょ》の傍《そば》の米《こめ》ずしという小さな飲食店から赤いメリンスの帯を締めた十三、四の娘が運んで来た。行田の家からもやがて夜具や机や書箱《ほんばこ》などをとどけてよこした。

かれは寺から町の大通に真直《まっすぐ》に出て、うどんひもかわと障子《しょうじ》に書いた汚い飲食店の角を裏通に入って、細い烟筒《えんとつ》に白い薄い煙《けむ》のあがる碓氷社分工場《うすいしゃぶんこうじょう》の養蚕所《ようさんじょ》や、怪しげな軒灯《ガスとう》の出ている料理屋の前などを通って、それから用水の橋の袂《たもと》へといつも出る。時には大越《おおごえ》に通う馬車が折よくそこにいて、廉《やす》くまけて乗せてもらって行くことなどもあった。

五、六日して主僧は東京から帰って来た。葬儀の模様は新聞で見て知っていたが、詳しく聞いて、更《さら》に鮮《あざや》かにそのさまを眼前《めのまえ》に見るような気がした。文壇の大家小家は悉《ことごと》く雨を衝《つ》いてその葬式に跟《つ》いて行ったという。雨がザンザン降って、新緑の中《うち》に造花《ぞうか》生花《せいか》のさまざまの色彩がさながら絵のような対照《コントラスト》を為《な》したという。殊《こと》に、寺の本堂が狭かったので、中に入れなかった人々は、蛇《じゃ》の目《め》傘《がさ》や絹張《きぬばり》の蝙蝠傘《こうもりがさ》を雨滴《あまだれ》のビショビショ落ちる庇《ひさし》の処にさしかけて立っていた。読経《どきょう》は長かった。それがすむと形《かた》のごとき焼香《しょうこう》があって、やがて棺《かん》は裏の墓地へと運ばれる。墓地への路《みち》には新らしい筵《むしろ》が敷きつめられて、そこを白無垢《しろむく》や羽織袴《はおりはかま》が雨にぬれて往《い》ったり来たりする。小説の某大家は柱に凭《よ》って、悲しそうな顔をしている。生前最も親しかった某画家は羽織を雨に滅茶々々《めちゃ》にして、彼方此方《あっちこっち》と周旋《しゅうせん》して歩いている。「君、実際、感に打たれましたよ。苦労を仕抜《しぬ》いて、ようやく得意の境遇になって、これから多少志《こころざし》も遂げようという時に当って何が来たかと思うと、死！」こう若い和尚さんは話した。

「名誉を逐《お》って、都会の塵《ちり》に塗《まみ》れたって、仕方がありませんな……どんなに得意になったって、死が一度来れば、人々から一滴の涙をそそがれるばかりじゃありませんか。死んでからいくら涙をそそがれたって仕方がない！」

主僧の眉《まゆ》は昂《あが》っていた。

その夜は遅《おそ》くまで、清三はいろいろなことを考えた。「名誉」「得意の境遇」それをかれは眼《め》の前に仰《あお》いでいる。若い心は唯《ただ》それにのみあくがれている。けれど今宵《こよい》は何だかその希望と野心の上に一つの新しい解決を得たように思われる。かれは綴《とじ》の切れた藤村《とうそん》の『若菜集《わかなしゅう》』を出して読耽《よみふけ》った。

本堂には如来様《にょらいさま》が寂然《じゃくねん》としていた。

## 十五

裏の林の中に葦《よし》の生《は》えた湿地があって、元池であった水の名残《なごり》が黒く錆《さ》びて光っている。六月の末には、剖葦《よしきり》がどこからともなくそこに来て鳴いた。

寺では慰《なぐさ》みに蚕《かいこ》を飼《か》った。庫裡《くり》の八畳の一間《ひとま》は棚《たな》や、筵《むしろ》で一杯になって、温度を計るための寒暖計が柱に懸《か》けられてあった。上《かみ》さんが白い手拭《てぬぐい》を被《かぶ》って、朝に夕に裏の畑《はた》に桑《くわ》を摘《つ》みに行く。雨の降る日には、その晴間《はれま》を待って和尚《おしょう》さんも一緒になって桑摘《くわつみ》の手伝をして遣《や》る。ぬれた緑の葉は勝手の広い板の間に山のように積まれる。それを小僧が一枚々々拭《ふ》いていると、和尚さんは傍《そば》で桑切庖丁《くわきりぼうちょう》で丹念に細《こまか》く刻《きざ》む。

蚕の上簇《あが》りかける頃になると、町は俄《にわ》かに活気を帯びて来る。平生《へいぜい》は火の消えたように静かな裏通にも、繭買入所《まゆかいいれどころ》などというヒラヒラした紙が張られて、近在《きんざい》から売りに来る人々が多く集った。頬鬚《ほおひげ》の生えた角帯《かくおび》の仲買《なかがい》の四十男が秤《はかり》ではかって、それから筵へと、その白い美しい繭をあけた。相場は日ごとに変った。銅貨や銀貨をじゃらじゃらと音させて、景気よく金を払って遣った。料理屋《りょうりや》では三味線《しゃみせん》の音が昼から聞えた。

ある日曜日であった。郁治が土曜日の晩から来て泊っていた。『行田文学』の初号《しょごう》が出来て持って来たので、昨夜《ゆうべ》から文学の話が盛《さかん》に出た。ところが、丁度《ちょうど》十時過、山門の鋪石《しきいし》道《みち》にガラガラと車の音がした。ついぞ今まで車の入って来たことなどはないので、不思議に思って、清三が本堂の障子《しょうじ》を明けて見ると、白い羅紗《らしゃ》の背広にイタリヤンストロウの夏《なつ》帽子《ぼうし》を被《かぶ》った肥《ふと》った男と白がかった夏外套《なつがいとう》をはおった背の高い男とが庫裡の入口に車をつけて、今しも下りようとする処《ところ》であった。やがて小僧が取次《とりつ》ぐと、和尚さんの姿がそこに出て来た。久闊《きゅうかつ》の友に訪《と》われた喜悦《よろこび》が、声やら言葉やら態度やらに顕《あら》われて見えた。

やがてその客は東京から来た知名の文学者で、一人は原杏花《はらきょうか》、一人は相原健二《あいはらけんじ》*という有名な『太陽』の記者だということが解《わか》った。いずれも主僧が東京にいた頃の友達である。清三の室《へや》は中庭の庭樹を隔てて、庫裡の座敷に対していたので、客と主僧との談話《はなし》しているさまが明《あきら》かに見えた。緑の葉の間に白い羅紗《らしゃ》の夏服がちらちらしたり、おりおり声高《こわだか》く快活に笑う声がしたりする。その洋服や笑声《わらいごえ》は若い青年に取ってこの上もない羨望《せんぼう》の種であった。

「原ッて言う人はあんな肥《ふと》った人かねえ。あれであんなやさしいことを書くとは思わなかった」

郁治はこう言って笑った。

勝手に行って見ると、上さんと小僧とは御馳走《ごちそう》の仕度《したく》に忙しそうにしていた。和尚さんも時々出て来ていろいろ指揮《さしず》をする。米《こめ》ずしの若《わか》い衆《しゅ》は岡持《おかもち》に鯉《こい》のあらいを持って来る。活通りの酒屋は貧乏徳利を下げて来る。小僧は竈《かまど》の下と据風呂《すえふろ》の釜《かま》とに火を燃《もや》し付ける。活気はめずらしくがらんとした台所に充《み》ち渡った。

酒はやがて始った。段々話し声が高くなって来た。和尚さんもいつもに似ぬ元気な声を出して愉快そうに笑った。

正午近くになると大分《だいぶ》酔ったらしく、笑う声が絶えず聞えた。縁側《えんがわ》から厠《かわや》に行く客の顔は火のように赤かった。やがて和尚さんの拙《まず》い詩吟《しぎん》が出たかと思うと、今度は琵琶歌《びわうた》かとも思われるような一種の朗《ほが》らかな吟声《ぎんせい》が聞えた。

若い友達は伴立《つれだ》って町に出懸《でか》けた。懐《ふところ》に金はないが、月末勘定の米ずしに行けば、酒の一、二本はいつも飲むことは出来た。その場末の飲食店の奥の六畳には、衣服《きもの》やら小児《こども》の襁褓《むつき》やらが一杯に散《ち》かされてあったが、それをかみさんが急いで片附けてくれた。古箪笥《ふるだんす》や行李《こうり》などのある傍《そば》で、狭い猫の額《ひたい》のような庭に対して、なまりぶしの堅い煮付《につけ》でかれらは酒を飲んだり飯《めし》を食ったりした。

帰りに、荻生《おぎゅう》君を郵便局に訪《たず》ねて見るということになったが、こんなに赤い顔で、町の大通りは歩けないと言うので、桑の茂った麦の半ば刈られた裏通の田圃《たんぼ》を行った。荻生君は熊谷に行っていなかった。二人は引かえして野を歩いた。小川には青い藻《も》が浮いて、小さな雑魚《ざこ》がスイスイ泳いでいた。

寺に帰ると、座敷ではまだ酒を飲んでいた。騒ぐ声が嵐のように聞える。丈《せい》の高い方が和尚さんの手を引張って、どこへか連れて行こうとする。洋服の原が跡から押す。和尚さんはいつか僧衣《ころも》を着せられている。「まア、好《い》いよ、好いよ、君らがそんなに望むなら、お経《きょう》位読むさ、その代り君らが木魚《もくぎょ》を叩《たた》かなくってはいかんぜ!」

和尚さんも少なからず酔っていた。

「よし、よし、木魚は己《おれ》が叩く」

と雑誌記者は言った。

三人は凭《よ》りつ凭られつして、足元危《あやう》く、長い廊下を本堂へと遣《や》って来る。庫裡《くり》からは上さんと小僧とが顔を出して笑ってその酔態《すいたい》を見ている。三人は廊下から本堂に入ろうとしたが、階段の処で躓《つまず》いて、将棋倒《しょうぎだお》しにころころと折重《おりかさな》って倒れた。笑う声が盛《さかん》にした。

雑誌記者は槌《つち》を取って木魚を叩いた。ポクポクポクポク、なかなかその調子が好《い》い。和尚さんも原という文学者もそれを見て、「これは旨《うま》い、叩いたことがあると見えるな」と笑った。雑誌記者は木魚を叩きながら、「それはそうとも、これで寺の小僧を三年したんだから」こう言って、トラヤアヤアヤアとお経を読む真似《まね》をした。

「和尚――お経を読まんくっちゃいかんじゃないか」

こんなことを言ってなお頻《しき》りに木魚を叩いた。

主僧と原とは如来様の前に立ったり、古い位牌《いはい》の前に佇《たたず》んだりして、いろいろな話をした。歴代の寺僧の大きな位牌の中央《まんなか》に、難かしい顔をした本寺中興《ほんじちゅうこう》の僧の木像が据えてあった。それは恐ろしくむき出すような眼《め》をしていた。和尚さんはその僧のことについて語った。本堂を再建したことや、その本堂が先代の時に焼けてしまったことや、この人の弟子に越前《えちぜん》の永平寺《えいへいじ》に行った人があったことなどを話した。メリンスの敷物の上に鐘が載せられてあって、その傍《わき》に、頭の兀《は》げた賓頭盧尊者《びんずるそんじゃ》*があった。原は鐘をカンカンと鳴して見た。

雑誌記者から読経を強《し》いられるので、和尚さんは隙《すき》を見て庫裡の方に遁《に》げて行ってしまった。酔った二人は木魚と鐘とを自暴《やけ》に叩いて笑った。ドタドタとけたたましい音をさせて、やがて二人は廊下から庫裡《くり》に行ってしまった。後で、六畳にいる若い友達は笑った。

「文学者なんて言うものは存外暢気《のんき》な無邪気《むじゃき》なものだねえ」

清三はこう言うと、

「想像していたのとはまるで違うね」

若い人々には、兼々《かねがね》その名を聞いて想像していた文学者や雑誌記者がこうした子供らしい真似《まね》をしようとは思いも懸《か》けなかった。しかしこうしたことをする心持《こころもち》や生活は、かれらには充分には解らぬながらも羨《うらやま》しかった。

東京の客は一夜泊って、翌日の正午、降《ふ》り頻《しき》る雨を衝《つ》いて乗合馬車《のりあいばしゃ》で久喜《くき》に向って立った。袴《はかま》を濡《ぬら》して清三が学校から帰って来て、火種を貰《もら》おうと庫裡に入って見ると、主僧はさびしそうにぽつねんとひとり机に坐って書を見ていた。

剖葦《よしきり》は頻《しき》りに鳴いた。梅雨《つゆ》の中にも、時々晴れた日があって、鮮《あざや》かな碧《みどり》の空が鼠色《ねずみいろ》の雲の中《うち》から見えることもある。美しい光線が漲《みなぎ》るように裏の林に射《さ》し渡《わた》ると、緑葉《みどりば》が蘇《よみがえ》ったように新しい色彩をあたりに見せる。芭蕉《ばしょう》の広葉《ひろば》は風に顫《ふる》えて、山門の壁の処《ところ》には蜥蜴《とかげ》が日に光ってちょろちょろしている。前の棟割長屋《むねわりながや》では、垣《かきね》から垣へ物干竿《ものほしざお》をつらねて、汚い襤褸《ぼろ》をならべて干した。栗《くり》の花は多く地に落ちて、泥に塗《まみ》れて、汚く人に踏まれている。

蚊《か》はもう夕暮《ゆうぐれ》には軒《のき》に音を立てるほど集《あつま》って来て、夜《よ》は蚊遣火《かやりび》の烟《けむり》が家々から靡《なび》いた。清三は一円五十銭で、一人寝の綿蚊帳《めんがや》を買って来て、机をその中《うち》に入れて、ランプを台の上に載せて外に出して、その中で毎夜《まいや》遅《おそ》くまで書《ほん》を読んだ。自分の周囲《まわり》には――日ごとに寄せられる友達の手紙には、一つとして将来の学問の準備について言って来ないものはない。高等師範に志しているものは親友の郁治を始めとして、三、四人はあるし、小島は高等学校の入学試験を受けるのでこの頃は忙しく暮していると言って来るし、北川は士官学校に入る準備のために九月には東京に出ると言っているし、誰とて遊んでいるものはなかった。清三もこれに励《はげ》まされて、いろいろな書を読んだ。主僧に頼んで、英語を教えてもらったり、その書庫《ほんばこ》の中から論理学や哲学史などを借りたりした。机の周囲《まわり》には、『文芸倶楽部』や『明星』や『太陽』があるかと思うと、学校教授法や通俗心理学や新地理学や、代数幾何の書などが置かれてある。主僧が早稲田《わせだ》に通う頃読んだというシェクスピヤの『ロメオ*』やテニソンの『エノックアーデン*』などもその中に交っていた。

若いあくがれ心《ごころ》は果てしがなかった。瞬間ごとによく変った。『明星』をよむと、渋谷《しぶや》の詩人の境遇を思い、『文芸倶楽部』をよむと、長い小説を巻頭に載せる大家を思い、友人の手紙を見ると、然《しか》るべき官立学校に入学の計画がして見たくなる。時には、主僧にプラトンの「アイデア*」を質問してプラトニックラヴなどということを考えて見ることもあった。『行田文学』にやる新体詩も、その狭い暑苦しい蚊帳《かや》の中で、外のランプの光が蒼《あお》い影を透《とお》してチラチラする机の上で書いた。

学校の校長は、検定試験を受けることを常に勧めた。「資格さえあれば、月給もまだ上げてあげることが出来る。どうです、林さん、訳《わけ》がないから、遣《や》って置きなさい！」と言った。

この頃では二週間位行田《ぎょうだ》に帰らずにいることがある。母が待っているだろうとは思うが、懐《ふところ》が冷《ひや》やかであったり、二里半を歩いて行《ゆ》くのが大儀《たいぎ》であったり、それよりも少しでも勉強しようと思ったりして、常に寺の本堂の一間に土曜日曜を過した。しかしこれといって、勉強らしい勉強をもしなかった。土曜日には小畑が熊谷から来て泊って行った。郁治が三日位続けて泊って行くこともあった。それに、荻生君は毎日のように遣って来た。学校から帰って見ると、彼方此方《あっちこっち》を明放《あけっぱな》して、顔の上に団扇《うちわ》を載せて、好《い》い心地《ここち》をして昼寝をしていることもある。かれは郵便局の閑《ひま》な時をねらって、同僚に跡《あと》を頼んで、何ぞといっては、よく寺に遊びに来た。

若い二人はよく菓子を買って来て、茶を煎《い》れて飲んだ。くず餅《もち》、あんころ、すあまなどが好物《こうぶつ》で、月給の下りた時には、清三はきっと郵便局に寄って、荻生君を誘《さそ》って、角の菓子屋で餅菓子を買って来る。三度に一度は、「和尚さん、菓子はいかが」と庫裡《くり》に主僧を呼びに来る。清三の財布《さいふ》に金のない時には荻生君が出す。荻生君にもない時には、「和尚さん甚《はなは》だ済みませんが、二、三日の中《うち》におかえししますから、五十銭ほど貸して下さい」

など言って清三が借りる。不在《るす》に主僧がその室《へや》に行って見ると、竹の皮に食い余《あま》しの餅菓子が二つ三つ残って、それに一杯に蟻《あり》がたかっていることなどもあった。

梅雨《つゆ》の間は二里の泥濘《ぬかるみ》の路《みち》が辛《つら》かった。風のある日には吹晒《ふきさ》らしの平野のならい、糸のような雨が下から上に降って、新調の夏羽織《なつばおり》も袴《はかま》もしどろにぬれた。後《のち》には大抵時間を計って行って、十銭に負けてもらって乗合馬車に乗った。ある日、その女も同じ馬車に乗って発戸河岸《ほっとがし》の角まで行った。その女というのは、一月ほど前から、町の出外《ではず》れの四辻《よつじ》でよく出逢《であ》った女で、やっぱり小学校に勤める女教員らしかった。廂髪《ひさしがみ》に菫色《すみれいろ》の袴《はかま》を穿《は》いて海老茶《えびちゃ》のメリンスの風呂敷包《ふろしきづつみ》をかかえていた。その四辻には庚申塚《こうしんづか》が立っていた。この間郁治と一緒に弥勒《みろく》に行く時にも例の如《ごと》くその女に逢った。「どうしてああいう素振《そぶり》をするのか僕には分らんねえ」と清三が笑いながら言うと、「しっかりしなくっちゃいかんよ、君」と郁治は声を挙《あ》げて笑った。その時、どこに勤めるのだろうという評判をしたが、馬車に一緒に乗合《のりあわ》せて、発戸にある井泉村《いずみむら》の小学校に勤める人だということが解《わか》った。色の白い鼻の隆《たか》い十九位の女であった。

雨の盛《さかん》に降る時には、学校の宿直室に泊ることもあった。学校に出てから、もう三月《みつき》にもなるので、大分《だいぶ》教師馴《な》れがして、郡視学《ぐんしがく》に参観されても赤い顔をするような初心《うぶ》なところも除《と》れ、年長の生徒に馬鹿にされるようなこともなくなった。行田や熊谷の小学校には、校長と教員との間に随分烈《はげ》しい暗闘《あんとう》があるとかねて聞いていたが、弥勒のような田舎の学校には、そうした難かしいこともなかった。師範出の杉田というのが厭《いや》に威張《いば》るのが癪《しゃく》に触《さわ》るが、自分は彼奴《あいつ》らのように校長になるのを唯一《ゆいいつ》の目的に一生小学校に勤めている人間とは種類が違うのだと思うと、別にヤキモキする必要もなかった。校長もどちらかといえば、気が小さく神経過敏に過ぎるのが厭だが、しかし概して温良な君子で、わる気《ぎ》というような処《ところ》は少しもなかった。関さんは例の通りの好人物、大島さんは話し好きの合《あ》い口《くち》——清三に取ってこの小学校は余り居心《いごころ》の悪い方ではなかった。

清三は一人でよくオルガンを弾《ひ》いた。型の小さい廉《やす》いオルガンで、音もそう大して好《よ》くはなかったが、自《みず》から好奇《ものずき》に歌などを作って、覚束《おぼつ》かない音楽の知識で、譜《ふ》を合せて見たり何かする。『藤村《とうそん》詩集』にある「海辺《うみべ》の曲」という譜のついた歌はよく調子に乗った。それから『若菜集《わかなしゅう》』の中の好きな句を選んで譜をつけて弾いても見た。梅雨《つゆ》の降《ふ》り頻《しき》る夕暮の田舎道、小さなしんとした学校の窓から、そうしたさまざまの歌が絶えず聞えたが、しかし耳を傾けて行く旅客《たびびと》もなかった。

清三の教える室《へや》の窓からは、羽生《はにゅう》から大越《おおごえ》に通う街道が見えた。雨に濡《ぬ》れて汚い布を四面に垂《た》れた乗合馬車がおりおり喇叭《らっぱ》を鳴してガラガラと通る。田舎娘が赤い蹴出《けだし》を出して、メリンスの帯の後姿を見せて番傘《ばんがさ》をさして通って行く。晴れた日には、番台《ばんだい》を頭の上に載せて太鼓《たいこ》を叩《たた》いて行くあめ屋、夫婦づれで編笠《あみがさ》を被《かぶ》って脚絆《きゃはん》をつけて歩いて行《ゆ》くホウカイ節《ぶし》*、七色の護謨《ゴム》風船《ふうせん》を飛ばして売って歩く爺《おやじ》、時には美しく着飾った近所の豪家の娘なども通った。県庁の役人が車を五、六台並べて通って行った時には、先生も生徒も皆《みん》な授業を余所《よそ》にして、その威勢の好いのに見惚《みと》れていた。

清三の父親は、どうかすると、商売の都合で、この近所まで来ることがある。縞《しま》の単衣《ひとえもの》に古びた透綾《すきや》*の夏羽織《なつばおり》を着て、半ば禿《は》げた頭には帽子《ぼうし》も被《かむ》らず、小使部屋《こづかい》からこっそり入って来て、「清三はいましたか」と聞いた。初めはさすがにこうした父親を同僚に見られるのを恥《はず》かしく思ったが、後《のち》には馴《な》れて、それほど厭《いや》とも思わなくなった。近所に用事が残っていると言うので、清三は寺に帰るのを止《や》めて、親子一緒に煎餅蒲団《せんべいぶとん》にくるまって宿直室に寝ることなどもあった。

その時はきっと二人して手拭《てぬぐい》を下げて前の洗湯《せんとう》に行く。小川屋から例の娘が弁当を拵《こしら》えて持って来る。食事がすむと、親子は友達のように睦《むつ》まじく話した。家《うち》の困る話なども出た。ありもせぬ財布《さいふ》から五十銭借りられて行くことなどもある。

七月に入っても雨は続いて降った。晴間《はれま》には日が赫《かっ》と照って、鼠色《ねずみいろ》の雲の絶間《たえま》から碧《みどり》の空が見える。畑には里芋《さといも》の葉が大きくなり、玉蜀黍《とうもろこし》の広葉《ひろば》がガサガサと風に靡《なび》いた。熊谷の小島は一高の入学試験を受けに東京に出懸《でか》けたが、時々絵葉書で状況を報じた。英語が難かしかったことなどをも知らせて来た。郵便脚夫《きゃくふ》は毎日雨にぬれて山門から本堂に遣《や》って来る。若い心にはどのようなことでも面白い種《たね》になるので、彼方此方《あっちこっち》から端書《はがき》や手紙が三、四通は必ず届いた。喝《かっ》！――と一字書いた端書があるかと思うと、蕎麦屋《そばや》で酒を飲んで席上で書いた熊谷の友達の連名の手紙などもある。石川からは、相変らずの『明星』攻撃、『文壇照魔鏡』*という渋谷の詩人夫妻の私行を訐《あば》いた冊子《さっし》をわざと送り届けて寄越《よこ》した。中にも郁治から来たのが一番多かった。恋の悩《なやみ》は片時もかれをして心を静かならしめることが出来なかった。郁治はある時は希望に輝き、ある時は絶望に悶《もだ》え、ある時は自己の心の影を追って、こうも思いああも思った。清三の心もそれにつれて動揺せざるを得なかった。自己の失恋の苦痛を包むためには、友の恋に対する同情の文句がおのずから誇大的にならざるを得なかった。――独り悶《もだ》ゆるの悲哀は美しきかな、君が思ひに泣かぬことはあらじ――わざと和文調に書いて、末に「この子もと罪のきづなのわなは知らず迷ふて来《き》しを捕《とら》はれの鳩《はと》」という歌を書きなどした。浦和の学校にいる美穂子の写真が机の抽出《ひきだし》の奥に蔵《しま》ってあった。雪子と今一人きよ子という学校友達と三人して撮《うつ》した手札形《てふだがた》で、美穂子は腰かけて花を持っていた。それを雪子のアルバムから貰《もら》おうとした時、雪子は「それはいけませんよ。変な風に写っているんですもの」と言って容易にそれを呉《く》れるとは言わなかった。雪子は被布《ひふ》*を着て、物に驚いたような頓狂《とんきょう》な顔をしていた。引《ひき》かえて、美穂子は明るい眼と眉《まゆ》とを分明《はっきり》と見せて、愛嬌《あいきょう》のある微笑を口元に湛《たた》えていた。清三は読書に労《つか》れた時など、おりおりそれを出して見る。雪子と美穂子とを比べて見ることもある。この頃では雪子のことを考えることも多くなった。その時はきっと「何故《なぜ》あしらじらしい、取済《とりすま》した風をしているんだろう。今少し打解《うちと》けて見せても好《よ》さそうなものだ」と思う。郁治の手紙は小さい文箱《ふばこ》に蔵《しま》って置いた。

前の土曜日には、久しぶりで、行田に帰った。小畑が熊谷から遣《や》って来るという便《たより》があったが、運わるく日曜が烈《はげ》しい吹降《ふきぶり》なので、郁治と二人樋《とい》から雨滴《あまだれ》が滝のように落ちる暗い窓の下で暮した。

次《つぎ》の土曜日には、羽生の小学校に朝から講習会があった。校長と大島と関と清三と四人して出懸《でか》けることになる。大きな講堂には、近在の小学校の校長やら訓導やらが大勢集《おおぜいあつま》って、浦和の師範から来た肥《ふと》った赤いネクタイの教授が、児童心理学の初歩の講演をしたり、尋常一年生の実地教授をして見せたりした。教員たちは数列に並んで鳴りを静めて謹聴《きんちょう》している。志多見《したみ》という所の校長は県の教育界でも有名な老教員だが、銀のような白い髪を撫《な》でながら、切口上《きりこうじょう》で、義務とでも思っているような質問をした。肥った教授は顔に微笑を湛《たた》えて、一々丁寧にその質問に答える。十一時近く、それが済むと、今度は郁治の父親や水谷《みずたに》という難かしいので評判な郡視学《ぐんしがく》が、教授法についての意見やら、教員の心得についての演説やらをした。梅雨《つゆ》は二、三日前から上って、暑い日影はキラキラと校庭に照りつけた。扇《おうぎ》の音がパタパタとそこにもここにも聞える。女教員の白地に菫色《すみれいろ》の袴《はかま》が眼に立って、額《ひたえ》には汗が見えた。成願寺《じょうがんじ》の森の中の蘆荻《ろてき》はもう人の肩を没するほどに高くなって、剖葦《よしきり》が時を得顔《えがお》に喧《かしま》しく鳴く。

講習会の終ったのはもう十二時に近かった。詰襟《つめえり》の服を着けた、白縞《しろじま》の袴に透綾《すきや》の羽織を着たさまざまの教員連が、校庭から門の方へとぞろぞろ出て行く。校庭には有志の寄附した標本用の樹木や草花がその名と寄附者の名とを記《しる》した札をつけられて疎《まば》らに植えられてある。柘榴《ざくろ》の花が火の燃えるように赤く咲いておるのが誰の眼にも着いた。樹《き》には黄楊《つげ》、椎《しい》、檜《ひのき》、花には石竹《せきちく》、朝顔、遊蝶花《ゆうちょうか》、萩《はぎ》、女郎花《おみなえし》などがあった。寺の林には蟬《せみ》が鳴いた。

「湯屋で、一日遊ぶような処《ところ》が出来たって言うじゃありませんか、林さん、行って見ましたか」

校門を出る時、校長はこう言った。

「そうですねえ、広告が彼方此方《あっちこっち》に張ってありましたねえ、何か浪花節《なにわぶし》があるって言うじゃありませんか」

大島さんも言った。

上町《かみまち》の鶴《つる》の湯《ゆ》にそういう催《もよおし》があるのを清三も聞いて知っていた。夏の間、二階を明放《あけっぱな》して、一日湯に入ったり昼寝でもしたりして遊んで行かれるようにしてある。氷も菓子も麦酒《ビール》も饂飩《うどん》も売る。ちょっとした昼飯位は食わせる準備《したく》も出来ている。浪花節も昼一度夜一度あるという。この二、三日梅雨《つゆ》が上って暑くなったので非常に客があると聞いた。主僧は昨日《きのう》出かけて半日遊んで来て、「どうせ、田舎のことだから、碌《ろく》なことは出来はしないけれど、ちょっと遊びに行くには好《い》い。貞公《ていこう》、うまい金儲《かねもうけ》を考えたもんだ」と前の地主に話していた。

「どうです、林さんに一つ案内してもらおうじゃありませんか。丁度《ちょうど》昼時分で、腹も空《す》いている……」

校長はこう言って同僚を誘《さそ》った。皆《みん》な賛成した。

上町の鶴の湯は賑《にぎや》かであった。赤いメリンスの帯を緊《し》めた田舎娘が出たり入ったりした。彼方此方《あっちこっち》から贈ったビラが一杯に下げてあって、貞さんへという大きな字がそこにもここにも見えた。氷見世《こおりみせ》には客が七、八人もいて、この家《うち》の上《かみ》さんが襷《たすき》をかけて、汗をだらだら流して、せっせと氷をかいている。

先生たちは二階に通った。幸いにして客はまだ多くなかった。近在の婆《ばあ》さんづれが一組、温泉にでも来たつもりで、ゆもじ一つになって、別の室《へや》にごろごろしていた。八畳の広間には、中央に浪花節を語る高座《こうざ》が出来ていて、そこにも紙や布のビラがヒラヒラ靡《なび》いた。室《へや》は風通しが好《よ》かった。奥の四畳半は畳は汚いが、青田《あおた》が見通しになっているので、四人はそこに陣取《じんど》った。

一風呂入って、汗を流して来る頃には、午飯《ひるめし》の仕度《したく》がもう出来ていた。赤い襷《たすき》をかけた家の娘が茶湯台《ちゃぶだい》を運んで来た。肴《さかな》はナマリブシの固《かた》い煮附《につけ》と胡瓜《きゅうり》もみと鶏卵《けいらん》にささげの汁とであった。しかし人々に取っては、これでも結構な御馳走《ごちそう》であった。校長は洋服の上衣《うわぎ》もチョッキもネクタイもすっかり取って、汚れ目の見える肌襦袢《はだじゅばん》一つになって、さも心地《ここち》の好さそうな様子で趺坐《あぐら》をかいていたが、

「皆《みん》な平《たい》らに、趺坐をかき給え。関君、どうです、服で窮屈にしていては仕方がない」こう言って笑って、「私が一つビールを奢《おご》りましょう。たまには愉快に話すのも好《よ》うござんすから」

やがてビールが命ぜられる。

「姐《ねえ》さん、氷をブッカキにして持って来て下さいな」

娘はかしこまって下りて行く。校長が関さんのコップにつごうとすると、かれは手でコップの蓋《ふた》をした。

「一杯飲み給え、一杯位飲んだッてどうもなりやしないから」

「いいえ、もう本当に沢山《たくさん》です。酒を飲むと、後が苦しくって……」

とコップを傍《わき》にやる。

「関君は本当に駄目ですよ」

と、言って大島さんは波々《なみなみ》とついだ自分の麦酒《ビール》を一呼吸《ひといき》に飲む。

「弱卒《じゃくそつ》は困りますな」

こう言って校長は自分のに波々と注《つ》いだ。泡《あわ》が山を為《な》して溢《こぼ》れ懸《かけ》るので、狼狽《あわ》て口をつけて吸った。娘がそこにブッカキを丼《どんぶり》に入れて持って来た。皆《みん》なが一つずつ手でつまんで麦酒の中に入れる。酒を飲まぬ関さんも大きいのを一つ取って、口の中に頬張《ほおば》る。やがて校長の顔も大島さんの顔も見事に赤くなる。

「講習会なんて駄目なものですな」

校長の気焔《きえん》がそろそろ出始めた。

大島さんがこれに相槌《あいづち》を打った。各小学校の評判や年功加俸の話などが出る。郡視学の融通の利《き》かない失策談が一座を笑わせた。けれど清三に取っては、これらの物語は耳にも心にも遠かった。年齢《とし》が違うからとは言え、こうした境遇にこうして安んじている人々の気が知れなかった。かれは将来の希望にのみ生きている快活な友達と、これらの人たちとの間に横《よこた》わっている大きな溝《みぞ》を考えて見た。

「まごまごしていれば、自分もこうなってしまうんだ！」

この考えは既に幾度となくかれの頭を悩《なやま》した。これを考えると、いつも胸が痛くなる。居ても立ってもいられないような気がする。小さい家庭の係累《けいるい》などのためにこの若い燃ゆる心を犠牲にするには忍びないと思う。この間も郁治と論じた。「豪《えら》い人は豪くなるが好《い》い。世の中には百姓もあれば、郵便脚夫もある。巡査もあれば下駄《げた》の歯入屋《はいれや》もある。豪くならんから生きていられないということはない。人生はわれわれの考えているようなせっぱつまったものではない。もっと楽に平和に渡って行《ゆ》かれる者だ。うそと思うなら、世の中を見給え。世の中を……」こう言って清三は友の巧名心を駁《ばく》した。けれどもその言葉の陰にはまるでこれと正反対の心がかくれていた。それだけかれは激していた。かれは泣きたかった。

それを今思い出した。「自分も世の中の多くの人のように暢気《のんき》なことを言って暮して行くようになるのか」と思って校長の平凡な赤い顔を見た。

つい麦酒《ビール》を五、六杯呷《あお》った。

青い田の中を蝙蝠傘《こうもりがさ》をさした人が通る。それは町の裏通《うらどおり》で、そこには路《みち》に添って里川が流れ、川楊《かわやなぎ》がこんもりと茂っている。森には蟬《せみ》の鳴声が喧《かまびす》しく聞えた。

一時間経《た》つと、三人は皆《みん》な倒れてしまった。校長は肱枕《ひじまくら》をして足を縮めて鼾《いびき》をかいているし、大島さんは仰《あおむ》向けに胸を露《あら》わに足を伸《の》ばしているし、清三は赤い顔をして頭を畳につけていた。独り関さんは退屈そうに、次の広間に行ってビラなどを見た。

三時過ぎに、清三が寺に帰って来ると、荻生君は風通の好い本堂の板敷《いたじき》に心地《ここち》よさそうに昼寝をしている。

午後の日影に剖葦《よしきり》が頻《しき》りに鳴いた。

## 十六

暑いある日の午後、白絣《しろがすり》に袴《はかま》という清三の学校帰りの姿が羽生《はにゅう》の庇《ひさし》の長い町に見えた。今日月給が全部下りて、懐《ふところ》の財布《さいふ》は重かった。今少し前、郵便局に寄って、荻生君に借りた五十銭を返し、途中で買って来たくず餅《もち》を出して、二人で茶を飲み飲み楽しそうに食った。「どうも、これも長々ありがとう」と言って、二月《ふたつき》ほど前から借りていた鳥打帽《とりうちぼう》を取って返した。

「まだ好《い》いよ、君」

「でも、今日夏帽子《なつぼうし》を買うから」

「買うまでかぶって居給え、可笑《おか》しいよ」

「なアに、すぐそこで買うから」

「足元を見られて高く売付《うりつ》けられるよ」

「なアに大丈夫だ」

で、日のカンカン照り附ける町の通《とおり》を清三は帽子も被《かぶ》らずに歩いた。通《とおり》に硝子戸《ガラスど》を明放《あけっぱな》した西洋雑貨商があって、毛糸や麦稈《むぎわら》帽子が並べてある。清三は麦稈帽子をいくつか出させて見せてもらった。十六というのが丁度《ちょうど》かれの頭に合った。一円九十銭というのを六十銭に負けさせて買った。町の通に新しい麦稈帽子が際立《きわだ》って日にかがやいた。

## 十七

美穂子は暑中休暇で帰って来た。

その家へ行く路《みち》には夏草が深く茂っていた。里川の水は碧《あお》く漲《みなぎ》って流れている。蘆《あし》の緑《みどり》葉《ば》に日影が射《さ》した。

って行った。

家の入口には、肌襦袢《はだじゅばん》や腰巻や浴衣《ゆかた》が物干棹《ものほしざお》に干しつらねてある。郁治は清三と伴《つ》れ立って行った。

美穂子は白絣《しろがすり》を着ていた。帯は白茶《しらちゃ》と鶯茶《うぐいすちゃ》の腹合せをしていた。白いリボンがよく似合った。顔は少し肥《こ》えて、頬《ほお》のあたりがふっくりと肉附いた。髪は例の廂髪《ひさしがみ》に結《ゆ》って、

ビールの空罎《あきびん》に入れられた麦湯《むぎゆ》が古い井字形《せいじがた》の井戸に細い綱で吊《つる》して冷されてあった。井戸側には大きな葉の草がゴチャゴチャ生《は》えている。流しには菖蒲《しょうぶ》、萱《かや》などが一面にしげって、釣瓶《つるべ》の水をこぼすたびにしぶきがそれにかかる。二、三日前までは老母が夕《ゆう》ごとにそこに出て、米かし桶《おけ》の白い水を流すのが常であったが、娘が帰って来てからは、その色白の顔がいつも分明《はっきり》と薄暮の空気に見えるようになった。

その頃には奥で父親《ちち》の謡《うたい》がいつも聞えた。

美穂子は細い綱をスルスルと手繰《たぐ》った。ビールの罎がやがて手に来る。結《ゆわ》えた綱を解いて、それを勝手に持って来て、土瓶《どびん》に移して、コップ三つと、砂糖を入れた硝子器《うつわ》とを盆にのせて、兄の話している座敷に持って行く。

「何にも、御馳走《ごちそう》はございませんけど……これは一日井戸につけて置いたんですから、お砂糖でも入れて召上って……」

麦湯は氷のように冷えていた。郁治も清三も二、三杯お代りをして飲んだ。美穂子は兄の傍《そば》に坐って、遠慮なしにいろいろな話をした。

「寄宿生活は随分大変でしょう」

清三はこう訊《き》くと、

「ええ、随分賑《にぎや》かですよ。他の女学校などと違って、監督が難かしいのですけど、それでもやっぱり……」

「女学校の寄宿舎なんて、それは大変なものさ。話で聞いても随分愛憎《あいそ》が尽きるよ」と北川は笑って、「やっぱり、男の寄宿とそう大して違いはないんだね」

「まさか兄さん」

と美穂子は笑った。

その室《へや》には西日が射《さ》した。松の影が庭から縁側《えんがわ》に移った。垣の外を荷車の通る音がする。この春と同じように、二人の友達は家《うち》への帰途を黙って歩いた。言いたいことは郁治の胸にも清三の胸にも山ほどある。しかし二人ともそれに触れようとしなかった。城址《しろあと》の錆《さ》びた沼に赤い夕日が射して、ヤンマが蘆《あし》の梢《こずえ》に一疋《ぴき》、二疋、三疋までとまっている。小児《こども》が長いもち竿《ざお》を持って、田の中に腰まで浸《つか》って、おつるみの蜻蜓《とんぼ》をさしていた。

石橋近くに来た時、

「今年は夏休をどうする……どこかに行《ゆ》くかね？」

郁治は突然こう訊《たず》ねた。

「まだ、考えていないけれど、ことに寄ると、日光《にっこう》か妙義《みょうぎ》に行《ゆ》こうと思うんだ。君は？」

「僕はそんな余裕はない。この夏は英語を今少し勉強しなくっちゃならんから」

美穂子がこの夏休暇《なつやすみ》をここに過すということが何の理由もなしに清三の胸に浮んで、妬《ねたまし》いような辛《つら》い心地《ここち》がした。

今夜は父母の家に寝て、翌朝《よくあさ》早く帰ろうと思った。現に、郁治にもそう言った。けれど路の角で郁治と別れると、急に、ここにいるのがたまらなく厭《いや》になって、足元から鳥の立つように母親を驚かして帰途に就いた。明朝郁治が遣《や》って来て驚くであろうという一種復《ふっ》仇《きゅう》の快感と、束縛せられている力から免《まぬか》れ得たという念と、譬《たと》えがたいさびしい心細い感とを抱いて、かれはその長い夕暮の街道を辿《たど》った。

寺に帰った時は日が暮れてからもう一時間位経《た》った。和尚《おしょう》さんは庫裡《くり》の六畳の長火鉢《ながひばち》のある処《ところ》で酒を飲んでいたが、常に似ず元気で、「まア一盃御遣《いっぱいおや》んなさい」と盃《さかずき》をさして、冷《ひや》やっこを別に皿に分けて取ってくれた。今まで聞かなかった主僧の幼ない頃の話が出る。九歳の時、この寺に小僧に寄越《よこ》されて、それから七、八年の辛抱《しんぼう》、その艱難《かんなん》は一通《ひととおり》でなかった。玄関の傍《そば》の二畳にいて、この成願寺《じょうがんじ》の住職になることをこの上もない希望のように思っていた。今でも成願寺住職実円《じつえん》と書いた落書《らくがき》がよく見ると残っている。主僧は酔って、「衆寮《しゅりょう》の壁《かべ》」というついこの頃作った新体詩を歌って聞かせた。

「どうです、君も何か一つ書いて見ませんか」

こう言って和尚さんは勧めた。

清三の胸はこうした言葉にも動かされるほど今宵《こよい》は感激していた。何か一つ書いて見よう。かれは『ウェルテル』*を書いてその実際の苦痛を忘れたゲエテのことなどを思い出した。自分には才能という才能もない。学問という学問もない。友達のように順序正しく修業をする境遇にもいない。人並《ひとなみ》にしていては、とても駄目《だめ》である。かれは感情を披瀝《ひれき》する詩人としてより他《ほか》に光明を認め得るものはないと思った。

「一つ運だめしを遣《や》ろう。この暑中休暇に全力を挙《あ》げて見よう。自分の才能を試みて見よう」

かれは和尚さんから、種々《いろいろ》の詩集や小説を借りることにした。翌日学校から帰って来ると、和尚さんは東京の文壇に顔を出している頃集めた本を何彼《なにか》と持って来て貸してくれた。『国民小説』*という赤い表紙の四六版《しろくばん》の本の中には、「地震」と「うき世の波」と「悪因縁《あくいんねん》」という三篇がある。それが面白いから読めと和尚さんは言った。『むさし野』という本もその中にあった。かれは『むさし野』*に読耽《よみふけ》った。

七月は次第に終《おわり》に近《ちかづ》いた。暑さは日に日に加わった。久しく逢《あ》わなかった発戸《ほっと》の小学校の女教員に例の庚申塚《こうしんづか》の角でまた二、三度邂逅《かいこう》した。白地の単衣《ひとえもの》に白のリボン、涼しそうな装《なり》をして、微笑《ほほえみ》を傾けて通って行った。その微笑の意味が清三にはどうしても解《わか》らなかった。学校では暑中休暇を誰も皆な待ち渡っている。暑い夏を葡萄棚《ぶどうだな》の下に寝て暮そうという人もある。浦和にある講習会に出かけて、検定の資格を得ようとしているものもある。

旅に出ようとしているものもある。東京に用足しに行こうと企《くわだ》てているものもある。月の初めから正午限《ひるぎり》になっていたが、前期の日課点を調べるので、教員どもは一時間二時間を教室に残った。それに用のないものも、午《ひる》から帰ると途中が暑いので、日陰の出来る頃まで、オルガンを鳴したり、雑談に耽《ふけ》ったり、宿直室に行って昼寝をしたりした。清三は日課点の調べにも厭《あ》きて、風呂敷包の中から『むさし野』を出して、清新な趣味に渇《かっ》した人のように熱心に読んだ。「忘れ得ぬ人々*」に書いた作者の感慨、武蔵野の郊外をザッと降って通る林の時雨《しぐれ》、水車《みずぐるま》の月に光る橋の畔《ほとり》に下宿した若い教員、それらはすべて自分の感じによく似ていた。かれはおりおり本を伏せて、頭脳《あたま》を流れて来る感興に耽らざるを得なかった。

三十日の学課は一時間で終った。生徒を集めた卓《テーブル》の前で、

「皆さんは暑中休暇を有益に使わなければなりません。余りに遊び過すと、折角《せっかく》これまで教わったことを皆《みん》な忘れてしまいますから、毎日一度ずつは、本を出してお復習《さらえ》をなさい。それから父《おと》さん母《おかあ》さんに世話を焼かしてはいけません。桃や梨や西瓜《すいか》などを沢山《たくさん》食べてはいけません。暑い処《ところ》を遊んで来て、そういうものを沢山に食べますと、腹《おなか》をこわすばかりではありません、恐ろしい病気にかかって、夏休《なつやすみ》がすんで、学校に来たくッても来られないようになります。よく遊び、よく学び、よく勉《つと》めよ。本にもそう書いてありましょう。九月の始めに、ここで先生と一所《いっしょ》になる時には、誰が一番先生の言うことをよく守っ

たか、それを先生は今から見ております」こう言って、清三は生徒に別れの礼をさせた。お下《さ》げに結《ゆ》った女生徒と鼻を垂らした男生徒とがぞろぞろと下駄箱《げたばこ》の方に先を争って出て行った。いずれの教室にも同じような言葉が繰返される。女教員は菫色《すみれいろ》の袴《はかま》を分明《はっきり》と廊下に見せて、一二、一二を遣《や》りながら、そこまで来て解散した。校庭には九連草《くれんそう》の赤いのが日に照されて咲いていた。紫陽花《あじさい》の花もあった。

## 十八

暑中休暇は徒《いたずら》に過ぎた。自己の才能に対する新しい試みも見事に失敗した。思《おもい》は燃えても筆はこれに伴わなかった。五日の後にはかれは断念して筆を捨てた。

寺にいても面白くない。行田に帰っても、狭い家は暑く不愉快である。それに、美穂子が帰っているだけそれだけ、そこにいるのが苦痛であった。かれは一人で赤城《あかぎ》から妙義《みょうぎ》に遊んだ。

旅から帰って来たのは八月の末であった。その時、美穂子は既に浦和の寄宿舎に帰っていた。

行田から羽生《はにゅう》、羽生から弥勒《みろく》という平凡な生活はまた始《はじま》った。

# 十九

学校には新しいオルガンが一台購《か》ってあった。初めての日は丁度《ちょうど》日曜日で、校長も大島さんも来なかった。その夜は宿直室にさびしく寝た。盂蘭盆《うらぼん》を過ぎた後《のち》の夜《よ》は美しく晴れて、天《あま》の川《がわ》が明《あきら》かに空に横《よこたわ》っている。垣《かきね》にはスイッチョが鳴いて、村の子供らのそれをさがす提灯《ちょうちん》がそこにもここにも見える。日中は暑いが、夜は露が草の葉に置いて、人の話声がどこからともなく聞えた。

初めの十日間は授業は八時から十時、次の十日間は十二時まで、それから間もなく午后二時の退校となる。もうその頃は秋の気はあたりに充《み》ちて、雨の降る日などは単衣《ひとえ》一枚では冷かに感じられた。物思うかれの身に月日は早く経《た》った。

高等学校の入学試験を受けに行った小島は第四*に合格して、月の初めに金沢に行ったという噂《うわさ》を聞いたが、得意の文句を並べた絵葉書はやがてそこから届いた。その地にある兼《けん》六《ろく》公園の写真はかれの好奇心を惹《ひ》くに充分であった。友の成功を祝した手紙を書く時、かれは机に打伏《うちふ》して自己の不運に泣かざるを得なかった。

本堂の机の上には、『乱れ髪』*、『落梅集』*、『むさし野』*、和尚《おしょう》さんが早稲田に通う頃読んだという『エノックアーデン』の薄い本が載せられてあった。かれは「響《ひびき》りんりん」*という故郷を去るの歌を常に好んで吟誦《ぎんしょう》した。その調子には言うに言われぬ悲哀がこもった。

庫裡《くり》の玄関の前に、春は芍薬《しゃくやく》の咲く小さい花壇があったが、そこにその頃秋海棠《しゅうかいどう》が絵のように微《かす》かに紅《くれない》を見せている。中庭の萩《はぎ》は今を盛《さかり》に咲乱《さきみだ》れた。

夜ごとの月は次第に明《あきら》かになった。墓地と畠《はた》とを縁取《ふちど》った榛《はん》の並木が黒く空に見えて、大きな芋の葉にはキラキラと露が光った。

夕飯《ゆうめし》の後《のち》に、清三は墓地を歩いて見ることなどもあった。新墓《にいつか》の垣《かきね》に紅白の木槿《もくげ》が咲いて、あかい小《ちい》さい蜻蜓《とんぼ》が沢山《たくさん》集って飛んでいる。卒塔婆《そとば》の新しいのに、和尚さんが例の禿筆《ちびふで》を揮《と》ったのが彼方此方《あちこち》に立っている。土饅頭《どまんじゅう》の上に茶椀《ちゃわん》が水を満して置いてあって、線香のともった後の白い灰が歴々《ありあり》と残って見えた。花立《はなたて》にはみそ萩《はぎ》や女郎花《おみなえし》などが供《そな》えられてある。古い墓も無縁の墓もかなり多かった。一隅《かたすみ》には行倒《ゆきだお》れや乞食《こじき》の死んだのを埋葬した処もあった。清三は時には好奇《ものずき》に碑《ひ》の文などを読んで見ることがある。仙台で生れて、維新の時には国事に奔走して、明治になってからここに来て、病院を建てて、土地の者に慈《じ》父《ふ》のように思われたという人の石碑もあった。製糸工場の最初の経営者の墓は、花崗石《みかげいし》の立派なもので、寄附金をした有志の姓名は、金文字で、高い墓石に刻《ほ》りつけられてあった。それから日清《にっしん》の役《えき》にこの近在の村から出征して、旅順《りょじゅん》で戦死した一等卒の墓もあった。

この墓地とは全く離れて、裏の林の奥に、丸い墓石《はか》が数多く並んでいる。これは歴代の寺の住職の墓である。杉の古樹の蔭《かげ》に篠《ささ》やら楢《なら》やらが茂って、土は常にじめじめとしていた。晴れた日には、夕方の光線が斜《ななめ》に林にさし透《とお》って、向うに広い野の空がそれと覗《のぞ》かれた。雨の日には、梢《こずえ》から雨滴《あまだれ》がボタボタ落ちて、苔蘚《こけ》の生《は》えた坊主の頭顱《あたま》のような墓石《はか》は泣くように見られた。ここの和尚さんもやがてはこの中に入るのだなどと清三は考えた。肥《ふと》った背《せい》の高い上《かみ》さんと田舎の寺に埋めて置《お》くのは惜しいような学問のある和尚さんとが、こうした淋《さび》しい平凡な生活を送っているのも、考えると不思議なような気がする。ふと、二、三日前のことを思出して、かれは微笑した。かれは日記に軽い調子で、「夕方知らずして、主《しゅ》の坊が Wife と共に湯の小さきに親しみて(?)入《い》れるを見て、突然のことに気の毒にもまた面喰《めんくら》はされつ」と書いたのを思出《おもいだ》した。湯殿《ゆどの》は庫裡《くり》の入口《いりくち》から入られるようになっていた。和尚さんは二月《ふたつき》ばかり前に、葬儀に用いる棒や板などの沢山《たくさん》本堂にあったのを利用して、大工を雇《やと》って来て、そこに恰好《かっこう》の湯殿を作って、丸い風呂を据えて湯を立てた。烟《けむり》が勝手から庫裡まで靡《なび》いた。その日は火を貰《もら》おうと思って、茶の間に行って見ると、そこには誰もいないで、笑声《わらいごえ》が湯殿の方から聞えた。何気《なにげ》なしに行って覗《のぞ》いて見ると、夫妻は小さい据風呂《すえふろ》に目白の推合《おしあ》いのようにして入っている。主僧は平気で笑って、「これはえらい処を見られましたな」と言った。清三にはこの滑稽《こっけい》な事実が、単に滑稽な事実ではなくって、それを透《とお》して主僧の生活の状態と夫妻の間柄とが一層明《あき》らかに見えたような気がした。こうして無意味に——若い時の希望も何も彼《か》も捨ててしまって、唯《ただ》目前の運命に服従して、さて年を過して、歴代の住職の墓の中に！　清三は自分の運命に引くらべて見た。

時には『一葉舟《ひとはぶね》』の詩人*を学《まな》んで、「雲」の研究をして見ようなどと思い立つこともあった。信濃《しなの》の高原に見るような複雑した雲の変化を見ることは出来なかったが、ひろい関東平野を縁取《ふちど》った山々から起る雲の色彩にはすぐれたものが多かった。裏に出ると、浅間《あさま》の烟《けむり》が正面に見えて、その左に妙義《みょうぎ》がちょっと頭を出していて、それから荒船《あらふね》の連山、北《きた》甘楽《かんら》の連山、秩父《ちちぶ》の連山が波濤《はとう》のように連《つらな》り渡った。両神山《ふたかみやま》の古城址《こじょうし》のような形をした肩の処に夕日は落《おち》て、いつもそこからいろいろな雲が湧《わ》きあがった。右には赤城から日光連山が環《わ》をなして続いた。秩父の雲の明色の多いのに引かえて、日光の雲は暗色が多かった。かれは青田を越えて、向うの榛《はん》の並木あたりまで行った。野良《のら》の仕事を終って帰える百姓は、いつも白地の単衣《ひとえ》を着て頭の髪を長くした成願寺の教員さんが手帳を持ちながらぶらぶら歩いて行くのに邂逅《でっくわ》して挨拶《あいさつ》をした。時には田の畔《あぜ》に佇《たたず》んで何か頻《しき》りに手帳に書き附けているのを見たこともあった。清三の手帳には日附と時刻とその時々に起ったさまざまの雲の状態と色彩と、時につれて変化して行く暮雲《ぼうん》のさまとが段々詳しく記された。「平野の雲の研究」という文をかれは書き始めた。

彼岸《ひがん》の中日《ちゅうにち》には、その原稿がもう大抵出来《でき》懸《かか》っていた。その日は本堂の如来様にはめずらしく蠟燭《ろうそく》が点《とも》されて、和尚さんが朝の内一時間ほど、紫の衣《ころも》に錦襴《きんらん》の袈裟《けさ》をかけて読経《どきょう》をした。庭の金木犀《きんもくせい》は風につれてなつかしい匂《におい》を古びた寺の室《へや》に送る。参詣者は朝から遣《や》って来て、駒下駄《こまげた》の音がカラコロと長い舗石道《しきいしみち》に聞えた。墓に詣《もう》ずる人々は、まず本堂に上って如来様《にょらいさま》を拝《おが》み、庫裡《くり》に廻って、そこに出してある火鉢《ひばち》で線香に火を点《つ》け、草の茂った井戸から水を汲んで、手桶《ておけ》を下げて墓に行った。寺では二、三日前から日傭取《ひようとり》を入れて掃除をして置いたので、墓地は綺麗《きれい》になっていて、いつものように樒《しきび》の枯葉や犬の糞《くそ》などが散《ちら》かっていなかった。参詣するものの中《うち》には、町の豪家の美しい少女もおれば、島田に結《ゆ》った白粉《おしろい》の半剝《なかば》げた田舎娘もあった。清三は上《かみ》さんから貰《もら》った萩《はぎ》の餅《もち》に腹をふくらし、涼しい風に吹かれながら午睡《ひるね》をした。夢現《ゆめうつつ》の中《うち》にも鐘の音、駒下駄《こまげた》の音、人の語り合う声などが絶えず聞えた。

結願《けちがん》の日から雨がしとしとと降った。さびしい今年の秋が来た。かれのこの頃の日記には、こんなことが書いてある。

十月一日

去月《きょげつ》二十八日よりの不着の新聞今日一度に来る。夜、善綱《ぜんこう》氏(小僧)に算術教ふ。『エノックアーデン』二十頁《ページ》の処《ところ》まで進む。この頃日脚《ひあし》西に入《い》りやすく、四時過ぎに学校を出《い》で、五時半に羽生に着けば日全く暮《く》る。夜、九時、湯に行く。秋の夜の御堂《みどう》に友の涙冷《ひやや》かなり。

二日、晴

馴《な》れし木犀《もくせい》の香《かおり》漸《よう》やく衰へ、裏の栗林に百舌鳥《もず》なきしきる。今日より九時始業、米ずしより夜油を買ふ。

三日、
モロコシ畑の夕日に群れて飛ぶあきつ赤し。熊谷の小畑に手紙出す。夕波の絵かきそへて。
四日、晴
久しく晴れたる空は夜に入《い》りて雨となりぬ。裏の林に、秋雨《あきさめ》の木《こ》の葉《は》うつ音しずか。故郷の夢見る。
五日、土曜日
雨を衝《つ》きて行田に帰る。
六日、
一日を楽しき家庭に暮す。小畑と小島に手紙出す。夜、細雨静か也《なり》。
七日、
朝早く行く。稲、黄《きいろ》く色づき、野の朝の雨斜《ななめ》なり。夜は学校にとまる。
八日、
雨はげしく井戸傍《いどばた》の柳の糸乱る。今宵《こよい》も学校にとまる。
九日、
早く帰る。秋雨漸《ようや》く晴れて、夕方の雲風に動くこと早く夕日金色《こんじき》の色弱し。木犀《もくせい》の衰へたる香《におい》微《かす》かに匂ふ。夜、新聞を見、行田への荷物包む。星かくれて、銀杏《いちょう》の実落つること繁《しげ》し。栗の林に野分《のわき》たちて、庫裡の奥庭に一葉ちるもさびしく、風の音にコホロギの声寒し。

十日、

朝、行田に蚊帳《かや》を送り、夕方着物を受取る。小畑より久し振りにて同情の手紙を得たり。曰《いわ》く、「この秋の君の心! 思へばありしことども思ひ偲《しの》ばる。「去年《こぞ》の冬、今年の春!」といふ君が言葉にも千万無量の感湧出《わきい》でて、心は遠く成願寺のあたり」云々。

夜、星清く澄んで南に低く飛ぶもの二つ。小畑に返事を書く。曰《いわ》く、「愚痴《ぐち》はもうやめた。言ふまい、語るまい、一人にて泣き、一人にてもだえん」

清三はこの頃の日記の去年の冬、今年の春に比べて、いかにその調子が変ったかを考えざるを得なかった。去年の冬はまだ世の中はこうしたものだとは知らなかった。美しい派手やかな希望も前途に輝いていた。歌留多《かるた》を取っても、ボールを投げても面白かった。親しい友達の胸に利己のさびしい影を認めるほど眼も心も覚《さ》めておらなかった。卒業の喜悦《よろこび》、初めて世に出《い》づる希望――その花やかな影は忽《たちま》ち消えて、秋は来た、さびしい秋は来た。裏の林に熟《え》み割《わ》れた栗のいがが見えて、晴れた夜は野分《のわき》がそこからさびしく立った。長い廊下の縁《えん》は足の裏に冷やかに、本堂の傍《そば》の高い梧桐《あおぎり》からは雨滴《あまだれ》が泣くように落ちた。

## 二十

男生徒女生徒打混《うちま》ぜて三十名ばかり、田の間の細い路《みち》をぞろぞろと通る。学校を出る時は、「亀《かめ》よ亀さんよ」を一斉に唄《うた》って来たが、それにも倦《あ》きて、今では各自《てんで》に勝手な真似《まね》をして歩いた。何かべちゃくちゃ饒舌《しゃべ》っている女生徒もあれば、後を振返って赤目《あかんべい》をして見せている男生徒もある。赤いマンマという花を摘んで列に後《おく》れるものもあれば、蜻蜓《とんぼ》を追かけて畑《はた》の中に入って行くものもある。尋常二年級と三年級、九歳から十歳までのいたずら盛り、総じて無邪気な甘《あ》まえるような挙動を、清三は自己の物思《ものおもい》の慰藉《いしゃ》として常に可愛《かあい》がったので、「先生――林先生」と生徒は顔を見てよくその後を追った。

学校から村を抜けて、発戸《ほっと》に出る。青縞《あおじま》を織る機《はた》の音がそこにもここにも聞える。色の白い若い先生をわざわざ窓から首を出して見る機織女《はたおりおんな》もある。清三は袴《はかま》を着けて麦稈帽子《むぎわらぼうし》を被《かぶ》って先に立つと、関さんは例の詰襟《つめえり》の汚れた白い夏服を着て生徒に交って歩いた。女教師もその後からハンケチで汗を拭《ふ》き拭き跟《つ》いて来た。秋は半ば過ぎてもまだ暑かった。発戸の村はずれの八幡宮《はちまんぐう》に来ると、生徒はばらばらと駆《か》け出《だ》して、その裏の土手に馳《は》せ上《あが》った。先に登ったものは、手を挙げて高く叫んだ。ぞろぞろと跟《つ》いて登って行って、手を挙げているさまが、秋の晴れた日の空気を透《とお》して疎《まば》らな松の間から見えた。その松原からは利根川《とねがわ》の広い流《ながれ》が絵を展《ひろ》げたように美しく見渡された。

弥勒《みろく》の先生たちはよく生徒を運動にここにつれて来た。生徒が砂地の上で相撲《すもう》を取ったり、叢《くさむら》の中で阜斯《ばった》を追ったり、汀《みぎわ》に行って浅瀬でぽちゃぽちゃしたりしている間を、先生たちは涼しい松原の蔭《かげ》で、気の置けない話をしたり、新刊の雑誌を読んだり、仰向《あおむけ》に草原の中に寝ころんだりした。平凡なる利根川の長い土手、その中でここ十町ばかりの間は、松原があって景色が眼覚《めざめ》るばかり美しかった。ひょろ松もあれば小松もある。松の下は海辺にでも見るような綺麗《きれい》な砂で、処々《ところどころ》小高い丘と丘との間には、青い草を下草《したぐさ》にした絵のような松の影があった。夏はそこに色の濃いなでし子が咲いた。白い帆がそのすぐ前を通って行った。

清三はここに来ると、いつも生徒を相手にして遊んだ。鬼事《おにごと》の群《むれ》に交って、女の生徒につかまえられて、前掛《まえかけ》で眼《め》かくしをさせられることもある。また生徒を集めて一所《いっしょ》になって唱歌をうたうことなどもあった。こうしている間はかれには不平も不安もなかった。自己の不運を嘆くという心も起らなかった。無邪気な子供と同じ心になって遊ぶのが常である。しかし今日はどうしてかそうした快活《かいかつ》な心になれなかった。無邪気に遊び廻る子供を見ても心が沈んだ。こうして幼い生徒にはかなき慰藉《いしゃ》を求めている自分が情《なさ》けない。かれは松の蔭に腰をかけて、溶々《ようよう》として流れ去る大河に眺め入った。

一日《あるひ》、学校の帰りを一人さびしく歩いた。空は晴れて、夕暮の空気の影濃《こまや》かに、野には薄《すすき》の白い穂が風に靡《なび》いた。ふと、路《みち》の角に来ると、大きい包を背負って、古びた紺《こん》の脚絆《きゃはん》に、埃《ほこり》で白くなった草鞋《わらじ》をはいて、さも労《つか》れ果《は》てたという風の旅人が、ひょっくり向うの路から出て来て、「羽生の町へはまだよほどありますか」と問うた。

「もう、じきです、向うに見える森がそうです」

旅人はかれと並んで歩きながら、なおいろいろなことを訊《き》いた。これから川越《かわごえ》を通って八王子《はちおうじ》の方に行くのだという。何でも遠い処から商売をしながら遣《や》って来たものらしい。その言葉には東北地方の訛《なまり》があった。

「この近所に森という在郷《ざいごう》がありますか」

「知りませんな」

「では高木という処は」

「聞いたようですけど……」

やっぱりよくは知らなかった。旅人は今夜は羽生の町の梅沢《うめざわ》という旅店《りょてん》にとまるという。清三は町に入る処で、旅店へ行く路を教えて遣《や》って、田圃《たんぼ》の横路を右に別れた。見ていると、旅人はさながら疲れた鳥が塒《ねぐら》を求《もとめ》るように、てくてくと歩いて町に入って行った。何《なに》故《ゆえ》ともなく他郷という感が烈《はげ》しく胸を衝《つ》いて起った。かれも旅人、われも同じく他郷の人！　こう思うと、涙がホロホロと頰《ほお》を伝って落ちた。

## 二十一

秋は日に日に深くなった。寺の境にひょろ長い榛《はん》の林があって、その向うの野の黄《きいろ》く熟した稲には、夕日が一しきり明《あか》るく射《さ》した。鴻《こう》の巣《す》に通う県道には、薄暮《はくぼ》に近く、空車《からぐるま》の通る音がガラガラといつも高く聞える。その頃機動演習に遣《や》って来た歩兵《ほへい》の群《むれ》や砲車《ほうしゃ》の列や騎馬《きば》の列がぞろぞろと通った。林の角に歩兵が散兵線《さんぺいせん》を布《し》いていると思うと、バリバリと小銃の音が凄《すさま》じく聞える。寺でも庫裡《くり》と本堂に兵士が七、八人も来て泊った。裏の林には馬が二、三十頭も繋《つな》がれて、それに飲ませる水を入れた四斗桶《しとおけ》*が幾個《いくつ》となく本堂の前の庭に並べられる。サアベルの音、靴《くつ》の音、馬の嘶《いなな》く声、俄《にわ》かに四辺《あたり》は騒々しくなった。夜は町の豪家の門《かど》に何中隊本部と書いた寒冷紗《かんれいしゃ》*の布が白く闇《やみ》に見えて、士官や曹長《そうちょう》が剣を鳴して出たり入ったりした。

それが一日二日で通過してしまうと、町はしんとして元の静謐《せいひつ》にかえった。清三は二、三日前の土曜日に例のごとく行田《ぎょうだ》に行ったが、帰って来て、日記に、「母はつとめて言はねど、父君《ちちぎみ》のさては何とか働き給《たま》はば、わが一家は平和ならましを。この思ひ、いつも帰行《こう》の時に思ひ浮ばざることなし」と書いた。怠《なま》けがちに日を送って、母親にのみ苦労を懸《か》ける父親がかれには歯痒《はがゆ》くって仕方がなかった。かれは病身でそして思ひ遣りの深い母親に同情した。顳顬《こめかめ》に即功紙《そっこうし》*を貼《は》って、夜更《よふけ》まで賃仕事にいそしむ母親の繰言《くりごと》を聞くと、いかなる犠牲にも堪《た》えなければならぬといつも思う。時には、父親に内所《ないしょ》で、財布《さいふ》の底をはたいて小遣《こづかい》を置いて来ることなどもある。それを父親は母親から引出《ひきだ》して遣《つか》った。

二、三日前に帰った時にも、彼方此方《あっちこっち》に一円二円と細かい不義理が出来て困っているという話を母親から聞いた。

『行田文学』は四号で廃刊するという話があった。石川は折角《せっかく》始めたことゆえ、一、二年は続けたいが、どうも費用が嵩《かさ》んで、印刷所に借金が出来るようでも困るからという。郁治はどうせそんな片々《へんぺん》たるものを出したって、要するに道楽に過《す》ぎんのだから止《やめ》てしまう方が結局宜《い》い仕方だと賛成する。清三は折角四号まで出したのだから、今少し熱心に会員を募《つの》ったり寄附をしてもらったりしたならば、続刊の計画が立つだろうと言って見たが駄《だ》目《め》だッた。日曜日には荻生《おぎゅう》君が熊谷《くまがや》から来るのを待受《まちう》けて、一緒に羽生《はにゅう》に帰って来た。荻生さんは心配のなさそうな顔をして面白い話をしながら歩いた。途中で、テバナをかんで見せた。それがいかにも巧《たく》みなので、清三は体を崩《くず》して笑った。清三には荻生さんの無邪気で暢気《のんき》なのが羨《うらやま》しかった。

朝霧の深い朝もあった。野は秋ようやく逝《ゆ》かんとしてまた暑きこと一、二日、柿赤く、蜜柑《みかん》青しと、日記に書いた日もあった。秋雨《あきさめ》は次第に冷《ひや》やかに、漆《うるし》のあかく色附いたのが裏の林に見えて、前の銀杏《いちょう》の実は葉と共に頻《しき》りに落ちた。掃《は》いても掃いても黄《きいろ》い銀杏の葉は散って積る。清三は幼い頃故郷の寺で、遊び仲間の子供たちと一緒に、風の吹いた朝を待《まち》つけて、銀杏の実を拾ったことを思い出した。それがまだ昨日のように思われる。そこに現に子供の群《むれ》の中に自分も一緒になって銀杏を拾っているような気もする。月日が何時《いつ》の間にか経《た》って、こうして昔のことを考える身となったことが不思議にさえ思われた。この頃は学校でオルガンに新曲を合わせて見ることに興味を持って、琴《こと》の「六段*」や長唄《ながうた》の

「賤機《しずはた》」*などを遣《や》って見ることがある。鉄幹《てっかん》の「残照」*は変ロ調の4/4でよく調子に合った。遅《おそ》くまでかかって熱心に唱歌の楽譜を浄写した。

月の初《はじめ》に、俸給の一部を割《さ》いて、枕時計《まくらどけい》を買ったので、この頃は朝はきまって七時には眼《め》が覚《さ》める。それに、時を刻《きざ》むセコンドの音が絶えず聞えて、何だかそれが伴侶《ともだち》のように思われる。一人で帰って来ても、時計が待っている。夜更《よふけ》に目が覚めてもチクタク遣《や》っている。物を思う心のリズムにも調子を合わせてくれるような気がする。かれは小畑にやる端書《はがき》に枕時計の絵をかいて、「この時計をわが友ともわが妻とも思ひなしつつ、この秋を寺籠《てらごもり》するさびしの友を思へ」と言って遣《や》った。学校からの帰途には、路傍《ろぼう》の尾花《おばな》に夕日が力弱く射《さ》して、蓼《たで》の花の白い小川に色ある雲が映った。かれは独歩《どっぽ》の『むさし野』の印象を更に新しく胸に感ぜざるを得なかった。寺の前の不動堂の高い縁側《えんがわ》には子傅《こもり》の老婆がいつも三、四人集《たか》って、手拍子《てびょうし》を取って子守歌を歌っている。その頃裏の林は夕日にかがやいて、その最後の余照は山門の裏の白壁《しらかべ》の塀《へい》に明《あきら》かに照った。

荻生さんはいつも遣《や》って来た。一緒に町に出て、しるこを食うことなどもあった。「それは僕だッて、暢気《のんき》にばかりしている訳ではありませんさ。けれどいくら考えたって仕方がないですもの、成《な》るようにしきゃならないんですもの」荻生さんは清三の常に沈みがちなのを見て、こんなことを言った。荻生さんは清三の常に悲しそうな顔をしているのを心配した。

後《のち》の月は明るかった。裏の林に野分《のわき》の渡るのを聞きながら、庫裡《くり》の八畳の縁側に、和尚さんと酒を飲んだ。夜はもう寒かった。轡虫《くつわむし》の声も枯々《かれがれ》に、寒むそうにコオロギが鳴いていた。

秋は日に日に寒くなった。行田からは袷《あわせ》と足袋《たび》とを届けて来る。

## 二十二

小畑から来た手紙の一。

今日、ある人（強《し》ひて名を除く）から聞《き》けば、君と加藤の妹との間には多少の意義があるとのことに候《そうろ》ふが、それは本当か如何《いかに》、御知らせ被下度候《くだされたくそうろう》。

先日、加藤に逢《あ》ひし時、それとなく聞きしに、そんなことは知らぬと申《もうし》候。けれどこれは兄が知らぬからとて、事実無根とは断言出来難《できがた》しなど笑ひ申候。君にも似合はぬ仕事かな。ある事はありてよし、無きことは無くてよし。一臂《いっぴ》の力を借さぬでもないのに、何とか返事あり度候《たく》。

加藤の浮《うか》れ加減はお話にもならず。手紙が浦和から来たとて、その一節を写して見てくれろといふ始末、存外熱くなりて居《お》れることと存候《ぞんじ》。

秋寒し、近況如何《いかん》。

手紙の二。

御返事ありがたう。

そんなことをして居《お》られるかどうか考へて見よとの御反問の手厳しさ。君の心はよく解《わか》つた。けれど、「あんなおしやらくは嫌ひだ」は少し酷《こく》すぎたりと思ふ。あの背《せい》の高い後姿の好《い》い処《ところ》が気に入る人もあるよ。またあの背の高いお嫌ひな人が君でなくてはならなかつたらどうする。

「嫌ひだ」と言ふたからとて、さうか本当に嫌ひだつたのかと新事実を発見したほどに思ふやうな僕にては無之《これなく》候。かう申せばまた誤解呼《よば》はりをするかも知れねど、簡単に誤解呼《よば》はりをする以上の事実があるのを僕は確かな人から聞いたの故《ゆえ》駄目に候。

この次の日曜には、行田から今一息《ひといき》車を飛ばして遣《や》つて来給へ。この間、白滝の君に逢《あ》つたら、「林さん、お変りなくッて！」と聞いて居《い》た。また例の蕎麦屋《そばや》でビールでも飲んで語らうぢやないか。小島からこの間便りがあつた。この間に杉山がまた東京の早稲田《わせだ》に出て行くさうだ。

歌を有難《ありがと》う。思はんやさはいへそゞろむさし野に七里を北へ下野《しもつけ》の山、七里を北と言へば足利《あしかが》ではないか。君の故郷ぢやないか。いつか聞いた君のファストラヴの追憶《おもいで》ではないか。

手紙の三。

君の胸には何かがあるやうだ。少くともこの間の返事で僕はさう解釈した。解釈したのが悪いと言はれてもこれも仕方がなしと存《ぞん》じ候。

加藤この頃別号をつくりたりと申居《もうしおり》候。未央生《みおうせい》の号を書きていまだ君の辺《あたり》を驚かさず候ふや。未央と申せば、既に御存じならん。未央は美穂に通ずるは言ふまでもなきことに候。

「予にして加藤の二妹《まい》のいづれを取らんやといへば、むしろしげ子を。温順にして情に富めるしげ子を」おさなき教へ子を恋人にする小学教師のことなど思ひ出して微笑《ほほえ》み申候。また、君の相変らぬ小さき矜持《ほこり》をも思ひ出《いだ》し候。


手紙の四。

久し振りで快談一日、昨年の冬頃のことを思出《おもいいだ》し候。

あの日は遅《おそ》くなりしことと存《ぞん》じ候。君の心の半《なかば》をばわれ解したりと言ひてもよかるべしと存候。

恋――それのみがライフにあらず、真《しん》に然《しか》り、真に然り、君《きみ》の苦衷察《くちゅうさっ》するに余りあり。君の如《ごと》き志を抱いて、世に出《い》でし最初の秋をかくさびしく暮すを思へば、われ等《ら》は不平など言ひては居《お》られぬはずに候。

手紙の五。(はがき)

運命一たび君を屈せしむ。何ぞ君の永久に屈することあらん。君の必ず奮《ふる》つて立つの時あるを信じて疑はず。

意気の子の一人さびしの夜《よる》の秋木犀《もくせい》の香《かお》りしめりがちなる。

これらの手紙を揃《そろ》えて机の上に置いた。そして清三は考えた。自分の書いて遣《や》った返事と、その返事の友の心に惹起《ひきおこ》したこととを細かに引くらべて考えて見た。更に自己のまことの心とその手紙の上に顕《あら》われた状態とのいかに離れているかを思った。美穂子のことから延《ひ》いて雪子しげ子のことを頭脳《あたま》に浮べた。表面《うわべ》に顕われたことだけで世の中は簡単に解釈されて行く。打明《うちあ》けて心の底を語らなければ――いや心の底を詳しく語っても、他人はその真相を容易に解さない。親しい友達でもそうである。かれは痛切に孤独を感じた。誰も知ってくれるもののない心の寂しさをひしと覚《おぼ》えた。凩《こがらし》が裏の林をドッと鳴した。

## 二十三

天長節《てんちょうせつ》*には学校で式があった。学務委員やら村長やら土地の有志者やら生徒の父兄やらがぞろぞろ来た。勅語《ちょくご》*の箱を卓《テーブル》の上に飾って、菊の花の白いのと黄《きいろ》いのとを瓶《かめ》にさしてその傍《そば》に置いた。女生徒の中《うち》にはメリンスの新しい晴衣《はれぎ》を着て、海老茶色《えびちゃいろ》の袴《はかま》を穿《は》いたのもちらほら見えた。紋附《もんつき》を着た男の生徒もあった。オルガンの音につれて、「君が代」と「今日のよき日」*を唄《うた》う声が講堂の破れた硝子《ガラス》を洩《も》れて聞えた。それが済むと、先生たちが出口に立って紙に包んだ菓子を生徒に一人々々わけてやる。生徒は莞爾《にこにこ》して、お時儀《じぎ》をしてそれを受取った。丁寧に懐《ふところ》に蔵《しま》うものもあれば、紙をあけて見るものもある。中には門の処《ところ》でもうむしゃむしゃ食っている行儀のわるい子もあった。後で教員連は村長や学務委員と一緒に広い講堂にテーブルを集めて、役場《やくば》から持って来た白の晒布《さらし》をその上に敷いて、人数だけの椅子《いす》をその周囲に寄せた。餅菓子と煎餅《せんべい》とが菊の花瓶の間に並べられる。小使《こづかい》は大きな薬缶《やかん》に茶を入れて持って来て、銘々《めいめい》に配った茶碗《ちゃわん》についで廻《まわ》った。

　大君《おおぎみ》の目出度《めでた》い誕生日は、茶話会《さわかい》では収まらなかった。小川屋に行って、ビールでも飲もうという話は誰からともなく出た。やがて教員たちはぞろぞろと田圃《たんぼ》の中の料理屋に出かける。一番後《あと》から校長が行った。小川屋の娘は綺麗《きれい》に髪を結《ゆ》って、見違えるように美しい顔をして、有合《ありあ》わせの玉子焼か何かでお膳《ぜん》を運んだ。一人前《いちにんまえ》五十銭の会費に、有志からの寄附が五、六円あった。それでビールは景気好く抜かれる。村長と校長とは愉快そうに今年の豊作などを話していると、若い連中《れんじゅう》は若い連中で検定試験や講習会の話などをした。大島さんがコップにビールをつごうとすると、女教員は手で蓋《ふた》をしてコップを傍《わき》に遣《や》った。一杯位、女だッて飲めなくては不自由ですな、と大島さんは元気に笑った。西日が暖かに縁側《えんがわ》にさして、狭い庭には大輪《たいりん》の菊が白く黄《きいろ》く咲いていた。畑も田ももう大抵収穫がすんで、向《むこう》の疎《まば》らな森の陰からは枯草を燃やす烟《けむり》がところどころに颺《あが》った。傍《そば》の街道を喇叭《らっぱ》の音がして、例の大越《おおごえ》がよいの乗合馬車《のりあいばしゃ》が通った。

その夜は学校にとまった。翌日は午後から雨になった。黄く色《きいろ》附き始めた野の楢林《ならばやし》から雨滴《あまだれ》がぽたぽた落ちる。寺に帰って見ると、障子《しょうじ》がすっかり貼《は》りかえられて、室《へや》が明るくなっている。荻生《おぎゅう》さんが天長節の午後から来て、半日かかってせっせと貼って行ったという。その友情に感激して、その後逢《のちあ》った時に礼をいうと、「余り黒くなっていたから……」と荻生さんは別に何とも思っていない。「君は僕の留守《るす》に掃除はしてくれる、御馳走《ごちそう》は買って置いてくれる、障子は貼りかえてくれる。まるで僕の細君《さいくん》見たようだね」と清三は笑った。和尚《おしょう》さんも、「荻生君は本当にこまめで親切でやさしい。女だと、それはいい細君になるんだッたが惜しいことをしました」こう言ってやっぱり笑った。

晴れた日には、農家の広場に唐箕《とうみ》*が忙《いそが》わしく廻《まわ》った。野からは刈稲《かりいね》を満載した車が幾台となく遣《や》って来る。寒くならない中《うち》に、晩稲《おくて》の収穫を済ましてしまいたい、蕎麦《そば》も取ってしまいたい、麦も蒔《ま》いてしまいたい。百姓はこう思って皆な一生懸命に働いた。十月の末から十一月の初めに懸《か》けては、もう関東平野に特色の木枯《こがらし》がそろそろ立ち始めた。朝ごとの霜は藁葺《わらぶき》の屋根を白くした。

寺の庫裡《くり》の入口の広場にも小作米《こさくまい》が段々持ち込まれる。豊年でも何とか理屈をつけてはかりを負けてもらう算段に腐心するのが小作人の習いであった。それにいつも夕暮の忙《せわ》しい時分を選んで馬に積んだり車に載せたりして運んで来た。和尚さんは入口に出て挨拶して、まずさしで、俵《たわら》から米を抜いて、それを明るい戸外《おもて》に出して調べて見る。どうもこんな米では仕方がないとか、あそこはこんな悪い米が出来るはずがないがとかいろいろな苦情を持出《もちだ》すと、小作人は小作人で、それ相応な申訳《もうしわけ》をして、どうやらこうやら押附《おしつ》けて帰って行く。豆を作ったものは豆を持って来る。蕎麦《そば》をつくったものは蕎麦粉を納めに来る。「来年は一つ立派につくって見ますから、どうか今年はこれで勘弁して頂《いただ》きたい」誰も皆なそんなことを言った。

「どうも小作人などと言うものは仕方がないものですな」

と和尚さんは清三に言った。

収穫《とりいれ》がすむと、町も村も何となく賑《にぎや》かに豊かになった。料理店《りょうりや》に三味線《しゃみせん》の音が夜更《よふけ》まで聞え、市日《いちび》には呉服屋唐物屋《とうぶつや》の店に赤い蹴出《けだし》の娘を連れた百姓なども見えた。学校の宿直室に先生の泊っているのを知って、あんころ餅《もち》を重箱《じゅうばこ》に一杯持って来てくれるものもあれば、鶏《にわとり》を一羽料理して持って来てくれるものもある。寺では夷講《えびすこう》*に新蕎麦《しんそば》を上《かみ》さんが手ずから打って、酒を一本つけてくれた。

木枯《こがらし》の吹荒《ふきあ》れた夜の朝は、楢《なら》や栗《くり》の葉が本堂の前のそこここに吹溜《ふきた》められている。銀杏《いちょう》の葉はすっかり落ち尽して、鐘楼《しょうろう》の影が何となくさびしく見える。十一月の末には手水鉢《ちょうずばち》に薄氷《うすごおり》が張った。

行田の友達も少なからず変ったのを清三はこの頃発見した。石川は雑誌をやめてから、文学に段々遠《とおざ》かって、訪問しても病気で会われないこともある。噂《うわさ》では近頃は料理屋に行って、女を相手に酒を飲むという。この前の土曜日に、清三は郁治《いくじ》と石川と沢田とに誘《さそ》われて、この頃興行している東京の役者の出る芝居に行ったが、友の調子も著しくさばけて、春あたりは敢《あえ》て言わなかった戯談《じょうだん》などをも人の前で平気で言うようになった。郁治の調子も何となく砕《くだ》けて見えた。清三ははしゃぐ友達の群《むれ》の中で、さびしい心で黙って舞台を見守った。

二幕目が終ると、

「僕は帰るよ」

こう言ってかれは立上った。

「帰る？」

皆《みんな》は驚いて清三の顔を見た。戯談《じょうだん》かと思ったが、その顔には笑《わらい》の影は認められなかった。

「どうかしたのか」

郁治はこう訊《たず》ねた。

「うむ、少し気分が悪いから」

友達はそこそこに帰って行く清三の後姿を怪訝《けげん》そうに見送った。後《あと》で石川の笑う声がした。清三は不愉快な気がした。戸外《おもて》に出るとほっとした。

それでも郁治とは往来したが、もう以前のようではなかった。

一夜《あるよ》、清三は石川に手紙を書いた。初めは真面目《まじめ》に書いて見たが、余り余裕がないのを自分で感じて、わざと律語《りつご》に書き直して見た。

意気を血を、叫ぶ声まづ消えて、
さてはまた、野に霜《しも》結んで枯るるごと、
卿等《けいら》の声はまた立たず。
何《な》んぞや一婦の痴《ち》に酔ひて、
俗の香巷《かちまた》に狂ふ。
ああ止《や》みなんか、また前日の意気なきや。
終《つい》に止みなんか、卿等《ら》の痴態！

さて最後に咄《とつ》！という字を一字書いて、封筒に入れて見たが、これでは友に警告するのに何だか甚《はなは》だ不真面目《ふまじめ》になるような気がする。いろいろ考えた末、「こんなことはつまらぬ、言って遣《や》ったッて仕方がない」と思って破って捨てた。

初冬《はつふゆ》の暖かい日は次第に少くなって、野には寒い西風が吹立った。日向《ひあたり》の学校の硝子《ガラス》にこの間まで蠅《はい》がぶんぶん飛んでいたが、それももう見えなくなった。田の刈った跡の氷が午後まで残っていることもある。黄《きいろ》く紅《あか》く色附いた楢《なら》や榛《はん》や栗《くり》の林も連日の西風にその葉ががらがらと散って、里の子供が野の中で、それを集めて焚火《たきび》などをしているのをよく見かける。大越《おおごえ》街道を羽生の町に入ろうとするあたりからは、日光の山々を盟主にした野州《やしゅう》の連山が殊《こと》に分明《はっきり》と手に取るように見えるが、かれはいつもそこに来ると足を佇《たたず》めて立尽《たちつく》した。かれの故郷なる足利町は、その波濤《はとう》のように起伏した皺《しわ》の多い山の麓《ふもと》にあった。一日、かれはその故郷の山に既に雪の白く来たのを見た。

和尚さんも長い夜《よ》を退屈がって、よく本堂に遣《や》って来て話した。夜など茶を煎《い》れましたからと小僧を迎えによこすこともある。庫裡《くり》の奥の六畳、その間《ま》には、長火鉢《ながひばち》に鉄瓶《てつびん》が煮え立って、明るい竹筒台《たけづつだい》の五分心《ごぶじん》の洋灯《ランプ》の下《もと》に、上《かみ》さんが裁縫をひろげていると、和尚さんは小さい机をその傍《そば》に持って来て、新刊の雑誌などを見ている。さびしい寺とは思えぬほどその一間《ひとま》は明るかった。茶請《ちゃうけ》は塩煎餅《しおせんべい》か法事で貰《もら》ったアンビ餅《もち》で、文壇のことやその頃の作者気質《かたぎ》や雑誌記者の話などがいつもきまって出たが、ある夜、ふと話が旅行のことに移って行った。和尚さんはかつて行っていた伊勢《いせ》の話を得意になって話し出した。主僧は早稲田《わせだ》を出てから半歳《はんとし》ばかりして、伊勢の一身田《いしんでん》の専修寺の中学に英語国語の教師として雇われて二年ほどいた。伊勢の大廟《たいびょう》から二見《ふたみ》の浦《うら》、宇治橋《うじばし》の下で橋の上から参詣人《さんけいにん》の投げる銭《ぜに》を網で受ける話や、あいの山で昔女がへらで銭を受留《うけとめ》た話などをして聞かせた。朝熊山《あさまやま》の眺望、ことに全渓《ぜんけい》皆梅で白いという月《つき》ケ瀬《せ》の話などが清三のあくがれやすい心を惹《ひ》いた。それから京都奈良の話もその心を惹寄せるに充分であった。和尚さんの行った時は、丁度《ちょうど》四月の休暇の頃で、祇園嵐山《ぎおんあらしやま》の桜は盛りであった。

「行違《ゆきちが》ふ舞子《まいこ》の顔やおぼろ月」という紅葉山人《こうようさんじん》の句を引いて、新京極《しんきょうごく》から三条の橋の上の夜の賑《にぎわ》いを面白く語った。その時は和尚さんもうかれ心になって雪駄《せった》を買って、チャラチャラ音をさせて、明るい賑かな春の町を歩いたという。奈良では大仏、若草山、世界にめずらしいブロンズの仏像、二千年昔の寺院などいうのを隈《くま》なく見た。清三の孤独なさびしい心はこれを聞いて、まだ見ぬ処《ところ》まだ見ぬ山水まだ見ぬ風俗に憧《あこが》れざるを得なかった。「一生の中《うち》一度は行って見たい」こう思ってかれは自己の覚束《おぼつか》ない前途を見た。

年の暮は次第に近寄って来た。行田の母からは、今年の暮は彼方此方《あっちこっち》の借銭《しゃくせん》が多いから、どうか今から心懸けて、金をむやみに使ってくれぬようにと言って寄越《よこ》した。蒲団《ふとん》が薄いので、蝦《えび》のように屈《かが》めて寝る足は終夜暖まらない。宅《たく》に言って遣《や》った処で駄目《だめ》なのは知れているし、出来合《できあい》を買う余裕もないので、どうかして今年の冬はこれで間に合わせるつもりで、足の方に衣服《きもの》や羽織《はおり》や袴《はかま》を被《か》けたが、日ごとに募《つの》る夜寒《よさむ》を凌《しの》ぐことが出来なかった。止むなくかれは米ずしから四布蒲団《よのぶとん》*を一枚借りることにした。その日の日記に、かれは「今夜より漸《ようや》く暖かに寝ることを得《う》」と書いた。

行田から羽生に通う路《みち》は、吹《ふき》さらしの平野のならい、顔も向けられないほど西風が烈《はげ》しく吹荒《ふきすさ》んだ。日曜日の日の暮れ暮《く》れ《ぐ》に行田から帰って来ると、秩父《ちちぶ》の連山の上に富士が淡《うす》墨色《ずみいろ》に分明《はっきり》と出ていて、夕日が寒く平野に照っていた。途中で日が全く暮れて、さびしい田圃道を一人てくてく歩いて来ると、ふと擦違《すれちが》った人が、

「赤城山《あかぎやま》なア、山火事だんべい」

と言って通った。

振返《ふりかえ》ると、暗い闇《やみ》を通して、そこらあたりと覚《おぼ》しき処に果して火光《かこう》が鮮《あざや》かに照って見えた。山火事！　赤城の山火事！　関東平野に寒い寒い冬が来たという徴《しるし》であった。

今年の冬籠《ふゆごもり》のさびしさを思いながら清三は歩いた。

## 二十四

「林さん、……貴郎《あなた》は家《うち》の兄と美穂子さんのこと知ってて？」

雪子は笑いながらこう訊《き》いた。

「少しは知っています」

清三はやや顔を赧《あか》くして、雪子の顔を見た。

「この頃のことも御存じ？」

「この頃ッて……この冬休暇《ふゆやすみ》になってからですか」

「ええ」

「知りません」

雪子は笑って見せた。

「そう……」

とまた笑って口をつぐんでしまった。

昨日《きのう》、冬期休暇になったので、清三は新しい年を迎えるべく羽生から行田の家に来た。美穂子が三、四日前に浦和から帰って来ているということをも聞いた。今朝《けさ》加藤の家《うち》を訪問したが、郁治は出ていなかった。すぐ帰りかけたのを母親と雪子が「もう帰るでしょうから」とて達《た》って留《と》めた。

清三は、詳しく聞きたかったが、しかしその勇気はなかった。胸が唯躍《ただおど》った。

雪子が笑っているので、

「一体どうしたんです?」

「どうしたッて言うこともないんですけど……」

やはり笑っていた。やがて、

「変なこと御うかがいするようですけど……貴郎《あなた》は兄と北川さんとのことで、何か思っていらっしゃることはなくって?」

「いいえ」

「じゃ、貴郎《あなた》、二人の中に入ってどうかしたッて言うようなことはなくって」

「知りません」

「そう」

雪子はまた黙ってしまった。

少時《しばらく》してから、

「私、小畑さんから変なこと言われたから、……」

「変なことッて？　どんなことです」

「何でもありませんけどもね」

話が謎《なぞ》のようで一切要領を得なかった。

午後、とにかく北川に行って見ようと思って沼の縁《ふち》を通っていると、向うから郁治が遣《や》って来た。

「やあ！」

「どこに行った？」

「北川へちょっと」

「僕も今行こうと思っていた」と清三はわざと快活に、「Art 先生帰っているッて言うじゃないか」

「うむ」

二人は暫《しば》し黙って歩いた。

「一体どうしたんだ？」

しばらくして清三が訊《き》いた。

「何が？」

「しらばっくれてるねえ、君は？　僕はちゃんと聞いて知ってるよ」

「何を？」

「大《おお》いに発展したッて言うじゃないか」

「誰が話した？」

「ちゃんと知ってるさ！」

「誰も知ってるものはないはずだがな」と言って考えて、「本当に誰が話した？」

「ちゃんと材料は上《あが》ってるさ」

「誰だろうな！」

「中《あ》てて見給え」

少し考えて、

「解《わか》らん」

「小畑が君、君のシスターに何か言ったことがあるかえ？　僕のことで」

「ああ、妹が饒舌《しゃべ》ッたんだな、彼奴《あいつ》、馬鹿な奴だな！」

「まア、そんなことは好《い》いから、僕のいうことを返事し給え」

「何を」

「小畑が君のシスターに何か言ったかッて言うことだよ」

「知らんよ」

「知らんことはないよ、僕が君と Art の関係について、中に入ってるとかどうしたとか言ったことがあるそうだね」

「うむ、そういえばある」と郁治は思い出したという風で、

「君が北川によく行くのはどうかしたんじゃないかなんて言ったことがある」

「君のシスターについても何か先生言いやしなかったか」

「戯談《じょうだん》は言ってたかも知らんが、詳しくはよく知らん」

二人は黙って歩いた。

## 二十五

郁治と美穂子との「新しき発展」について、清三はいろいろと詳しく聞いた。雪子から美穂子に遣《や》る手紙の中に郁治が長い手紙を入れて遣ったのは一月《ひとつき》ほど前であった。やがて郁治に宛《あ》てて長い返事が来た。その返事をかれはその夜とある料理屋で酒を飲みながら清三に示した。その手紙には甘い恋の言葉が処々《ところどころ》にあった。郁治の手紙を寄宿室の暗い洋灯《ランプ》の光の下《もと》で繰返し繰返し読んだことなどが書いてある。お互《たがい》にまだ修業中であるから、仰《おっ》しゃる通り、社会に成功するまで、堅《かた》い交際を続けたいと言うことも書いてある。これで見ると、郁治もそんなことを言って遣ったものと見える。清三はその長い手紙を細かく読むほどの余裕はなかった。かれは飛び飛びにそれを見たが、処々の甘い蜜《みつ》のような言葉は

かれの淋《さび》しい孤独の眼の前にさながらさまざまの色彩で出来た花環《はなわ》のようにちらついて見えた。酒に酔って得意になって、友のさびしい心をも知らずに、平気におのろけを言う郁治の態度が、憎くもあり腹立《はらだた》しくもあり気の毒にもなった。清三は唯《ただ》フンフンと言って聞いた。

「その代り僕は僕の出来る限りにおいて、君のために尽力するさ！」

こんなことを郁治は幾度も言った。

「小畑もそんなことを言っていたよ。僕だッて、君の心地位《こころもち》は知っているさ」

こんなことをも言った。

郁治はまた石川のこの頃溺《おぼ》れている加須《かぞ》の芸者の話をした。

「先生、この頃は非常に熱心だよ。君も知ってるだろうが、自転車を買ってね、遠乗《とおのり》をするんだとか何とか言って、毎日のように出懸《でか》けて行くよ、東京から来た小蝶《こちょう》とかいう女で、写真を大事にして持っていたよ。金持の子息《むすこ》なんて言うものの心はまるでわれわれとは違うねえ君。勉強なんぞしないでも、立派に一人前になって行かれるんだからねえ」

出来るだけの力を尽すと言った言葉、その言葉の陰に雪子がいることを清三は明《あきら》かに知っていた。けれどそれが清三には余り嬉《うれ》しくは思われなかった。つんと澄《すま》した雪子の姿が眼の前を通ってそして消えた。かれは今更《いまさら》に美穂子の姿の一層強い影をその心に印《いん》しているのを予想外に思った。こういう道行《みちゆき》になるのはかれも兼ねてよく知っていたことである。

ある時はそうなるのを友のために祈ったことすらある。けれど想像していた時と事実となった時との感は甚《はなはだ》しく違った。

清三の心はさびしかった。自己の境遇が実際生活の上からも、恋愛の上からも、学問修業という上からも、益々《ますます》消極的に傾いて来て、例えば柱と柱との間に小さく押附けられてしまったような気がした。初めはどうしても酔わなかった酒が、後《のち》になるとその反動で烈《はげ》しく発して来て、帰る頃には、歌を唄《うた》ったり詩を吟《ぎん》じたりして郁治を驚かした。

しかし一段落を告げたというような気がないでもなかった。恋を失ったのはつらいが、恋に自由を奪われなかったのは嬉《うれ》しいような気もする。今までの友達に対しての心持も少しく離れて、かえって自己を明かに眼の前に見るように思った。

かれは懐《ふところ》に金を七円持っていた。その中《うち》の幾分を父母の補助に出すつもりであったが、旅行をする気がないでもないので、わざとそれを蔵《しま》って置いた。年の暮ももう近寄って来た。西風が毎日のように関東平野の小さな町に吹き暴《あ》れた。乾物屋《かんぶつや》の店には数《かず》の子《こ》が山のように積まれ、肴屋《さかなや》には鮭《さけ》が板台《はんだい》の上にいくつとなく並べられた。旧暦で正月をするのがこの近在の慣習なので、町はいつもに変らずしんとして、赤い腰巻《こしまき》をした田舎娘も見えなかった。郡役所と警察署と小学校とそれに重立《おもだ》った富豪《かねもち》などの注連飾《しめかざり》が唯《ただ》目に立った。

六畳には炬燵《こたつ》がしてあった。清三は多くそこに日を暮した。雑誌を読んだり、小説を読んだり、時には心理学を繙《ひもと》いて見ることなどもあった。傍《そば》では母親が賃仕事のあい間を見て、清三の綿衣《わたいれ》を縫《ぬ》っていた。午後にはどうかすると町に行って餅菓子《もちがし》を買って来て茶を煎《い》れてくれることなどもある。一夜、凩《こがらし》が吹荒れて、雨に交って霙《みぞれ》が降った。父と母と清三とは炬燵を取巻《とりま》いて戸外《おもて》に荒る凄《すさま》じい冬の音を聞いていたが、こうした時に起りかけた一家の財政の話が愚痴《ぐち》っぽい母親の口から出て、借金の多いことが幾度となく繰返《くりかえ》された。

「どうも困るなア」

清三は長大息《ためいき》を吐《つ》いた。

「今少し商売が旨《うま》く行くと好《い》いんだが、どうも不景気でなア。何をやったッて旨いことはありゃしない」

父親はこう言った。

「本当にお前には気の毒だけれど毎月《まいげつ》今少し手伝ってもらわなくっては――」母親は子息《むすこ》の顔を見た。

「それは私は倹約をしているんですよ、これで……」と清三は言って、「烟草《たばこ》も碌々《ろくろく》吸わない位にしているんですけれど……」

「お前には本当に気の毒だけれど……」

「父《おとっ》さんにも今少しかせいでもらわなくっちゃ――」

清三は父に向って言った。

父は黙っていた。

財政の内容を持出して、母親がくどくどとなお語った。清三は母親に同情せざるを得なかった。かれは熱心に借金の不得策なのを説いて、貧しければ貧しいように生活しなければならぬことを言った。最後にかれは蔵《しま》って置いた金を三円出して渡した。

友達を訪問しても、もう以前のように面白くなかった。郁治は絶えず遣《や》って来るが、此方《こっち》からは滅多《めった》に出かけて行かない。逢《あ》うと必ず美穂子の話が出る。それを聞くのが清三にはこの上なく辛《つら》かった。北川にも行って見ようとは時々思うが、何だか女々《めめ》しいような気がして止《よ》した。散歩もこの頃は野が寒く、それに四辺《あたり》に見るものもなかった。かれは退屈すると一軒置いて隣の家に出懸《でか》けて行って、日当りの好《い》い縁側《えんがわ》に七歳八歳《ななつやっつ》位の娘の児《こ》を相手に、キシャゴ弾《はじき》*などをして遊んだ。

髪の長い眉《まゆ》の美しい児がその中にあった。警察に転任して来た警部とかの娘で、まだ小学校へも上らぬのに、いろはも数学もよく覚えていた。百人一首も飛び飛びに暗誦《あんしょう》して、恋歌などを無意味な可愛い声で歌って聞かせた。清三は一から十六までの数を加減して試みて見たが、大抵は間違なくすらすらと答えた。かれはセンチメンタルな心の調子で、この娘の児のやがて生《お》い立《た》たん行末を想像して見ぬ訳には行かなかった。「幸《さち》あれよ。やさしき恋を得よ」こう思ったかれの胸には限りなき哀愁が漲《みなぎ》り渡った。

熊谷に出懸《でか》けた日は三十日で、西風が強く吹いた。小島も桜井も東京から帰っていた。

小畑は殊《こと》に熱心にかれを迎えた。けれどかれの心は昔のように快活にはなれなかった。旧友は皆《み》な清三の蒼《あお》い顔に沈んだ調子と消極的な言葉とをあやしみ見た。清三はまた一層快活になった友達に対して何だか肩身《かたみ》が狭いような気がした。

熊谷の町は賑《にぎや》かであった。ここでは注連飾《しめかざり》が町家の軒《のき》ごとに立てられて、通《とおり》の角には年の暮の市が立った。橙《だいだい》、注連《しめ》、昆布《こんぶ》、鰕《えび》などが行き通う人々の眼に鮮《あざや》かに見える。どの店でも弓張提灯《ゆみはりちょうちん》*をつけて、肴屋《さかなや》には鮭《さけ》、ごまめ、数《かず》の子《こ》、唐物屋《とうぶつや》には毛糸、シャツ、ズボン下《した》などが山のように並べられてある。夜は人がぞろぞろと通《とおり》をひやかして通った。

大晦日《おおみそか》の朝、清三はさびしい心を抱いて、西風に吹かれながら、例の長い街道をてくてくと行田に帰った。今更に感ぜられるのは、境遇につれて変り行く人々の感情であった。昨年の今頃、こうしたことがあろうとは夢にも思っておらなかった。親しい友達の間柄《あいだがら》がこういう風に離れ離れになろうとは知らなかった。人は境遇の動物であるという言葉をかれはこの頃ある本で読んだことがある。その時は、そんなことがあるものかと余所事《よそごと》に思ってすてた。けれどそれは事実であった。

家に帰って見ると、借金取は彼方此方《あっちこっち》から来ていた。母親が一々頭を下げて、それに応対しているさまは見るに忍びない。父親は勘定が取れぬので、日の暮れる頃、しょぼしょぼとしおたれた姿で帰って来る。「あゝ、あゝ、仕方がねえ！」と長大息《ためいき》をついて、予算の半分ほどもない財布《さいふ》を母に渡した。清三は見兼《みか》ねて、金をまた二円出した。

夜になってから、母親は巾着《きんちゃく》の残りの銭《ぜに》をじゃらじゃら音をさせながら、形ばかりの年《とし》越《こし》をするために町に買物に行った。のし餅《もち》を三枚、ゴマメを一袋、鮭《さけ》を五切、それに明日《あす》の煮染《にしめ》にする里芋を五合ほど風呂敷に包んで、重い重いと言ってやがて帰って来た。その間に父親は灯明《とうみょう》を神棚《かみだな》と台所と便所とにつけて、火鉢《ひばち》には火を活々《かっかっ》と起して置いた。やがて年越の膳《ぜん》は出来る。

父親は禿《は》げた頭を下げて、頻《しき》りに神棚を拝んでいたが、やがて膳に向って、「でも、まあ、こうして親子三人年越のお膳に向うのは目出度《めでた》い」と言って、箸《はし》を取った。豆腐汁に鮭、ゴマメは生《なま》で二疋《ひき》ズツお膳につけた。一室は明るかった。

母親は今夜中に仕立ててしまわねばならぬ裁縫物《しごと》があるので、遅《おそ》くまでせっせと針を動《うごか》していた。清三はその傍《そば》で年賀状を十五枚ほど書いたが、最後に毎日つける日記帳を出して、ペンで書き出した。

三十一日。

今歳《ことし》もまた暮れ行く。

思ひに思ひ乱れてこの三十四年も暮れ行かんとす。

思ふまじとすれど思はるるは、この年の暮なり。

かくて最後の決心はなりぬ。

無言、沈黙、実行。

われは運命に順《したが》ふの人ならざるべからず。とても、とても、かくてかかる世なれば、われはた多くは言はじ。

『明星』、『新声』＊来《きた》る。

ああ終《つい》に終に三十四年は過ぎ去りぬ。わが一生において多く忘るべからざる年なりしかな。言はじ、言はじ、唯《ただ》思ひ至りし一つはこれよ、曰《いわ》く、かかる世なり、一人言はで、一人思はむ。ああ。

かれは日記帳を閉《とじ》て傍《そば》に遣《や》って新着の『明星』を読出《よみだ》した。

## 二十六

一月一日。（三十五年）

これは三年の前、小畑と優《ゆう》なる歌記《しる》さんと企てて綴《つづ》りたるが、その白きままにて今日まで捨てられたるを取り出《い》でて、今年の日記書きて行く。

□去年、それもまだ昨日《きのう》、終《つい》に世のかくてかかるよと思ひ定めては、またも胸の乱れて口やかましく情《なさけ》とくすべも知らず。草深《くさふか》き里に一人住み、一人自《みず》から高うせんに如《し》かじ。かくては意気なしと友の笑はんも知らねど、とてもかからねばならぬわが世の運命、それに逆《さから》はん勇なきにはさらさらあらねど、二十余年めぐみ深き母の歎《なげき》に、ままよ二年三年はかくてありともくやしからじと思へばこそよ。さてかく行《ゆ》かんとする今年の日記よ、言はじ、ただ世にかしこかれよ、ただ平和なれよ。終《つい》にただ無言なれよ。

□恋は遂に苦しきもの、我今またこれを捨つるもくやしからじ。加藤のそれ、かれの心事《しんじ》、懐《ふところ》に剣をかくすを知らぬにあらねど、争はんはさすがにうしろめたく、さらばとてかれもまたかかる人とは思ひ捨てんこそ世にかしこかるべし。

□今日始めて熊谷の小畑に手紙出す。

二日。

昨夜鈴木にて一夜幼き昔を語りあかす。

□ああわれをして少年少女を愛せしめよ。またもかくての世に神は幸《さち》を幼きものにのみ下《くだ》し給《たま》へり。ああわれをして幼きものを愛せしめよ。

□Art! それや何なるぞ、とても浅間《あさま》しき恋に争はんとにはあらじと思へば、時にいふが如《ごと》き冷静も乱れんも知れじを、ああなどて好ましからぬ思ひの添ふぞ、はかなきことなるかな。ああ終《つい》に終《つい》にかくてかかるなり。

□夕方西に紅《くれない》の細き雲靡《たなび》き、上《のぼ》るほど、うす紫より終《つい》に淡墨《うすずみ》に、下に秩父《ちちぶ》の山黒々とうつくしけれど、そは光あり力あるそれにはあらで、冬の雲は寒く寂しき、例《たと》へんに恋にやぶれ、世に捨てられて終《つい》に冷えたるある者の心の如きか。

三日。

昼より風出《い》でて梢《こずえ》鳴ること頻也《しきりなり》。冬の野は寒きかな、荒《すさ》む嵐のすさまじきかな。人の世を寒しと見て野に立てば、さてはいづれに行かん。夕《ゆうべ》の迷ひにまたも神に「救へ」と呼ばんの願《ねがい》なきにあらず。

四日。

夕方、沢田来《きた》る。加藤われ等《ら》を勧めて北川にかるた取《とり》に行く。かれや何等の友情も知らぬもの、友を売りてわが利を得んとするものか。また例の「君の望むことにてわが力にて出来得べき限りにおいて言へ」を言ふ。われ曰《いわ》く「なし」と。この言《げん》果して、かれの心よりの言葉か。

五日。

偶《たまたま》学友会の大会に招かれて行く。即《すなわ》ち立ちて、「集会において時間の約を守るべきこと」につきて述ぶ。かくの如き会合において演壇に立ちしは初めてなれば心少《すこ》しくためらひなきにあらざりしが、思ひしより冷静を以《もっ》て了《おわ》りたり。余興として、小燕林《こえんりん》*の講談あり。

六日。

加藤と雪子と鈴木君の妹の君とかるた取る。

□夜、戸の外は西風寒く吹く。ああわれはこの力弱き腕を自己を、高きに進ますすら容易ならざるに、なほも一人の母と一人の父とのために走らざるべからざるか。さもあらばあれ、冷酷なる運命の道に荒《すさ》む嵐をしてそのままに荒《あら》しめよ。われに思ふ所あり、何ぞ妄《みだ》りに汝《なんじ》の渦中に落ち入らんや。

松は男の立姿

意地にやまけまい、ふけふけ嵐

枝は折れよと根は折れぬ（正直正太夫《しょうじきしょうだいふ》*）

□この頃の凩《こがらし》に、さては南の森陰《もりかげ》に、弟の弱きむくろはいかにあるらん。心のみにて今日も訪《と》はず。かくて明日《みょうにち》は東に行く身なり。

七日。

羽生の寺に帰る。

心にはかくと思ひ定めたれど、さすがに冬枯《ふゆがれ》の野は淋《さび》しきかな。

□○子よ、御身《おんみ》は今はたいかにおはすや。笑止《しょうし》やわれはなほ御身を恋へり。さはれ、ああさはれとてもかかる世ならば我は唯一人恋ふて一人泣くべきに、何とて御身を煩《わずら》はすべきぞ。

九日。

主《しゅ》の僧ととろろ食ふて親しく語る。夜、寒し。

今朝、この冬、この年の初雪を見る。

夜、荻生君来り、わがために炭と菓子とを齎《もた》らす。冷《ひやや》かなる人の世に友の心の温かさ

よ。願はくばわれをして友に誠《まこと》ならしめよ。(夜十時半記《しるす》)

□十日より二十日まで

この間十日余り一日、思ひは乱れて寺へも帰らず。かくて老《お》いんの願ひにはあらねど、さすが人並《ひとなみ》賢く悟《さと》りたるものを、さらでも尚《なお》とやせんかくやすらんのまどひ、はては神に縋《すが》らん力もなくて、人とも多くは言はじな、語らじなと思へば、いと懶《もの》くて、日頃親しき友に文書《ふみ》かんも厭《い》や、行田へ行かんも厭《いと》ふにはあらねどまたものうく、かくて絵もかけず詩も出《い》でず、この十日は一人過ぎぬ。

□土曜日に荻生君来り一夜を語る。情深く心小さき友!

□加藤は恋に酔ひ、小畑は自《みず》から好んで俗に入《い》る。この間、かれの手紙に曰く「好んで詩人となる勿《なか》れ、好んで俗物となる勿れ」と。ああさても好んでしかも詩人となり得ず、さらばとて俗物となり得ず。はては惑《まど》ひのとやとかくと、熱き情《じょう》のふと消え行くらんやう覚えて、失意より沈黙へ、沈黙より冷静に、かくて苦笑に止《とど》まらん願ひ、とはにと言はじ、かくてしばしよと思へば悲しくもあらじ。さはれ木枯吹荒《こがらしふきすさ》む夜半《よわ》、幸《さいわい》多き友の多くを思ひては、またもこの里のさすがにさびしきかな、ままよ万事かからんのみ、奮励一番飛び出でんかの思ひなきにあらねど、また静かにわが身の運命を思へば……、ああしばしはかくてありなん。

乱るる心を静むるは幼き者と絵と詩と音楽と。

近き数日、黙々として多く語らず、一人思ひ思ふ。

こういう風にかれの日記は続いた。昨年の春頃に比べて、心の調子、筆の調子が著しく消極的になったのをかれも気が附かずにはいられなかった。時には昨年の日記帳を繙《ひもと》いて読んで見ることなどもあるが、そこには諧謔《かいぎゃく》もあれば洒落《しゃれ》もある。笑《わらい》の影が到《いた》る処《ところ》に認められる。今と比べて、世の中の実際を知らぬだけそれだけ暢気《のんき》であった。

消極的に総《すべ》てから——恋から、世から、友情から、家庭から全く離れてしまおうと思うほどその心は傷《きずつ》いていた。寺の本堂の一間《ひとま》は渠《かれ》には余りに寂しかった。それに二里足《た》らずの路《みち》を朝に夕《ゆうべ》に通うのも面倒臭い。渠《かれ》は放浪する人々のように、宿直室に寝たり、村の酒屋に行って泊ったり、時には寺に帰って寝たりした。自炊が懶《ものう》いので、弁当をそこここで取って食った。駄菓子などで午餐《ひるめし》を済《すま》して置くことなどもある。本堂の一間に荻生さんが行って見ると、主《あるじ》は大抵留守で、机の上には塵《ちり》が積ったまま、古い『新声』と『明星』とが四辺《あたり》に散《ちら》ばったままになっている。和尚さんは、「林君、どうしたんですか、余り久しく帰って来ませんが……学校に何か忙しいことでもあるんですかねえ」と言った。荻生さんが心配して、忙しい郵便事務の閑《すき》を見て、わざわざ弥勒《みろく》まで出懸《でか》けて行くと、清三は別に変ったようなところもなく、いつも無性《ぶしょう》にしている髪も綺麗《きれい》に刈込《かりこ》んで、にこにこして出て来た。「どうもこの寒いのに、朝早く起きて通うのが辛《つら》いものだからねえ、君、ここで小使《こづかい》と一緒に寝ていれば、小供がぞろぞろ遣《や》って来る時分までゆっくりと寝ていられるものだから」などと言った。八畳の一間で、長押《なげし》の釘《くぎ》には古袴《ふるばかま》だの三尺帯だのが懸けてある。机には生徒の作文の朱《しゅ》で直し懸けたのと、かれがこの頃始めた水彩画の写生し懸けたのとが置いてあった。教授が終って校長や同僚が帰ってから、清三は自分で出懸けて菓子を買って来て二人で食った。かれは茶を飲みながら二、三枚写生した拙《まず》い水彩画を出して友に示した。学校の門と、垣《かき》で夕日の射《さ》し残ったところと、暮靄《ぼあい》の中に富士の薄く出ているところと、それに生徒の顔の写生が一枚あった。荻生さんは手に取って、ジッと見入って、「君もなかなか器用ですねえ」と感心した。清三はこの頃集めた譜のついた新しい歌曲をオルガンに合せて弾《ひ》いて見せた。

冬は愈々《いよいよ》寒くなった。昼の雨は夜の霙《みぞれ》となって、あくれば校庭は一面の雪、早く来た生徒は雪達磨《ゆきだるま》を拵《こしら》えたり雪合戦をしたりして騒いでいる。美くしく晴れた軒《のき》には雀《すずめ》が喧《やかま》しく百囀《ももさえずり》をしている。雪の来た後《のち》の道路は泥濘《でいねい》が連日乾かず、高い足駄《あしだ》もどうかすると埋《うま》って取られてしまうことなどもある。乗合馬車《のりあいばしゃ》は屋根の被《おおい》まではねを上げて通った。

机の前の障子《しょうじ》にさし残る冬の日影は少くとも清三の心を沈静させた。なるようにしかならんという状態から、やがて「自己の尽すだけを尽して潔《いさぎよ》く運命に従おう」という心の状態になった。嘆息《ためいき》と涙との後《のち》に、静かなさびしいしかし甘い安静が来た。霙の降る夜半《よわ》に、「夜《よ》を寒《さむ》みあられたばしる音しきりさゆる寝覚《ねざめ》を(母いかならん)」と歌って家の母の情《なさけ》を思ったり、「さむきさびしき夜半の床《とこ》も、さはれ心静かなれば、さすがに苦しからじ」と日記に書いて自《みず》から独《ひと》り慰めたりした。またある時は「思《おも》ふことなくて暮《くら》さばや、我が世の昨日《きのう》は幸《さち》なきにもあらず、幸ありしにもあらず」と書いた。またある日の日記には、「昨夜、一箇の老鼠《ろうそ》、係蹄《わな》にかかる。哀れなる者よ。汝《なんじ》も運命のしもと*を免《まぬ》かれ得ぬ不運児か。ひそかに救《たす》け得《え》させせべくば救けも得さすべきを、我も汝をかくすべき縁《えにし》持つ人間なればぞ、哀れなるものよ、むしろ汝は夜ごとの餌《え》に迷ふよりは、かくてこのままこの係蹄《わな》に終れ。哀れなるものよ」と書いてあった。日曜日を羽生《はにゅう》の寺にも行田の家にも行かず、「今日は日曜日、またしても一日をかくてここに過さんと一人朝は遅《おそ》くまでいねたり」と書いて宿直室に過した。

郁治も桜井も小畑も高等師範の入学試験を受けるために浦和に行ったという報《ほう》があった。孝明天皇祭《こうめいてんのうさい》*の日を久しぶりで行田に帰って見ると、話相手になるような友達はもう一人もいなかった。雪子は例のしらじらしい態度でかれを迎えた。かれはむしろ快活な無邪気なしげ子をなつかしく思うようになった。帰る時、母親は昨日《きのう》から丹誠《たんせい》して煮てあった鮒《ふな》のかんろ煮を折《おり》に入れて持たせてよこした。

この頃は全く世を離れて一人暮した。新聞も滅多には手にしたことはない。第五師団の分捕《ぶんどり》問題*、青森第三聯隊《れんたい》の雪中行軍凍死問題*、鉱毒事件*、二号活字*は一面と二面とに毎日見える。平生《へいぜい》ならば、新聞を忠実に注意して見るかれのこととて、いろいろと話の種にしたり日記につけて置いたりするのであるが、この頃はそんなことはどうでもよかった。人が話して聞かせても、「そうですか」と言って相手にもならなかった。愛読していた涙香《るいこう》の『巌窟王《がんくつおう》』*も中途で止《よ》してしまった。学校の庭の後《うしろ》には、竹藪《たかやぶ》が五十坪《つぼ》ほどあって、夕日がいつもその葉を篩《こ》して宿直室に射《さ》し込《こ》んで来るが、ある夜、その向うの百姓家から「福は内、鬼は外」と叫ぶ爺《おやじ》の声が洩《も》れて聞えた。「あ、今日は節分かしらん」と思って、清三は新聞の正月の絵附録日記を出して見た。それほどかれは世事《せじ》に疎《うと》く暮した。

毎日四時過になると、前の洗湯《せんとう》の板木《ばんぎ》の音が、静かな寒い茅葺屋根《かやぶきやね》の多い田舎の街道に響いた。

羽生の和尚さんと酒を飲んで、

「どうです、一つ社会を風靡《ふうび》するようなことを遣《や》ろうじゃありませんか。何でも好《い》いですから」

こんなことを言うかと思うと、「自分はどんな事業をするにしても、社会の改良でも思想界の救済でも、それは何をするにしても、人間として生きている上は生《いき》られるだけの物質は得なければならない。そしてそれはなるべく自分が社会に尽した仕事の報酬として受けたいと自分は思う。それには自分は小学校の教員から段々進んで中学程度の教員になろうか。それとも自分はこの高き美しき小学教員の生涯を以《もっ》て満足しようか」などと考えることもある。一方には多くの友達のように花々しく世の中に出て行きたいとは思うが、また一方では小学教員を尊《たっと》い神聖なものにして、少年少女の無邪気な伴侶《はんりょ》として一生を送る方が理想的な生活だとも思った。友に離れ、恋に離れ、社会に離れて、わざとこの孤独な生活に生きようというような反抗的な考《かんがえ》も起った。

ある日校長がいうた。「どうです。そうして毎日宿直室に泊っている位なら、寺から荷物を持って来て、ここに自炊なり何なりしているようにしたら……。そうすれば、私の方でもわざわざ宿直を置かないで好《い》いし、君にも間代《まだい》が出なくって経済になる。第一、二里の道を通うという労力が省ける」羽生の和尚さんもこの間行った時、「一体どうなさるんです、こう明けていらしっては間代を頂戴するのも御気の毒だし……それに、冬は通うのに随分大変ですからなア」と言った。清三は寺に寄宿する頃の心地《ここち》と今の心地と著しく違って来たことを考えずにはいられなかった。その頃から比べると、希望も目的も感情も全く違って来た。『行田文学』も廃刊した。文学に集った友の群《むれ》も離散した。かれ自身にしても、文学書類を読むよりも、絵画の写生をしたり、音楽の譜の本を集めてオルガンを鳴して見たりすることが多くなった。それに、行田にもそう度々《たびたび》は行きたくなくなった。かれは月の中頃に蒲団《ふとん》と本箱とを羽生の寺から運んで来た。

## 二十七

「喜平《きへい》さんな、とんでもねえこんだッたッてなア」

「ほんにさア、今朝行く時、己《おら》ア邂逅《でくわ》しただアよ。網《あみ》イ持って行くから、この寒いのに日振《ひぶ》り*に行くけえ、御苦労なこっちゃなアッて挨拶《あいさつ》しただアよ。わからねえもんだよなア」

「どうしてまアそんなことになったんだんべい？」

「ほんにさ、あすこは堀切《ほっきり》で、何でもねえ処《ところ》だがなア」

「一体どこだな」

「そら、あの西の勘三《かんぞう》さんの田ン中の堀切で死ねていたんだッてよ。泥深い中に体が半分突っささったまま、首イこう低《た》れてつめたくなったんだッてよ」

「あっけねえこんだなア」

「今日《きょう》ははア、御賽日《おさいにち》*だッてに。これもはア、そういう縁《えん》を持って生れて来たんだんべい」

「わしらもはア、この春ア、日振りなんぞはよすべいよ」

湯気《ゆげ》の籠《こも》った狭い銭湯の中で、村の人々はこうした噂《うわさ》をした。喜平というのは、村はずれの小屋に住んでいる五十ばかりの爺《おやじ》で、雑魚《ざっこ》や鰌《どじょう》を捕えては、それを売って、その日その日の口をぬらしていた。毎日のように汚い風をして、古い繕《つくろ》った網を担《かつ》いで、川やら堀切やらに出かけて行った。途中で学校の先生や村役場の人などに邂逅《でくわ》すと、いつも丁寧に時儀《じぎ》をした。それが今日堀切の中で凍《こご》えて死んでいたという。清三は湯につかりながら、村の人々のさまざまに噂し合うのを聞いていた。こうして生れて生きて死んで行く人をこうして噂し合っている村の人々のことを考えずにはいられなかった。古網を張ったまま、泥の中に凍えた体を立てて死んでいた爺のさまをも想像した。茫《ぼう》とした湯気の中に水槽《みずおけ》に落ちる水の音が聞えた。

## 二十八

授業も済み、同僚も大方帰って、校長と二人で宿直室で話していると、そこに雑魚《ざっこ》売《うり》が遣《や》って来た。

「旦那《だんな》、鮒《ふな》を廉《やす》く買わんけい」

障子《しょうじ》を明けると、莞爾《にこにこ》した爺《おやじ》が、苓箸《びく》をそこに置いて立っていた。

「鮒は要《い》らんなア」

「廉《やす》く負けて置くで、買ってくんなせい」

校長さんは清三を顧みて、「君は要《い》りませんか、廉《やす》けりゃ少し買って、甘露煮《かんろに》にして置くと好《い》いがね」と言った。で、二人は縁側《えんがわ》に出て見た。

二つの苓箸《びく》には、五寸位から三寸位の鮒が金色《こんじき》の腹を光らせてゴチャゴチャしている。

「少し小さいな」

と校長さんは言った。

「小せいどころか、甘露煮にするにはこの位がごくだアな。それに、板倉《いたくら》で取れたんだで、骨は柔《やわら》けい」

種類としては質《たち》の好《よ》い鮒なのを校長はすぐ見て取った。利根川を渡って一里、そこに板倉沼というのがある。沼の畔《ほとり》に雷電《らいでん》を祭った神社がある。そこらあたりは利根川の河底《かわぞこ》よりも低い卑湿地で、小さい沼が一面にあった。上州《じょうしゅう》から来る鮒や雑魚《ざっこ》の旨《うま》いのは、ここらでも評判だ。

「幾《いく》がけだね？」

「七なら高くはねえと思うんだが」

「七は高い！」

「目方をよくして置くだで七で買ってくんなせい」

「五位なら好いが」

「五なんてそんな値《ね》はねえだ。じゃ今半分引くべい」

清三は校長さんの物を買うのに上手なのを笑って見ていた。六がけで話が決《きま》って、小使《こづかい》がそこに桶《おけ》と摺鉢《すりばち》とを運んで来た。ピンとするほどはかりをまけた鮒はヒクヒクと腮《あぎと》を動《うごか》している。爺はやがて銭《ぜに》を受取って軽くなった苓箵《びく》を担いで帰って行く。

「廉《やす》い、廉い。これを煮て置きゃ、君、十日もありますよ」

こう言って校長さんは、鮒の中でも大きいのを一尾《いっぴき》つかんで、「どうも、上州の鮒は好い。コケがまるでこっちで取れたのとは違うんですからな」と言って清三に示した。半分に分けて、小桶に入れて、小使が校長さんの家《うち》に持って行った。

その日は鮒の料理に暮れた。小使はその傍《そば》でせっせと草鞋《わらじ》を造っている。一疋《いっぴき》で金串が全く占めれるような大きさなのも二つ三つはあった。組板《まないた》の上でコケを取って、金串《かなぐし》にそれをさして、囲炉裏《いろり》に火を起して焼いた。薄くこげる位に焼いて、それを藁《わら》にさした。

「随分あるもんだね」と数えて見て、「十九串ある」

「廉《やす》かっただ、校長さん負けさせる名人だ。これ位《ぐらい》の鮒で六つていう値があるもんかな」

小使は傍《そば》から言った。

試《こころみ》に煮て見ようと言うので、五串ばかり小鍋《こなべ》に入れて、焜炉《こんろ》にかけた。寝る時味《あじわ》って見たが骨はまだ固《かた》かった。

自炊生活は清三に取って、結局気楽でもあり経済でもあった。多くは豆腐と油揚《あぶらげ》と乾鮭《からざけ》とで日を送った。鮒の甘露煮は二度目に煮た時から成功した。砂糖を余り使い過ぎたので、分けて遣《や》った小使は、「林さんの甘露煮は菓子を食うようだア」と言った。生徒は時々萩《はぎ》の餅《もち》やアンビ餅などを持って来てくれる。もろこしと糯米《もちごめ》の粉《こ》で製したという餡餅《あんころ》などをも持って来てくれる。どうかして勉強したい。田舎にいて勉強するのも東京に出て勉強するのも心持一つで同じことだ。学費を親から出してもらう友達にも負けぬように学問したいと思って、心理学や倫理学などを精々《せっせ》と読んだが、余儀なき依頼で、高等の生徒に英語を教えて遣ったのが始りで、段々『ナショナル』*の一や二を持って教わりに来るものが多くなって、後には、こう閑《ひま》を潰《つぶ》されてはならないと思いながら、夜は大抵宿直室に生徒が集るようになった。

二月の末には梅が咲き初《そ》めた。障子《しょうじ》を明けると、竹藪《たかやぶ》の中に花が見えて、風につれて好《い》い匂《におい》がする。

一日《あるひ》、かれは机に向って、

鄙《ひな》はさびしきこの里に
　さきて出《い》でにし白梅《しらうめ》や、
一枝《え》いだきて唯《ただ》一人
　　低くしらぶる春の歌

と歌って、それを手帳に書いた。淋しい思《おもい》が脈々として胸に上《のぼ》った。ふと傍《そば》に古い『中学世界』*に梅の絵に鄙少女《ひなおとめ》を描いた絵葉書のあるのを発見した。かれはそれを手に取《と》ってその歌を書いて、「都《みやこ》を知らぬ鄙少女」と署《しょ》して、さてそれを浦和の美穂子の許《もと》に送ろうと思った。けれど監督の厳重な寄宿舎のことを思って止《よ》した。ふと美穂子の姉にいく子と言うのがあって、音楽が好きで、その身も二、三度手紙を遣取《やりと》りしたことがあるのを思い出して、譜をつけてそこに遣《や》ることにした。

かれは夕暮など校庭を歩きながら、この自作の歌を低い声で歌った。「低くしらぶる春

「の歌」と歌うと、つくづく自分のさびしいはかない境遇が眼の前に浮び出すような気がして涙が流れた。

この頃、友達から手紙の来るのも少くなった。熊谷の小畑にも、この間行った時、処世上の意見が合わないので、議論をしたが、それから大分《だいぶ》疎々《うとうと》しく暮らした。郁治から来る手紙には美穂子のことがきっと書いてあるので、返事を書く気にもならなかった。それに引《ひき》かえて、弥勒《みろく》の人々には大分懇意になった。この頃では、どこの家に行っても、先生先生と立てられぬところはない。それに同僚の中でも、師範校出の気障《きざ》な意地の悪い教員が加須《かぞ》に行ってしまったので、気の置ける人がなくなって、学校の空気がしっくり自分に合って来た。

物日《ものび》*の休みにも、日曜日にも、大抵宿直室でくらした。利根川を越えて一里ばかり、高《たか》取《とり》という処に天満宮《てんまんぐう》があって、三月初旬の大祭《たいさい》には、近在から境内《けいだい》に立錐《りっすい》の地もないほど人々が参詣《さんけい》した。清三も昔一度行って見たことがある。見世物《みせもの》、露店《ろてん》――鰐口《わにぐち》の音が絶えず聞えた。ことに、手習《てならい》が上手になるようにと親がよく子供を連れて行くので、その日は毎年学校が休みになる。午後清三が宿直室で手紙を書いていると、参詣に行った生徒が二組三組寄って行った。

## 二十九

発戸《ほっと》には機屋《はたや》が沢山《たくさん》あった。市《いち》ごとに百反《たん》以上町に持って出る家が尠《すくな》くとも七、八軒はある。勿論《もちろん》機屋といっても軒《のき》をつらねて部落を為《な》している訳ではない。ちょっと見ると、普通の農家とは余り違っていない。蚕豆《そらまめ》、莢豌豆《さやえんどう》の畑が周囲《まわり》を取巻いていて、夏は茄子《なすび》や胡瓜《きゅうり》がそこら一面に出来る。玉蜀黍《とうもろこし》の広葉《ひろば》もガサガサと風に靡《なび》く。けれど家の中《うち》に入ると、様子が大分《だいぶ》違う。藍瓶《あいがめ》が幾つとなく入口の向うにあって、そこに染工職人がせっせと糸を染めている。白い糸が山のように積んであると、その傍《そば》で雇人《やといにん》が頻《しき》りにそれを選分《えりわ》けている。反物《たんもの》を入れる大きな戸棚《とだな》も見える。前の広庭《ひろにわ》には高い物干竿《ものほしざお》が幾列《いくなら》びにも順序よく並んでいて、朝から紺糸《こんいと》がずらりとそこに干しつらねられる。糸を繰る座繰《ざぐり》の音が驟雨《しゅうう》のように彼方此方《あっちこっち》からにぎやかに聞こえる。

機屋の周囲には、賃機《ちんばた》を織る音が盛《さかん》にした。あたりの村落のしんとしているのに引《ひき》かえて、ここには活気が充《み》ちていた。金持も多かった。他郷から入って来た若い男女も随分あった。

発戸は風儀の悪い村と近所から言われている。『埼玉新報』の三面種《さんめんだね》*にもきっとこの村のことが毎月《まいげつ》一つや二つは出る。機屋の亭主が女工を片端から姦して牢屋《ろうや》に入れられた話もあれば、利根川に臨んだ崖《がけ》から、越後《えちご》の女と上州の男とが情死《しんじゅう》をしたことなどもある。街道に接して、だるま屋も二、三軒はあった。

八月が来ると、盛んな盆踊《ぼんおどり》が毎晩そこで開かれた。学校に宿直していると、その踊る音が手に取るように講堂の硝子《ガラス》にひびいて分明《はっきり》と聞える。十一時を過ぎても容易に止《や》みそうな気勢《けはい》もない。昨年の九月、清三が宿直に当った時は、丁度《ちょうど》月の冴《さ》えた夜で、垣《かき》には虫の声が雨のように聞えていた。「発戸《ほっと》の盆踊はそれは盛んですが、林さん、まだ行って見たことがないんですか。それじゃ是非《ぜひ》一度は出かけて見なくってはいけませんな……けれど、林さんのような色男はよほど注意しないといけませんぜ、袖位《そでぐらい》ちぎられてしまいますからな」と訓導の杉田が笑いながら言った。しかし清三は行って見ようとも思わなかった。唯《ただ》その面白そうな音が夜ふけまで聞えるのを耳にしたばかりであった。

その他にも、発戸のことについて、清三の聞いたことはいくらもあった。一、二年前までは、ここに男振《おとこぶり》の好《い》い教員などが宿直をしていると、発戸の女は群《むれ》を成して、ずかずかと庭から入って来て、図々《ずうずう》しく話をして行くことなどもあったという。それから生徒を見ても、発戸の風儀の悪いのは解った。同じ行儀の悪いのでもそこから来る生徒は他とは違っていた。野卑《やひ》な歌を口ぐせに教場で歌って水を満《みた》した茶碗《ちゃわん》を持って立たせられる子などもあった。

春になって、野に菫《すみれ》が咲く頃になると、清三は散歩を始めた。古ぼけた茶色の帽子《ぼうし》を被《かぶ》った背《せい》のすらりとした痩削《やせぎす》な姿はそこにもここにも見えた。百姓は学校の若い先生が野川《のがわ》の橋の上に立って、ぼんやりと夕焼の雲を見ているのを見たこともあるし、朝早く役場の向うの道を歩いているのに出逢《であ》うこともあった。役場の小使《こづかい》と立話《たちばなし》をしていることもあれば、畠《はたけ》にいる人々と挨拶《あいさつ》していることもある。時には、学校の女生徒を二、三人連れて、林の中で花を摘ませて花束を作らせたり何かしていることなどもある。

弥勒野《みろくの》の林の角で、夕暮の空を写生していると、

「やア、先生だ、先生だ！」

「先生が何か書いてらア」

「やア画を描いてるんだ！」

「あの雲を描いてるんだぜ」

などと近所の生徒がぞろぞろとその周囲に集って来る。

「旨《うま》いなア、先生は」

「それは当り前よ、先生じゃねえか」

「あゝあれがあの雲だ」

「その下のがあの家《うち》だ」

黙って筆を運ばせていると、勝手なことを言って饒舌《しゃべ》っている。どうしてあんな旨く書けるのかと疑うかのようにじっと先生の顔を覗込《のぞきこ》む子などもあった。翌日学校に行くと、その生徒たちはめずらしいことを見て知っているという風にそれを他の生徒に吹聴《ふいちょう》した。

「先生、昨日書いてた絵を見せて下さい！」などと言った。

清三は段々近所のことに詳しくなった。林の奥に思いもかけぬ一軒家《いっけんや》があることも知っ

た。豪農の家の樫《かし》の垣の向うに楊《やなぎ》の生《は》えた小川があって、そこに高等二年生で一番出来る女生徒の家があることをも知った。その家には草の茂った井戸があって桔槔《はねつるべ》がかかっていた。丁度《ちょうど》その時その娘はそこに出ていた。「お前の家はここだね」と言って通り抜けようとすると、「おっかさん、先生が通るよ!」と言った。母親は小川で後向《うしろむき》になってせっせと何か物を洗っていた。加須《かぞ》に通う街道には畠があったり森があったり榛《はん》の並木があったりした。ある時楢《なら》の林の中に色の濃い菫《すみれ》が咲いていたのを発見して、それを根ごしにして取って来て鉢《はち》に植えて机の上に置いた。村を外《はず》れると、街道は平坦な田圃《たんぼ》の中に通じて、白い塵埃《ちりほこり》が微《かす》かな風に颺《あが》るのが見えた。機廻《はたまわ》りの車やつかれた旅客などがおりおり通った。

ある夜、学校の前の半鐘が烈《はげ》しく鳴った。竹藪《たかやぶ》の向うに出て見ると、空がぼんやりと赤くなっている。やがてその火事は手古林《てこばやし》であったことが解《わか》った。翌々日の散歩に、ふと気が附くと、清三はその焼けた家屋の前に立っているのを発見した。この間焼けたのはこの家だなとかれは思った。それは村道に接した一軒家で、藁《わら》で囲った小屋掛がもうその隅《すみ》に出来ていた。焼跡《やけあと》には灰や焼残りの柱などが散ばっていて、井戸側の半分焼けた流元《ながしもと》では、襷《たすき》をした女が頻《しき》りに膳椀《ぜんわん》を洗っている。小屋掛の中からは村の人が出たり入ったりしている。かれは平和な田舎に忽然《こつぜん》として起った事件を考えながら歩いた。一夜の不意の出来事のために、一家の運命に大きな頓挫《とんざ》を来《きた》すべきことなどをも思遣《おもいや》らぬ訳には行かなかった。金銭の貴い田舎《とうと》では、新《あらた》に一軒の家屋を建てるためにもある箇人《こじん》の一生を烈《はげ》しい労働に費《ついや》さねばならぬのである。かれは唯々《ただただ》功名に熱し学問に熱していた熊谷や行田の友人たちをこうしたハードライフを送る人々に比べて考えて見た。続いて日ごとに新聞紙上に顕《あら》われる豪《えら》い人々のライフをも描いて見た。豪い人にはそれはなりたい、立派な生活は送りたい。しかし平凡に生活している人もいくらもある。一家の幸福——弱い母の幸福を犠牲にしてまでも、功名に赴《おもむ》かなくってはならぬこともない。むしろ自分は平凡なる生活に甘んずる。こう考えながらかれは歩いた。

寒い日に体を泥の中に突刺《つきさ》して凍《こご》え死《し》んだ爺《おやじ》の堀切《ほっきり》にも行って見たことがある。そこには葦《あし》と萱《かや》とが新芽を出して、蛙《かわず》が音を立てて水に飛び込んだ。森の中には荒れ果てた社《やしろ》があったり、林の角からは富士がよく見えたり、田に蓮花草《れんげそう》が敷いたように見事に咲いていたりした。それにこうして住んで見ると、聞くともなしに村のいろいろな話が耳に入る。家事を苦にして用水に身を投げた女の話、旅人にだまされて林の中に引張込《ひっぱりこ》まれて強姦《ごうかん》された村の子守の話、三人組の強盗が抜刀で上村《かみむら》の豪農の家に入って、主人と細君とを縛《しば》り上《あ》げて金を奪って行った話、繭《まゆ》の仲買《なかがい》の男が酌婦《しゃくふ》と情死《しんじゅう》した話など、聞けば聞くほど平和だと思った村にも辛《つら》い悲しいライフがあるのを発見した。地主と小作との関係、富者と貧者の甚《はなは》だしい懸隔《けんかく》、清い理想的の生活をして自然の穏かな懐《ふところ》に抱かれていると思った田舎もやはり争闘の巷《ちまた》利慾の世であるということが段々解って来た。

それに、田舎は存外猥褻《わいせつ》で淫靡《いんび》で不潔であるということも解って来た。人々の噂話《うわさばなし》にもそんなことが多い。やれ、どこの娘はどうしたとか、どこの上《かみ》さんはどこの誰と不義をしているとか、誰はどこにこっそり妾《めかけ》を囲って置くとか、女のことで夫婦喧嘩《げんか》が絶えないとか、そういうことが絶えず耳を打つ。それに、そうした噂が満更虚偽《まんざらうそ》でないという証拠も時には眼にも映った。

かれは一日、また利根川の畔《ほとり》に生徒をつれて行ったが、その夜、次のような新体詩を作って日記に書いた。

松原遠く日は暮れて
　利根のながれのゆるやかに
ながめ淋《さび》しき村里の
　此処《ここ》に一年《ひととせ》かりの庵《いお》

はかなき恋も世《よ》も捨《す》てて
　願《ねが》ひもなくて唯《ただ》一人
さびしく歌ふわがうたを
　あはれと聞かんすべもがな

かれは時々こうしたセンチメンタルな心になったが、しかしこれはその心の状態の総《すべ》てではなかった。村の若い者が夜遅《おそ》くなってから、栗橋の川向うの四里もある中田《なかだ》まで、女郎買いに行く話などをも面白がって聞いた。大越《おおごえ》から通う老訓導は、酒でものむと洒脱《しゃだつ》な口振《くちぶ》りで、そこから近いその遊廓《ゆうかく》の話をして聞かせることがある。群馬埼玉の二県はかつて廃娼論《はいしょうろん》*の盛んであった土地なので、その管内にはだるまばかり発達して、遊廓がない。足利《あしかが》の福井は遠いいし、佐野のあら町は不便だし、ここらから若者が出かけるには、茨城県の古河《こが》か中田かに行くより外《ほか》仕方がない。中田には大越まで乗合馬車《のりあいばしゃ》の便《べん》がある。大越から土手の上を二里ほど行って、利根の渡《わたし》をわたれば中田はすぐである。「店があれでも五、六軒はありますかなア。昔、奥州街道が栄えた時分には、あれでもなかなか賑《にぎや》かなものでしたが、今では駄目ですよ。私ら、若い時にはそれはよく出かけたものですア。利根川の渡をいつも夕方に渡って行くんだが、夕焼の雲が水に映って、それは面白かったのですよ」と老訓導は笑って語った。

時には、

「今の若い者はどうも堅過《かたす》ぎる。学問をするから、どうしてもそんなことは馬鹿々々しくってする気になれんのかしれんが、海老茶《えびちゃ》*とか廂髪《ひさしがみ》とかに関係をつけると、後ではのっぴきならんことが起って、身の破滅になることもある。それに、一人で書《ほん》ばかり読んでいるのは、若い者には好《よ》し悪《あ》しですよ。神経衰弱になったり、華厳《けごん》に飛込《とびこ》んだりする*のはそのためだと言うじゃありませんか。青瓢簞《あおびょうたん》のような顔をしている青年ばかり拵《こしら》えちゃ、学問が出来て思想が高尚になったって、何の役にも立たん。ちと若い者は浩然《こうぜん》の気を養う位の元気がなくっちゃいけませんなア」

などという。

清三が書籍《ほん》ばかり見て、蒼《あお》い顔をして、一人さびしそうにして宿直室にいると、「あんまり勉強すると、肺病が出ますぜ、少し遊ぶ方が好《よ》い。学校の先生だッて、同じ人間だ。そう道徳倫理で束縛されては生命がつづかん」こう言って笑った。校長が師範学校から出た当座、まだ今の細君が出来ない時分、川越《かわごえ》でひどい酌婦《しゃくふ》にかかって、それがばれそうになって転校した話や、ついこの間までいた師範出の教員が小川屋の娘に気があって、毎晩張りに行った話などをして聞かせたのもやはりこの老訓導であった。宿直室に来てから、清三はいろいろな実際を見せられたり聞かせられたりした。中学校の学窓や親の家や友達のサアクルや世離れた寺の本堂などで知ることの出来ないことを段々知った。

発戸《ほっと》の方に散歩をしだしたのは、田植唄《たうえうた》が野に聞える頃からであった。花が散ってやがて若葉が新しい色彩を村に漲《みなぎ》らした。路《みち》の角で機《はた》を織っている女の前に立って村の若者が何か饒舌《しゃべ》っていると、女は知らん顔でせっせと梭《おさ》*を運んでいる。機屋の前には機廻《はたまわ》りの車が一、二台置いてあって、物干に並べて懸《か》けた紺糸《こんいと》が初夏の美しい日に照《てら》されている。藍《あい》の匂《にお》いがどこからともなくプンとして来る。竹藪《たかやぶ》の蔭《かげ》からやさしい唄が微《かす》かに聞える。

加須《かぞ》街道《かいどう》方面とは全く違った感じをかれに与えた。彼方《むこう》はしんとしている。人気に乏しい、娘なども余り通らない。概して活気に乏しいが、此方《こっち》はどの家にもこの家にも糸を繰る音と機を織る音とが間断《ひっきり》なしに聞える。村から離れて、田圃《たんぼ》の中に、飲食店が一軒あって夕方など通ると、若い者が二、三人きっと酒を飲んでいる。亭主はだらしない風で、それを相手に無駄話をしている。嬶《かかあ》は汚ない鼻たらしの子供を叱《しか》っている。

発戸の右に下村君《しもむらぎみ》、堤《つつみ》、名村《なむら》などという小字《こあざ》があった。藁葺屋根《わらぶきやね》が晨《あした》の星のように散《ちら》ばっているが、ここでは利根川が少し北に偏《かたよ》って流れているので、土手に行くまでにかなりある。土手にはやはり発戸河岸《ほっとがし》のようにところどころに赤松が生《は》えていた。しの竹も茂っていた。朝露のしとどに置いた草原の中に薊《あざみ》やら撫子《なでしこ》やらが咲いた。

土手の上を暢気《のんき》そうに散歩しているかれの姿をあたりの人々は常に見た。松原の中に入って、草を藉《し》いて、喪心《そうしん》した人のように、前に白帆《しらほ》の徐《しず》かに動いて行くのを見ていることもある。「学校の先生さん、いやに蒼《あお》い顔しているだア。女さア欲しくなったんだんべい」と土手下の元気な婆《ばばあ》が言った。機織女《はたおりおんな》の中にも、清三の男振《おとこぶり》の好《い》いのに大騒ぎをして、その通るのを待受《まちう》けて出て見るものもある。下村君《しもむらぎみ》の村落に入ろうとする処に、大和障子《やまとしょうじ》を半分明けて、せっせと終日機を織っている女がある。丸顔の、眼のぱっちりした、眉《まゆ》の切れの好《い》い十八、九の娘であった。清三はわざわざ廻道《まわりみち》していつもそこを通った。見かえる清三の顔を娘も見かえした。

ある時こういうことがあった。土手の松原から発戸の方に下りようとすると、向うから機織女が三人ほど遣《や》って来た。清三は何の気《き》もなしに近寄って行くと、女どもはげたげた笑っている。一人の女が他の一人を突つくと、一人はまた他の一人を突ついた。清三は不思議なことをしていると思ったばかりで、同じ調子で、ステッキを振りながら歩いて行った。阪《さか》には両側から繁った楢《なら》の若葉が美しく夕日に光ってチラチラした。通りすがる時、女どもは路《みち》を除《よ》けて、笑いたいのを強《し》いて押えたというような顔をして、男を見ている。調戯《からか》う気だなということが始めて解ったが、しかし別段悪い気もしなかった。侮辱されたとも気まりが悪いとも思わなかった。むしろ此方《こっち》からも相手になって調戯《からか》ってやろうかと思う位に心の調子が軽かった。通り過ぎて一、二間《けん》行ったと思うと、女どもはげらげら笑った。清三が振返《ふりかえ》ると、一番年かさの女がお出《い》でお出でをして笑っている。此方《こっち》でも笑って見せると、ずうずうしく二歩《ふたあしみ》三歩《あし》近寄って来て、

「学校の先生さん！」

一人が言うと、

「林さん！」

「いい男の林さん！」

と続いて言った。名まで知っているのを清三は驚いた。

「いい男の林さん」もかれには、著《いちじ》るしく意外であった。曲り角で振返って見ると、女どもは阪の上の路《みち》にかたまって、此方《こっち》を見ていた。

川向うの上州の赤岩《あかいわ》附近では、女の風儀の悪いのは非常で、学校の教員は独身ではつと

まらないという話を思い出した。何でもそこでは、先生が独身で下宿などをしてると、夏の夜など五人も六人も押かけて行って、無理やりに伴《つ》れ出《だ》してしまうという。仕方がないから、夜は鍵《かぎ》をかけて置く。こうそこにつとめていた人が話した。かれは心に微笑《ほほえ》みながら歩いた。

だるまやもそこに一、二軒はあった。昼間はいやに蒼《あお》い顔をした女がだらしのない風をして店に出ているが、夜になると、それが皆《みん》なおつくりをして、見違ったような綺麗《きれい》な女になって、客を対手《あいて》にキャッキャッと騒いでいる。段々夏が来て、その店の前の棚《たな》の下には縁台《えんだい》が置かれて、夕顔の花が薄暮《はくぼ》の中にはっきりと際立《きわだ》って見える。

「貴郎《あなた》、どうしたんですよ、この頃《ごろ》は」

「だッて仕方がない、忙しいからナア」

「ちゃんと種《たね》は上《あが》ってるよ、そんなこと言ったッて」

「種があるなら上げるさ」

「憎らしい、本当に浮気者！」

ピシャリと女が男の肩を打った。

「痛い！　馬鹿奴《ばかめ》」

と男が打ちかえそうとする。女は打たれまいとする。男の手と女の腕とが互《たがい》に絡《から》み合う。女は体を斜《ななめ》にして、足を縁台の外に伸《の》ばすと、赤い蹴出《けだ》しと白い腿《もも》のあたりとが見えた。

清三はそうした傍《そば》を見ぬようにして通った。

夜はことに驚かれた。路《みち》の畔《ほとり》に若い男女が幾組となく立話《たちばなし》をしている。闇《やみ》には、白地の浴衣《ゆかた》がそこにもここにも見える。笑う声が彼方此方《あっちこっち》にした。

今年の夏休みがやがて来た。小畑と郁治とは高等師範の入学試験に合格して、この九月からは東京に行くことにきまった。桜井は浅草《あさくさ》の工業学校*に入学した。その合格の報《ほう》が来たのは五月頃であったが、かれは心の煩悶《はんもん》をなるたけ表面に出さぬようにして、落附《おちつ》いた平凡な普通な祝状《いわいじょう》を三人に出して置いた。六月に、行田に行った時に、ちょっと郁治に逢《あ》ったが、もう以前のような親しみはなかった。逢えば、さすがに君僕で隠すところなく話すが、別れていれば思い出すことが尠《すくな》く、従って、訪問も滅多にしなかった。

美穂子にも一度逢った。頰《ほお》のあたりが肥《こ》えて、眼にはやさしい表情があった。けれど清三の心はもうそれがために動かされるほどその影が濃く写っておらなかった。唯《ただ》、見知越《みしりごし》の女のように挨拶して通った。やがて八月の中頃になって郁治は東京に行った。石川もこの頃は病気で鎌倉に行っている。熊谷の友達で残っているものは、学校にいる頃もそう懇意にしていなかった人々ばかりだ。清三もつまらぬから、どこか旅でもして見ようかと思った。けれど母親の苦しい家計を見兼《みか》ねて五円渡してしまったので、財布《さいふ》にはもういくらも残っていない。近所の山にも行かれそうにもない。で、月の二十日には、どうせ狭い暑い家《うち》に寝てるよりは学校の風通しの好《い》い宿直室の方が好いと思って、弥勒《みろく》へと帰って来た。

途中で、久し振で成願寺《じょうがんじ》に寄って見ると、和尚さんは昼寝をしていた。風通しの好い十畳で話した。和尚さんはビールなどを出してチヤホヤした。ふと、そこに廂髪《ひさしがみ》に結《ゆ》って、紫色の銘仙《めいせん》の矢絣《やがすり》を着て、白足袋《しろたび》を穿《は》いた十六位の美しい色の白い娘が出て来た。

帰りに荻生《おぎゅう》さんに逢って聞くと、

「あれは、君、和尚さんの姪《めい》だよ。夏休みに東京から来てるんだよ。どうも、田舎の土臭い中に育った娘とは違うねえ。どこかハイカラの処《ところ》があるねえ」

こう言って笑った。荻生さんは依然として元の荻生さんで、町の菓子屋から餅菓子《もちがし》を買って来て御馳走《ごちそう》した。郵便事務の暑い忙しい中で、暑中休暇もなしに、不平も言わずに、生活している。友達のズンズン出て行くのを羨《うらや》もうともしない。清三の心持《こころもち》では、荻生さんのようなあきらめの好《よ》い運命に従順な人は及びがたいとは思うが、しかし何となく慊《あきた》らないような気がする。楽みもなく道楽もなくよくああして生きていられると思う。その日、「どうです、あまりつまらない、一つ料理屋へでも行って、女でも相手にして酒でも飲もうじゃありませんか」と言うと、「酒を飲んだッて詰《つま》らない」と言って賛成しなかった。清三は暑い木蔭《こかげ》のないほこり道を不満足な心持を抱いて学校に帰って来た。

## 三十

盆踊は賑《にぎや》かであった。空は晴れて水のような月夜が幾夜か続いた。樽拍子《たるびょうし》が唄《うた》につれて手に取るように聞える。その賑かな気勢《けはい》をさびしい宿直室で一人じっとして聞いてはおられなかった。清三は誘《さそ》われてすぐ出懸《でか》けた。

盆踊のある処は村の真中《まんなか》の広場であった。人が遠近からぞろぞろと集って来る。樽拍子《たるびょうし》の音が揃《そろ》うと、白い手拭《てぬぐい》を被《かむ》った男と女とが手をつないで輪をつくって調子よく踊り始める。上手な音頭取《おんどと》りにつれて、誰《た》れも彼《かれ》も熱心に踊った。

九時過ぎからは、人が益々《ますます》多く集った。踊り労《つか》れると、後からも後からも新しい踊手が加わって来る。輪は段々大きくなる。樽拍子は益々冴《さ》えて来る。もう余程高くなった月は向うのひろびろした田から一面に広場を照《てら》して、樹《き》の影の黒く地に印《いん》した間に、踊子の踊って行くさまがちらちらと動いて行く。

村にはぞろぞろと人が通った。『万葉集』のかがいの庭*のことがそれとなく清三の胸を通った。男は皆《みん》な一人ずつ相手を伴《つ》れて歩いている。猥褻《わいせつ》なことを平気で話している。世の羈絆《きはん》を忘れて、この一夜を自由に遊ぶという心持《こころもち》が四辺《あたり》に充《み》ち渡った。垣の中《なか》からは灯光《あかり》がさして笑声《わらいごえ》がした。

向うから女づれが三、四人来たと思うと、突然清三は袖《そで》を捉《とら》えられた。

「学校の先生！」

「林さん！」

「いい男！」

「林先生！」

嵐のように声を浴《あび》せかけられたと思ったのも瞬間であった。両手を取られたり後から押されたり組んだ白い手の中に抱《かか》え込まれたりして、争《あらそお》うとする間《ま》に二、三間《げん》たじたじと伴《つ》れて行かれた。

「何をするんだ、馬鹿！」

と言ったが駄目《だめ》だッた。

月は互《たがい》に争うこの一群《ひとむれ》を明《あきら》かに照《てら》した。女のキャッキャッと騒ぐ声が四辺《あたり》にひびいて聞えた。「ヤア、学校の先生があまっちょに酷《いじ》められている！」と言って笑って通って行くものもあった。樽拍子《たるびょうし》の音が唄につれて、益々景気附いて来た。

## 三十一

秋季皇霊祭*の翌日は日曜で、休暇が二日続いた。大祭《たいさい》の日は朝から天気が好《よ》かった。清三はその日大越《おおごえ》の老訓導の家に遊びに行って、ビールの御馳走になった。帰途に就《つ》いたのはもう四時を過ぎておった。

古い汚い庇《ひさし》の低い弥勒《みろく》ともいくらも違わぬような町並の前には、羽生通いの乗合馬車《のりあいばしゃ》が夕日を帯びて今着いたばかりの客を下《お》ろしていた。ラムネを並べた汚い休茶屋の隣には馬具や鋤《すき》などを売る古い大きな家があった。野に出ると赤蜻蛉《あかとんぼ》が群《むれ》をなして飛んでいた。

利根川の土手はここからもうすぐである。二、三町位しか離れていない。明日は日曜日である。清三はふとあることを思い附いて、細い道を右に折れて、土手の方に向った。明日は日曜日である。行田にも行く用事がないでもないが、行かなくってはならないというほどのこともない。老訓導にも校長にも今日と明日は留守《るす》になるということを言って置いた。懐《ふところ》には昨日下りたばかりの半月の月給が入っている。好《よ》い機会だ！　と思った心は、ある新しい希望に向ってそぞろに震えた。

土手にのぼると、利根川は美しく夕日に栄《は》えていた。その心がある希望のために動いているためであろう、何だかその波の閃《きら》めきも色の調子も空気の濃い影も総《すべ》て自分の踊りがちな心としっくり相合っているように感じられた。半孕《なかばはら》んだ帆が夕日を受けて緩《ゆるや》かに緩かに下って行くと、漾々《ようよう》として大河《たいか》の趣《おもむき》を成した川の上には初秋《はつあき》でなければ見られぬような白い大きな雲が浮んで、川向うの人家や白壁《しらかべ》の土蔵や森や土手が濃い空気の中に浮くように見える。土手の草むらの中にはキリギリスが鳴いていた。

土手にはところどころ松原があったり渡船小屋《わたしごや》があったり楢林《ならばやし》があったり藁葺《わらぶき》の百姓家が見えたりした。渡し船にはここらによく見る機廻《はたまわり》の車が二台、自転車が一箇《ひとつ》、蝙蝠傘《こうもりがさ》が二箇《にこ》、商人らしい四十位の男は眩《まぶ》しそうに夕日に手を翳《かざ》していた。船の通る少し下流に一ところ浅瀬があって、キラキラと美しく閃《きらめ》き渡った。

路《みち》は長かった。川の上に簇《むらが》る雲の姿の変る度《たび》に、水脈の緩《ゆるや》かに曲る度に、川の感じが常に変った。夕日は次第に低く、水の色は段々納戸《なんど》色《いろ》になり、空気は身に沁《し》み渡るように濃い深い影を帯びて来た。清三は自己の影の長く草の上に曳《ひ》くのを見ながら時々自《みず》から顧《かえり》みたり、自から罵《ののし》ったりした。立留《たちどま》って堕落《だらく》した心の状態を叱《しっ》しても見た。行田の家のこと、東京の友のことをも考えた。そうかと思うと、懐《ふところ》から汗によごれた財布を出して、半月分の月給が入っているのを確めてにっこりした。二円あれば沢山《たくさん》だということは兼《か》ねてから小耳に挟《はさ》んで聞いている。青陽楼《せいようろう》と言うのが中田《なかだ》では一番大きな家《うち》だ、そこには綺麗《きれい》な女がいるということも知っていた。足を留《とど》めさせる力も大きかったが、それよりも足を進めさせる力の方が一層強かった。心と心とが戦い、情と意とが争い、理想と慾望とが絡《から》み合《あ》う間にも、体はある大きな力に引摺《ひきず》られるように先へ先へと進んだ。

渡良瀬川《わたらせがわ》の利根川に合《がっ》するあたりは、ひろびろとしてまことに阪東太郎《ばんどうたろう》の名に負《そむ》かぬほど大河の趣を為《な》していた。夕日はもう全く沈んで、対岸の土手に微《かす》かにその余光が残っているばかり、先程の雲の名残《なごり》と見えるちぎれ雲は縁を赤く染めてその上に覚束《おぼつか》なく浮いていた。白帆《しらほ》が懶《もの》うさそうに深い碧《みどり》の上を滑《すべ》って行く。

透綾《すきや》の羽織《はおり》に白地の絣《かすり》を着て、安い麦稈《むぎわら》の帽子《ぼうし》を冠《かむ》った清三の姿は、キリギリスが鳴いたり鈴虫が好《い》い声を立てたり阜斯《ばった》が飛び立ったりする土手の草路《くさみち》を急いで歩いて行った。人通りのない夕暮近い空気に、広い漾々《ようよう》とした大河を前景にして、その痩削《やせぎす》な姿は浮き出すように見《みえ》る。土手と川との間のいつも水をかぶる平地には小豆《あずき》や豆やもろこしが豊かに繁った。ふとある一種の響《ひびき》が川にとどろきわたって聞えたと思うと、前の長い長い栗橋の鉄橋を汽車が白い烟《けむり》を立てて通って行くのが見えた。

土手を下りて旗井《はたい》という村落に入った頃には、もうとっぷりと日が暮れて、灯《あかり》が点《つ》いていた。ある百姓家では、垣の処《ところ》に行水盥《ぎょうずいだらい》を持出《もちだ》して、「今日は久し振でまた夏になったような気がした」などと言いながら若い上《かみ》さんが肥《こ》えた白い乳を夕闇《ゆうやみ》の中に見せてボチャボチャやっていた。鉄道の踏切を通る時、番人が白い旗を出《だ》していたが、それを通ってしまうと、上り汽車がゴーと音を立てて過ぎて行った。かれは二、三度路《みち》で中田への渡場《わたしば》の所在《ありか》を訊《たず》ねた。夜が来てからかれは大胆になった。もう後悔の念などはなくなってしまった。ふと路傍《ろぼう》に汚い飲食店があるのを発見して、ビールを一本傾けて、饂飩《うどん》の盛《もり》を三杯食った。ここでは上さんがわざわざ通りに出て渡船場《わたしば》に行く路《みち》を教えてくれた。

十日ばかりの月が向う岸の森の上に出て、渡船場の船縁《ふなべり》にキラキラと美しく砕《くだ》けていた。肌に冷かな風がおりおり吹いて通って、柔かな櫓《ろ》の音がギーギー聞える。岸に並べた二階家の屋根がくっきりと黒く月の光の中に出ている。

水を越して響いて来る絃歌《げんか》の音が清三の胸をそぞろに波立たせた。

乗合《のりあい》の人の顔は皆月に白く見えた。船頭はくわえ烟管《ギセル》の火をぽっつり紅《あか》く見せながら、小腰《こごし》に櫓を押した。

十分後《のち》には、清三の姿は張見世《はりみせ》＊にごてごてと白粉《おしろい》をつけて、赤いものずくめの衣服《きもの》で飾り立てた女の格子《こうし》の前に立っていた。此方《こちら》の軒から彼方《あちら》の軒に歩いて行った。細い格子の中に入って、危《あやう》く羽織《はおり》の袖《そで》を破られようとした。こうして夜ごとに客を迎うる不幸福《ふしあわせ》な女に引比《ひきくら》べて、こうして心の餓《うえ》、肉の渇《かわ》きを医《いや》しに来た自分の浅ましさを思って肩を聳《そび》やかした。廓《くるわ》の通《とおり》をぞろぞろとひやかしの人々が通る。馴染客《なじみきゃく》を見懸《みか》けて、「ちょいと貴郎《あなた》！」なぞという声がする。格子に寄り合うて何か喃々《なんなん》＊と話しているものもある。威勢《いせい》よく入ってトントン階段を上《あが》って行くものもある。二階からは三絃《しゃみせん》や鼓《つづみ》の音が賑《にぎや》かに聞えた。

五、六軒しかない貸座敷はやがて尽きた。一番最後の少し奥に引込《ひきこ》んだ、石菖《せきしょう》の鉢《はち》の格子の傍《そば》に置いてある家には、いかにも土百姓《どびゃくしょう》の娘らしい丸く肥《ふと》った女が白粉《おしろい》をごてごてと不器用にぬりつけて二、三人並んでいた。その家《うち》から五、六軒藁葺《わらぶき》の庇《ひさし》の低い人家が続いて、やがて暗い畠《はたけ》になる。清三はそこまで行って引返《ひきかえ》した。見て通ったいろいろな女が眼に浮んで、上《あが》るならあの女かあの女だと思う。けれど一方ではどうしても上られるような気がしない。初心《しょしん》なかれには幾度《いくたび》決心しても、幾度自分の臆病なのを罵《ののし》って見てもどうも思切《おもいき》って上られない。で、今度は通の中央《まんなか》を自分はひやかしに来た客ではないというようにわざと大跨《おおまた》に歩いて通った。そのくせ、気に入った女のいる張見世の前は注意した。

河岸《かし》の渡し場の処に来て、かれはしばらく立っていた。月が美しく埠頭《ふとう》に砕《くだ》けて、今着いた船からぞろぞろと人が上った。いっそ渡《わたし》を渡って帰ろうかとも思って見た。けれどこのまま帰るのは――目的を果さずに帰るのは腑甲斐《ふがい》ないようにも思われる。折角あの長い暑い二里の土手を歩いて来て、無意味に帰って行くのも馬鹿々々しい。それに唯《ただ》帰るのも惜しいような気がする。渡し船の行って帰って来る間、かれはそこに立ったり蹲踞《しゃが》んだりしていた。

思い切って立上った。その家には店に妓夫《ぎふ》*が二人出ていた。大きい洋灯《ランプ》が眩《まぶ》しくかれの姿を照《てら》した。張見世の女郎の眼が皆な此方《こっち》に注がれた。内から迎える声も何も彼《か》もかれには夢中であった。やがてがらんとした室《へや》に通されて、「御名ざし」を聞かれる。右から二番目と辛《かろ》うじてかれはいった。

右から二番目の女は静枝《しずえ》と呼ばれた。何方《どっち》かと言えば小づくりで、色の白い、髪の房々《ふさふさ》した、此家《ここ》でも売れる女《こ》であった。眉《まゆ》と眉との遠いのが、どことなく美穂子を偲《しの》ばせるような処がある。

清三にはこうした社会の総《す》べてが皆《み》な新らしくめずらしく見えた。引付《ひきつ》け*ということもおもしろいし、女がずっと入って来て客のすぐ隣に坐るということも不思議だし、台の物《だいのもの》とか言って大きな皿に少しばかり鮨《すし》を入れて持って来るのも異様に感じられた。かれは自分の初心なことを女に見破られまいとして、心にもない洒落《しゃれ》を言ったり、こうした処には通人だという風を見せたりしたが、二《に》階廻《かいまわ》し*の中年の女には、初心な人ということがすぐ知られた。かれは唯《ただ》酒を飲んだ。

厠《かわや》は階段《はしご》を下りた処にあった。やはり石菖《せきしょう》の鉢《はち》が置いてあったり、釣忍《つりしのぶ》がかけてあったりした。硝子《ガラス》の箱の中に五分心《ごぶじん》の洋灯《ランプ》が明《あか》く点《つ》いて、鼻緒《はなお》の赤い草履《ぞうり》が濡《ぬ》れているのではないが何となく湿っていた。便所には大きな立派な青い模様の出た瀬戸焼の便器が据えてある。アルボース*の臭《におい》に交って臭い臭気が鼻と目とを撲《う》った。

女の室《へや》は六畳で、裏二階の奥にある。古い簞笥《たんす》が置いてあった。長火鉢《ながひばち》の落し*はブリキで、近在で出来た廉《やす》い鉄瓶《てつびん》が懸《かか》っている。傍《かたわら》に一冊『女学世界』*が置《お》てあるのを清三が手に取って見ると、去年の六月に発行したものであった。「こんなものを読むのかえ、感心だねえ」と言うと、女はにッと笑って見せた。その笑顔《わらいがお》を美しいと清三は思った。室《へや》の裏は物干《ものほし》になっていて、そこには月がやや傾き加減となって射《さ》していた。隣では太鼓《たいこ》と三絃《しゃみせん》の音が賑《にぎや》かに聞えた。

## 三十二

翌日は午過《ひるす》ぎまでいた。出る時、女が送って出て、「是非《ぜひ》近い中《うち》にね、きっとですよ」と私語《ささや》くように言った。昨夜、床《とこ》の中《なか》で聞いた不幸《ふしあわせ》な女の話が流るるように胸に漲《みなぎ》った。渡《わたし》をわたって栗橋に出て昨日《きのう》の路《みち》を帰るのは何だか不安なような気がした。土手で知ってる人に逢《あ》わんものでもない。行田に行ったというものが方角違いの方面を歩いていては人に怪《あやし》まれる。で、かれは昨夜聞いて置いた鳥喰《とりはみ》の方の路を選んで歩き出した。初会《しょかい》にも似合わず、女はしんみりとした調子で、その父母の古河《こが》の少し手前の在《ざい》にいることを打明けて語った。その在郷に行くにもやはり鳥喰を通って行くのだそうだ。鳥喰の河岸《かし》には上州の本郷《ほんごう》に渡る渡良瀬川《わたらせがわ》のわたし場があって、それから大高島《おおたかしま》まで二里、栗橋に出て行くよりもかえって近いかも知れなかった。清三の麦稈帽子《むぎわらぼうし》は毎年出水《しゅっすい》に浸《つ》かる木蔭のない低地の間の葉の半ば赤くなった桑畑に見え隠れして動いて行った。行く先には田があったり畠《はた》があったりした。川原の草藪《くさやぶ》の中にはやはりキリギリスが鳴いた。

河岸の渡場では赤い雲が静かに川に映っていた。向う岸の土手では糸経《いとだて》*を着て紺《こん》の脚絆《きゃはん》を白い埃《ほこり》にまみらせた旅商人《たびあきんど》らしい男が大きな荷物を背負って、さもさも疲れたような風をして歩いて行った。そこからは利根渡良瀬の二つの大きな河が合流するさまが手に取るように見える。栗橋の鉄橋の向うに中田の遊廓の屋根もそれと見える。かれは暫《しば》し立留《たちどま》って、別れて来た女のことを思った。

本郷の村落《むら》を通って、路《みち》はまた土手の上にのぼった。昨日向う岸から見て下った川を今日はこの岸から遡《さかのぼ》って行くのである。昨日の心地《ここち》と今日の心地とを清三は比べて考えずにはいられなかった。躍《おど》りがちな冴《さ》えた心と落附いた労《つか》れた心！　纔《わず》かに一日、川は同じ色に同じ姿に流れているが、その間には今まで経験しない深い溝《みぞ》が築かれたように思われる。

もう自分は堕落《だらく》したというような悔《くい》もあった。

麦倉河岸《むぎくらがし》には涼しそうな茶店があった。大きな栃《とち》の樹《き》が陰をつくって、冷《つ》めたそうな水にラムネがつけてあった。かれはラムネに梨子《なし》を二箇ほど手ずから皮をむいて食って、さて花茣座《はなござ》の敷いてある樹の陰の縁台《えんだい》を借りて仰向《あおむ》けに寝た。昨夜ほとんど眠られなかった疲労が出て、頭脳《あたま》がぐらぐらした。涼しい心地の好い風が川から来て、青い空が葉の間からチラチラ見える。それを見ながらかれはいつか寝入った。

かれが寝ている間、渡場《わたしば》にはいろいろなことがあった。鶏《にわとり》のひよっ子を猫が狙《ねら》って飛びつこうとする処《ところ》を茶店の婆《ばあ》さんは狼狽《あわ》てて逐《お》うと、猫は桑畑の中に入ってニャアニャア鳴いた。渡舟は着く度《たび》にいろいろな人を下ろしてはまたいろいろな人を載せて行った。自転車を走らせて来た町の旦那衆《だんなしゅう》もあれば、反物《たんもの》を満載して車を曳《ひ》いて来た人足もある。上流の赤岩に煉瓦《れんが》を積んで行く船が二艘《そう》も三艘も竿《さお》を弓のように張って流《ながれ》に遡って行くと、その傍《かたわら》を帆を張った舟がギーと楫《かじ》の音をさせて、いくつも通った。一時間ほど経《た》って婆さんが裏に塵埃《ごみ》を捨てに行った時には、縁台の上の客は足をだらりと地に下げて、顔を仰向《あおむけ》に口を少し明《あ》いて、心地よさそうに寝ていたが、魚釣《うおつり》に行った村の若者が笭箵《びく》を下げて帰る時には、足を二本とも縁台の上に曲げて、肱《ひじ》を枕にして高い鼾《いびき》をかいていた。その横顔を夕日が暑そうに照らした。額《ひたい》には汗がにじみ、はだけた胸からは、財布《さいふ》が見えた。

かれが眼をさました頃は、もう五時を過ぎていた。水の色もやや夕暮近い影を帯びていた。清三は銀側の時計を出して見て、思《おもい》の外《ほか》長く寝込んだのに吃驚《びっくり》したが、落かけていた財布をふと開けて見て銭《ぜに》の勘定をした。六円あった金が二円五十銭になっている。かれはちょっと考えるような風をしたが、その中から二十銭銀貨を一つ出して、ラムネ二本の代七銭と梨子《なし》二箇の代三銭との釣銭《つりせん》を婆さんから貰《もら》って、白銅*を一つ茶代に置いた。

大高島《おおたかしま》の渡《わたし》を渡る頃には、もう日が余程低かった。かれは大越の本道には出ずに、田の中の細い道を彼方《あちら》に辿《たど》り此方《こちら》に辿りして、なるたけ人目にかからぬようにして弥勒《みろく》の学校に帰って来た。

かれの顔を見ると、小使《こづかい》が、

「荻生さんなア来さしゃったが、逢ったんべいか」

「いや――」

「行田に行ったんなら、是非《ぜひ》羽生に寄るはずだがッて言って、不思議がっていさっしゃったが、帰りにも逢わなかったかな」

「逢わない――」

「待っていさッしゃったが、羽生で待ってるかも知んねえッて三時頃帰って行かしった……」

「そうか――羽生には寄らなかったもんだから」

こう言ってかれは羽織《はおり》をぬいだ。

## 三十三

次の土曜日にも出懸《でか》けた。その日も荻生さんは尋ねて来たがやはり不在《るす》だッた。行田の母親からも用事があるから来いと度々《たびたび》言って来る。けれど顔を見せぬので、父親は加須《かぞ》まで来たついでにわざわざ寄って見た。別段変わったところもなかった。この頃は日課点の調べで忙しいと言った。先月は少し書籍《ほん》を買ったものだから送るものを送られなかったという申訳《もうしわけ》をして、机の上にある書籍を出して父親に見せた。父親はさる出入先から売却を頼まれたという文晁《ぶんちょう》＊筆《ひつ》の山水《さんすい》を長押《なげし》に懸《か》けて、「どうも少し怪しい処があるじゃが……まアまアこの位ならとにかく納まる品物だから」などと暢気《のんき》に眺《なが》めていた。母親の手紙では、家計が非常に困っているような様子であったが、父親にはそんな風も見えなかった。帰りに、五十銭貸せと言ったが、清三の財布には六十銭しかなかった。月末まで湯銭位《ゆせんぐらい》なくては困ると言うので、二十銭だけ残して、あとをすっかり持たせて遣《や》った。父親は包みを背負って、半ば兀《は》げた頭を夕日に照されながら、学校の門を出て行った。

金のない幾日間の生活は辛《つら》かったが、しかし心はさびしくなかった。朝に晩に夜にかれはその女の赤い襠裲姿《うちかけすがた》と、眉《まゆ》の間の遠い色白の顔とを思い出した。その度《たび》ごとにやさしい言葉やら表情やらが流るるように漲《みなぎ》り渡った。その女は初会《しょかい》から清三の人並すぐれた男振《おとこぶり》とやさしいおとなしい様子とに普通《なみ》ならぬ情《じょう》を見せたのであるが、それが一度行き二度行く中《うち》に段々と募《つの》って来た。清三は月末の来るのを待ち兼ねた。菓子を満足に食えぬのが中でも一番辛かった。机の抽斗《ひきだし》の中には、餅菓子とかビスケットとか羊羹《ようかん》とかいつもきっと入れられてあったが、この頃では唯《ただ》その名残《なごり》の赤い青い粉ばかりが残っていた。止むなくかれは南京豆《なんきんまめ》を一銭二銭と買って食ったり、近所の同僚の処を訪問して菓子の御馳走《ごちそう》になったりした。後には菓子屋の婆《ばばあ》を説附《ときつ》けて、月末払いにして借りて来た。

音楽はやはり熱心に遣《や》っていた。譜を集めたものが大分溜《たま》った。授業中唱歌の課目がかれに取って一番面白い楽しい時間で、新しい歌に譜を合せたものを生徒に歌わせて、自分はさも一廉《ひとかど》の音楽家であるかのようにオルガンの前に立って拍子を取った。一人で室《へや》にいる時も口癖《くちぐせ》に唱歌の譜が出た。この間、女の室で酒に酔って、「響《ひび》きりんりん」を歌ったことが思出《おもいだ》された。女は黙ってしみじみと聞いていた。やがて「琵琶歌《びわうた》ですか、それは」と言った。信濃《しなの》の詩人が若々しい悲哀を歌った詩は、青年の群《むれ》の集った席で歌われたり、さびしい一人の散歩の野に歌われたり、無邪気な子供らの前でオルガンに合せて歌われたり、そうした女のいる狭い一室で歌われたりした。清三はその時女にその詩の意味を解いて聞かせて、再び声を低くして誦《しょう》した。二人の間にそれがある微《かす》かなしかし力ある愛情を起す動機となったことを清三は思い起した。

弥勒野《みろくの》に再び秋が来た。前の竹藪《たかやぶ》を通して淋しい日影が射《さ》した。教員室の硝子窓《ガラスまど》を小使《こづかい》が終日かかって掃除すると、一層空気が新しく濃《こまや》かになったような気がした。刈稲《かりいね》を積んだ車が晴れた野の道に音を立てて通った。

東京に行った友達からは、それでも月に五、六度音信《おとずれ》があった。学窓から故山《こざん》の秋を慕《した》った歌なども来た。夕暮には、赤い夕焼の雲を望んで、弥勒の野に静《しずか》に幼《おさ》な児《ご》を伴侶《はんりょ》としているさびしき、友の心を思うと書いてあった。弥勒野から都を望む心は一層切であった。学窓から見た夕焼の雲と町に連なる明かな夜の灯《ともしび》が一層恋しいとかれは返事をして遣《や》った。

羽生の野や、行田への街道や、熊谷の町の新蕎麦《しんそば》に昨年の秋を送ったかれは、今年は弥勒野から利根川の河岸《かし》の路《みち》に秋のしずかさを味《あじわ》った。羽生の寺の本堂の裏から見た秩父《ちちぶ》連山や、浅間岳《あさまだけ》の噴烟《ふんえん》や、赤城《あかぎ》榛名《はるな》の翠色《すいしょく》には全く遠《とお》ざかって、利根川の土手の上から見える日光を盟主とした両毛《りょうもう》の連山に夕日の当るさまを見て暮した。

ある日、荻生さんが来た。明日《あした》が土曜日であった。

「君、少し金を持っていないだろうか」

荻生さんは三円ばかり持っていた。

「気の毒だけども、家《うち》の方に少し要《い》ることがあって、翌日《あす》行くのに是非《ぜひ》持って行かなけりゃならないんだが……月給はまだ当分下りまいし、困ってるんだが、どうだろう、少し都合してもらう訳には行かないだろうか。月給が下りると、すぐ返すけれど」

荻生さんはちょっと困ったが、

「いくら要るんです?」

「三円ばかり」

「僕は丁度《ちょうど》ここに三円しか持っていないんですが、少し要ることもあるんだが……」

「それじゃ二円でも好《い》い」

荻生さんは止むを得ず一円五十銭だけ貸した。

翌朝、それと同じ調子で、清三は老訓導に一円五十銭借してくれと言った。老訓導は、「僕もこの通り」と、笑って銅貨ばかりの財布を振って見せた。関さんもやはり持っていなかった。幾度か躊躇《ちゅうちょ》したが、思切《おもいき》って最後に校長に話した。校長は貸してくれた。昨日の朝、行田から送って来る新聞の中に交って、見馴《みな》れぬ男の筆跡で、中田の消印《けしいん》の捺《お》してある一通の封書の入っていたのを誰も知らなかった。

午後から行田の家に行くとて出かけたかれは、今泉《いまいずみ》に入る前の路《みち》から右に折れて、森から田圃《たんぼ》の中を歩いて行った。しばらくして利根川の土手に上る松原の中にその古い中折《なかおれ》の帽子が見えた。大高島に渡る渡船《わたし》の中にかれはいた。

## 三十四

渡良瀬川の渡しをかれは尠《すくな》くとも月に二回は渡った。秋は次第に更《た》けて、楢《なら》の林の葉はバラバラと散った。虫の鳴いた蘆原《あしはら》も枯れて、白い薄《すすき》の穂が銀《しろがね》のように日影に光る。洲《す》の顕《あら》われた河原には白い鷺《さぎ》が下りて、納戸《なんど》色《いろ》になった水には寒い風が吹渡《ふきわた》った。麦倉《むぎくら》の婆《ばばあ》の茶店にももう縁台《えんだい》は出ておらなかった。栃《とち》の黄ばんだ葉は小屋の屋根を埋《うず》めるばかりに散積《ちりつも》った。農家の庭に忙しかった唐箕《とうみ》の音の絶える頃には、土手を渡る風はもう寒かった。

その長い路《みち》を歩く度数は、女に対する愛情の複雑して来る度数であった。追憶《おもいで》が段々と多くなって来た。帰りを雨に降られて本郷の村落のとっつきの百姓家にその晴間《はれま》を待ったこともある。夜遅く栗橋に出て大越の土手を終夜歩いて帰って来たこともある。女の心の解《げ》しがたいのに懊悩《おうのう》したことも一度や二度ではなかった。遊廓に上《のぼ》るものの初めて感ずる嫉妬《しっと》、女が廻《まわ》しを取る時*の不愉快にもやがて邂逅《でっくわ》した。待っても待っても、女は遣《や》って来ない。自己の愛する女を他人が自由にしている。全身を自己に捧げていると女は称しながら、それが果してそうであるか否かの解らない疑惑——男が女に対する総《すべ》ての疑惑を段々意識して来た。女はまた女で、その男の疑惑につれて、時々容易に示さない深い情《なさけ》を見せて、男の心を巧《たくみ》に奪った。「もうこれっきり行かん。あれらは男の機嫌を取るのを商売にしているんだ。あれらの心は幾様《いくよう》にも働くことが出来るように出来ている。自分に対すると同じような媚《こび》と笑いと情とをすぐ隣の室《しつ》で他の男に与えているのだ。忘れても行かん。忘れても行かん。今まで使った金が惜《お》しい」などと、憤慨して帰って来ることもあったが、しかしそれは複雑した心の状態を簡単に一時の理窟で解釈したもので、女の心にはもっと真面目《まじめ》な面白い処があることが段々解《わか》った。怒ったり泣いたり笑ったりしている間に、二人の間柄には、いろいろな色彩やら追憶《おもいで》が加わった。

女の許《もと》にせっせと通《かよ》って来る中に、清三の知っている客が尠《すくな》くとも三人はあった。一人は栗橋の船宿の子息《むすこ》で、家には相応に財産があるらしく、角帯《かくおび》に眼鏡をかけて鳥打帽《とりうちぼう》などを冠《かぶ》ってよく来た。色の白い丈《せい》のすらりとした好男子であった。一人は古河《こが》の裁判所の書記で、年はもう三十四、五、家には女房も子供もあるのだが、根が道楽で酒好きで三日と隔《か》かずに遣《や》って来る。女はその執拗《しつっこ》いのに困り抜いて、「お客で来るのだから仕方がないけれど、ああいう人に勤めなけりゃならないと思うと、つくづく厭《いや》になってしまうよ。貴郎《あなた》、早くこういう処《ところ》から出して下さいな」などと言って甘えた。そういう時には、「栗橋のにそう言って出してもらって遣ろうか」などと柄にもない口を清三はきいた。と、女はきまって、男の膝《ひざ》をぴしゃりと平手《ひらて》で打って、これほど思って苦労しているのにという紋切形《もんきりがた》の表情をして見せた。それから今一人塚崎《つかざき》の金持の百姓の子息《むすこ》が通って来た。田舎の女郎屋のこととて、室《へや》のつくりも完全していないので、落合《おちあ》うとその様子がよく解る。その子息は丸顔の坊ちゃん坊ちゃんした可愛い顔をしていた。「可愛いおとなしい人よ。何だか弟のような気がして仕方がない」と女は惚《のろ》けた。

その他にもまだあるらしかったが、よく解らなかった。鬚《ひげ》の生《は》えた中年の男も来るようであった。清三は女の胸に誰が一番深く影を印《いん》しているかを探って見たが、どうも解らなかった。自分の影が一番深いようにも思われることもあれば、要するに旨《うま》く丸められているのだと思うこともある。ある時、女はしみじみと泣いてその憐《あわ》れむべき境遇を語った。黒目がちな眼からは、涙がほろほろとこぼれた。清三はその時自己の境遇と女に対する自己の関係とを真面目に考えた。自分は小学校教員である。そういうことがちょっとでも知れれば勤めていることの出来ぬ身の上である。それに、家《うち》は辛《かろ》うじて生活して行く貧しい生活である。この女と一緒になることが出来ないのは初めから解り切ったことである。この女がある人に身請《みうけ》されるなり、年季《ねんき》が満ちて故郷に帰ることが出来るなりするのをむしろ女のために祝している。清三はゆくりなき縁《えにし》で、こうした関係となって行く二人の状態を不思議にも意味深くも感じた。清三はまた一歩を進めて、今の生活のたつきをも捨てて、貧しい父母——殊《こと》に自分を唯一の力と頼む母をも捨てて、この女と一緒になる場合を想像して見た。功名のために、青雲の志を得んがために、母を捨てることが出来なかったように、やはりかれにはどうしてもそうした気にはなれなかった。帰途《かえり》は、時々時雨《しぐれ》が来たり日影が射したりするという日の午後であった。いつもわたる渡良瀬川の渡しを渡って土手の上に来ると、丁度《ちょうど》眼の前を、白いペンキ塗の汚れた通運丸が、烟筒《えんとつ》からは煤烟《ばいえん》を漲《みなぎ》らし、推進器からは水を切る白い波を立てて川を下って行くのが手に取るように見えた。甲板《かんぱん》の上には汚れた白い服を着たボーイが二、三人仕事をしているのが小さく見えた。清三は立《たち》留《どま》ってじっとそれを見詰めた。白い烟《けむり》が細くズッと立つと思うと、汽笛の尖った響《ひびき》が灰色く逝《ゆ》く者かくに曇った水の上にけたたましく響き渡った。利根川は溶々として流れて下る。の如《ごと》しという感が清三の胸を襲って来た。

## 三十五

清三の中田《なかだ》通いは誰《だ》れにも知られずに冬が来てその年も暮れた。その間にも危険に思ったことは二、三度はある。一度は村の見知越《みしりご》しの若者の横顔を張見世《はりみせ》の前でちらと見た。一度は大高島の渡船の中で村の学務委員と一緒になった。今一度は大越の土手を歩いているとひょっくり同僚の関さんに邂逅《でっくわ》した。その時はこれはてっきり看破《かんぱ》されたと胸をドキつかせたが、清三のいつもの散歩癖を知っている関さんは、別に疑うような口吻《こうふん》をも洩《もら》さなかった。

けれど菓子屋、酒屋、小川屋、米屋などに借金が段々溜《たま》った。「林さん、どうしたんだろう。この頃は払《はらい》がたまって困るがなア」と小川屋の主婦は娘に言った。菓子屋の婆《ばばあ》は「今月は少しゃ入れてもらわねえじゃ――よく言ってくんなれ」と学校の小使《こづかい》に頼んだ。小使は小使で、「どうしたんだんべい。林さん元は金持っていた方だが、この頃じゃねっからお菜《さい》も買いやしねえ。いつも漬物《つけもの》で茶をかけて飯《めし》をすましてしまうし、肉など何日にも煮て食ったためしがねえ」などとこの頃は余り菜の残りの御馳走《ごちそう》に預《あずか》らないので、ぶつぶつと不平そうに独言《ひとりごと》を言った。同僚の関さんや羽生の荻生さんなどが訪ねて来ても、以前のようにビールも出さなかった。

様子の変なのを一番先きに気附《さ》いたのは、やはり行田の母親であった。わざわざ三里の路《みち》を遣《や》って来ても、そわそわといつも落附《おちつ》いていないばかりではない。友達が東京から帰って来ていても訪問しようでもなく、昔のように相談をしかけてもフムフムと聞いているだけで相手にもなってくれない。それに、何の彼《か》のと言って、毎月のものを置いて行かない。あれほど好きであった雑誌を碌々《ろくろく》買わず、常得意《じょうとくい》の町の本屋にもカケを拵《こし》らえない。母親は子息《むすこ》のこの頃どうかしているのをそれとなく感じて、時々心を読もうとするような眼色《めつき》をして、ジッと清三の顔を見詰めることがある。

ある時こんなことを言った。

「この間ね、好い嫁があるッて、世話しようッて言う人があるんだがね……お前ももう身も定《きま》ったことだし、どうだ、貰《もら》う気はないかえ?」

清三は母の顔をじっと見て、

「だッて、自分が食べることさえ大抵じゃないんだから」

「それはそうだろうけれど、お前位の月給で、女房子《にょうぼこ》を養っている人はいくらもあるよ。一緒になって、学校の近くに移転《ひっこ》して、倹約して暮すようにすれば、人並には遣《や》って行けないことはないよ」

「でもまだ早いから」

「でも、こうして離れていては、お前がどんなことをしているか解《わか》らないし」と笑って見せて、「それに、お前だッて不自由な思いをして、いつまで学校にいたッて仕方がないじゃないか」

「お母《つか》さん、そんなこと言うけれど、僕はまだこれで望みもあるんです。今少し勉強して、中学の教員の免状位《ぐらい》は取りたいと思っているんだから……今から女房などを持ったッて仕方がありゃしない」

「そんな大きな望《のぞみ》を出したッて仕方がないじゃないかねえ」

「だッて、僕一人田舎に埋《うず》もれてしまうのは厭《いや》ですもの。一、二年はまア仕方がないからこうしているけれど、いつかどうかして東京に出て勉強したいと思っているんです。音楽の方をこの頃少し遣《や》ってるから、来年あたり試験を受けて見ようと思っているんです。今から女房など持っちゃわざわざ田舎に埋《うずも》れてしまうようなもんだ」

「だッて、入れた処で学費はどうするんのさねえ?」

「音楽学校は官費があるから」

「そして家はどうするのだえ?」

「その時は父《おとっ》さんと母《おっか》さんで暮してもらうのさ。三年位どうにでもしてもらわなくっちゃ」

「それは出来ないことはないだろうけれど、父《おとっ》さんはああいう風だし、私ばかり苦労しなくっちゃならないから」

清三は黙ってしまった。

またある時は次のような会話をした。

「お前、加藤の雪さんを貰《もら》う気はない？」

「雪さん？　何故《なぜ》？」

「呉《く》れても好《い》いような母《おっか》さんの口振《くちぶり》だッたからさ」

「どうして？」

「それと分明《はっきり》言った訳じゃないけれど、達《た》って望めば呉れるような様子だッたから」

「いやなこった。あんな白々《しらじら》しい、おしゃらくは！」

「だッて、郁治さんとはお前は兄弟のようだし、呉れさえすりゃ望んでも欲しい位な娘じゃないかね」

「いやなこった」

「この頃はどうかしたのかえ？　加藤にも滅多《めった》に行かんじゃないか？」

「利益交換なぞいやなこった！」

こう言って、清三はぷいと立ってしまった。母親にはその意味が解らなかった。

一月には郁治も美穂子も帰っていた。郁治にも二、三度逢《あ》って話をした。美穂子についての話はもうしなかった。郁治はむしろ消極的に恋愛の無意味を語った。「何故、あんなに熱心になったか自分でも解らない。丁度《ちょうど》さかりがついたもののようなものだったんだね」と言って笑った。そのくせ郁治と美穂子とはよく相携《あいたずさ》えて散歩した。男は高師の制帽を冠《かぶ》り、女は新式の廂髪《ひさしがみ》に結《ゆ》って、派手《はで》な幅の広いリボンをかけた。小畑の手紙に由《よ》ると、二人はもう恋愛以上の交際を続けているらしかった。清三は厭な気がした。

丁度《ちょうど》その頃熊谷の小滝《こたき》の話が新聞に出ていた。「小滝の落籍《らくせき》」という見出しで、伊勢崎《いせざき》の豪商に根曳《ねびき》＊される話がひやかし半分に書いてある。小滝には深谷《ふかや》の金持の子息《むすこ》で、今年大学に入学した情人《いいひと》があった。その男に小滝は並々ならぬ情《なさけ》を見せたが、その家には許婚《いいなずけ》のこれも東京の跡見《あとみ》女学校に入っている娘があって、到底望を達することが出来ぬので、泣きの涙で、今度いよいよ落籍《ひか》されることになったと書いてある。その豪商は年は四十五、六で、女房も子もある。「どうせ一、二年辛《つら》い年貢《ねんぐ》を納めると、また舞《まい》もどって二度のお勤め、今晩は——と例のあでやかな声が聞かれるだろうから、今からお馴染《なじみ》の方々はその時を待っているそうだ」などと冷《ひや》かしてあった。本当の事情は知らぬが、清三はそうした社会に生立《おいた》った女の身の上を思わぬ訳には行かなかった。思いのままにならぬ世の中に、更に思いのままにならぬ境遇に身を置いて、うき草のように浮き沈みして行くその人々の身の上がしみじみと思いやられる。小滝のある間は——その美しい姿と艶《えん》なる声とのする間は、友人が離散し去っても、幼い頃の追憶《おもいで》が薄くなっても、熊谷の町はまだかれのためになつかしい町、恋しい町、忘れがたい町であったが、今はそれさえ他郷の人となってしまった。神灯の影艶《なまめ》かしい細い小路《こうじ》をいくら歩いても、にこにこといつも元気の好《い》い顔を見せて、幼い頃の同窓のよしみを忘れない「われらの小滝」を見ることは出来なくなったのである。清三は三カ日を済ますと、母親の止めるのをふり放って、今までにかつてないさびしい心を抱いて、西風の吹荒《ふきあ》れる三里の街道を弥勒《みろく》へと帰って来た。

それでも懐《ふところ》には中田に行くための金が三円残してあった。

## 三十六

三月のある寒い日であった。

渡良瀬川《わたらせがわ》の渡場《わたしば》から中田に来る間の夕暮の風はヒュウヒュウと肌を刺すように寒く吹いた。灰色の雲は空を蔽《おお》って、おりおり通る帆の影も暗かった。

灯《ひ》の点《つ》く頃、中田に来て、いつもの通り階段《はしご》を上ったが、馴染《なじみ》でない新造《しんぞ》*が来て、真面目《まじめ》な顔をして、二階の別の室《へや》に通した。いつも――客がいる時でも、行くとすぐ顔を見せた女が遣《や》って来ない。不思議にしていると、やがて馴染の新造が上って来て、

「おいらんもな、御目出度《おめでた》いことで――この十五日に身ぬけが出来ましたでな」

清三は金槌《かなづち》か何かでガンと頭を打たれたような気がした。

「貴郎《あなた》さんにもな、是非ゆく前に一度御目にかかりたいッて言っていましたけれど……貴郎は丁度《ちょうど》お見えにならんし、急なものだで、手紙を上げてる間《ひま》もなし、おいらんも残念

がっていましたけれど、仕方がなしに、貴郎が来たらよく言ってくれッてな……それにこれを渡してくれッて置いて行きましたから」と風呂敷包《ふろしきづつみ》を渡した。中には一通の手紙と半紙に包んだ四角なものが入っていた。手紙には金釘《かなくぎ》のような字で、覚束《おぼつか》なく別れの紋切形《もんきりがた》の言葉が書いてあった。残念残念残念残念残念という字が幾つとなく眼に入った。しかし身請《みうけ》されて行った処《ところ》は書いてなかった。

半紙に包んだのは写真であった。

おばさんは手に取って、

「おいらんも罪なことをする人だよ」

と笑った。

身請されて行った先は話さなかった。相方《あいかた》は兼《か》ねて知っている静枝の妹女郎が来た。顔の丸い肥《ふと》った女だッた。清三は黙って酒を飲んだ。黙ってその妹女郎と寝た。妹女郎は行った人の話をいろいろとして聞かした。清三は黙って聞いた。

翌日は早く帰途に就《つ》いた。存外心は平静であった。「どうせこうなる運命だッたんだ」と自《みず》から口に出して言って見た。「何でもない、当り前のことだ」と言っても見た。けれど平静であるだけそれだけかれは深い打撃を受けていた。

土手に上る時、

「憎い奴《やつ》だ。復讐《ふくしゅう》をしてやらなけりゃならん、復讐！　復讐！」

と叫んだ。しかし心はそんなに激してはおらなかった。

麦倉《むぎくら》の茶店では、茶をのみながら、

「もうここに休むこともこれ限《き》りだ」

大高島の渡しを渡って、いつものように間道《かんどう》を行こうとしたが、これも思返《おもいかえ》して、

「何《な》アに、もう解ったッてかまうもんか」

で、大越《おおごえ》に出て、わざと老訓導の家を訪《と》うた。

老訓導は清三の常に似ず際立《きわだ》ってはしゃいでいるのを不思議に思った。清三は出してくれたビールをグングンと呷《あお》って飲んだ。

「何か一つ大きなことでも為《し》たいもんですなア――何でも好《い》いから、世の中を吃驚《びっくり》させるようなことを」

こんなことを言った。そしてこれと同じことを昨年羽生《はにゅう》の寺で和尚《おしょう》さんに言ったことを思い出した。堪《たま》らなくさびしい気がした。

## 三十七

その年の九月、午後の残暑の日影を受けて、上野公園の音楽学校の校門から、入学試験を受けた人々の群《むれ》がぞろぞろと出て来た。羽織袴《はおりはかま》もあれば洋服もある。廂髪《ひさしがみ》に菫色《すみれいろ》の袴を穿《は》いた女学生もある。校内からはピアノの音が緩《ゆるや》かに聞えた。

その群の中に詰襟《つめえり》の背広を着て、古い麦稈帽子《むぎわらぼうし》を冠《かむ》って、一人てくてくと塀際《へいぎわ》に寄って歩いて行く男があった。靴《くつ》は埃《ほこり》に塗《まみ》れて白く、毛繻子《けじゅす》の蝙蝠傘《こうもりがさ》は褪《さ》めて羊羹色《ようかんいろ》になっていた。それは田舎からわざわざ試験を受けに来た清三であった。

入っただけでも心が戦《ふる》えるような天井の高い室《へや》、鬚《ひげ》の生《は》えた肥《ふと》った立派な体格をした試験委員、大きなピヤノには、中年の袴を穿いた女が後向《うしろむき》になって頻《しき》りに妙な音《ね》を立てていた。清三は田舎の小学校の小さなオルガンで学んだ研究が、何の役にも立たなかったことをやがて知った。一生懸命で集めた歌曲の譜も全く徒労《とろう》に属したのである。かれは初歩の試験にまず失敗した。顔を真赤《まっか》にした自分の小さなあわれな姿が徒《いたず》らに試験官の笑《わらい》を買ったのがまだ眼の前にちらついて見えるようであった。「駄目《だめ》！　駄目！」と独《ひと》で言ってかれは頭《かしら》を振った。

公園のロハ台*は樹《き》の影で涼しかった。風がおりおり心地《ここち》よく吹いて通った。かれは心を静めるためにそこに横になった。向うには縁台《えんだい》に赤い毛布《けっと》を敷いたのがいくつとなく並んで、赤い襷《たすき》で綾取《あやど》った若い女のメリンスの帯が見える。中年増《ちゅうどしま》の姿もくっきりと見える。赤い地に氷という字を白く抜いた旗がチラチラする。

動物園の前には一輛《いちりょう》の馬車が待っていた。白いハッピを着た御者はブラブラしていた。出札所《しゅっさつしょ》には、田舎者らしい二人連《ふたりづれ》が大きな財布《さいふ》から銭《ぜに》を出して札《ふだ》を買っていた。

東京に出たのは初めてである。試験をすましたら、動物園も見よう、博物館にも入ろう、一通り市中の見物もしよう、お茶の水の寄宿《きしゅく》に小畑や郁治をも訪《たず》ねよう、こういろいろ心の中《うち》に計画して遣《や》って来た。田舎の空気によごれた今までの生活を遁《のが》れて、新しい都会の生活をこれから開くのだと思うと、中学を出た頃の若々しい気分にもなれた。昨日吹上《きのうふきあげ》の停車場《ていしゃじょう》を発《た》つ時には、久し振で、さまざまの希望の念が胸に漲《みなぎ》ったのである。かれはロハ台に横《よこた》わりながら、その希望と今の失望との間に挟《はさ》まった一場の光景をまた思い浮べた。

ロハ台から起上《おきあが》る気分になるまでには、少くとも一時間は経《た》った。馬車はもういなかった。なにがし子爵《ししゃく》夫人とも言いそうな立派な貴婦人が、可愛《かあい》らしい洋服姿の子供を三、四人伴《つ》れて、そこから出て来て、嬉々《きき》として馬車に乗ると、御者は鞭《むち》を一当《ひとあて》あてて、跡《あと》に白い埃《ほこり》を立てて、ガラガラと輾《きし》って行った。その白い埃を見詰めたのをかれは覚えている。

「せめて動物園でも見て行こう」と思ってかれは身を起した。

丹頂《たんちょう》の鶴《つる》、絶えず鼻を巻く大きな象、遠い国から来たカンガルウ、駱駝《らくだ》だの驢馬《ろば》だの鹿だの羊だのが別段珍らしくもなく歩いて行くかれの眼に映った。ライオンの前ではそれでも久しく立留《たちどま》って見ていた。養魚室の暗い隧道《トンネル》の中では、水の中に明《あきら》かな光線がさし透《とお》って、金魚や鯛《たい》などが泳いでいるのが鮮《あざや》かに見えた。水珠《みずたま》がそこからもここからも挙《あが》った。

鴎《かもめ》や鴛鴦《おし》やその他さまざまの水鳥のいる前のロハ台にかれはまた腰を下《おろ》した。あたりをさまざまな人がいろいろなことを言ってぞろぞろ通る。子供は鳥の賑《にぎや》かに飛んだり鳴いたりするのを面白がって、柵《さく》につかまって見とれている。しばらくしてかれはまた歩き出した。鷹《たか》だの狐《きつね》だの狸《たぬき》だのいる処《ところ》を通って、猿《さる》が歯をむいたり赤い尻《しり》を振り立てたりしている処を抜けて、北極熊や北海道の大きな熊のいる処を通った。孔雀《くじゃく》の見事な羽もさして興味を惹《ひ》かなかった。かれは入った時と同じようにして出て行った。

東照宮《とうしょうぐう》の前では、女学生が派手《はで》な蝙蝠傘《こうもりがさ》をさして歩いていた。パノラマ*には、古ぼけた日清戦争の画《え》か何かがかかっていて、札番《ふだばん》が退屈そうに欠《あくび》をしていた。

竹《たけ》の台《だい》に来て、かれはまた三たびロハ台に腰をかけた。

眼下に横《よこた》わっている大都会、甍《いらか》が甍に続いて、烟突《えんとつ》からは黒い凄《すさま》じい烟《けむり》が颺《あが》っているのが見える。彼方此方《あちこち》から起る物音が一つになって、何だかそれが大都会の凄《すさま》じい叫びのように思われる。ここに罪悪もあれば事業もある。功名もあれば富貴《ふうき》もある。飢餓《きが》もあれば絶望もある。新聞紙上に毎日のように顕《あら》われて来る三面事故のことなども胸に上った。

竹の台から下りると、前に広小路《ひろこうじ》の雑踏が展《ひろ》げられた。馬車鉄道が後から後から幾台となく続いて行く。水撒夫《みずまき》がその中を平気で水を撒《ま》いて行く。人力車が懸声《かけごえ》で駛《はし》って行く。

しばらくして、清三の姿は、その通の小さい蕎麦屋《そばや》に見られた。

「入《いら》っしゃい！」

と若い婢《おんな》の黄《きいろ》い声がした。

「ざる一つ！」

という声がつづいてした。

清三は夕日の射《さ》し込《こ》んで来る座敷の一隅《ひとすみ》で、誂《あつらえ》の来る間を、大きな男が大釜《おおがま》の蓋《ふた》を取ったり閉《た》てたりするのを見ていた。釜の蓋を取ると、湯気《ゆげ》が白くぱッと颺《あが》った。長い竹の箸《はし》でかき廻《まわ》して、ザブザブと水で洗って、それをざるに手で盛った。「お待遠《まちどお》さま」と婢《おんな》はそれを膳《ぜん》に載せて運んで来た。足の裏が黒かった。

清三はざるを二杯、天ぷらを一杯食って、ビールを一本飲んだ。酔が廻って来ると、少し元気がついた。

「帰ろう、小畑や加藤を訪問したッて仕方がない」

懐《ふところ》から財布《さいふ》を出して勘定をした。やがて雑踏の中を停車場に急いで行くかれの姿が見られた。

## 三十八

荻生《おぎゅう》さんが和尚《おしょう》さんを訪ねて次のような話をした。

「どうも困りますんですがな」

と荻生さんが例の人の好《よ》い調子で、さも心配だという顔をすると、

「それは困りますな」

と和尚さんも言った。

「どうも思うように行かんもんですから、ついそういうことになるんでしょうけれど

「……」

「校長からお聞きですか」

「いいえ、校長から直下《じか》に聞いたという訳でもないんですけれど……借金も出来たようですし、それに清三君が宿直室にいると、女がぞろぞろ遣《や》って来るんだッて言いますからねえ」

「一体、あそこは風儀が悪い処《ところ》ですからなア」

「随分面白いんですッて……清三君一人でいると、学校の裏の垣根《かきね》の処から、声をかけたり、わざと土塊《つちくれ》を投《ほう》り込《こ》んだりするんですッて。そうして誰もいないと、庭から廻って入って来るんだそうです」

「そして、その中に誰か相手が出来てるんですか」

「よく解りませんけれど、出来てるんだそうです」

「どうせ、機織《はたおり》か何かなんでしょう？」

「え」

「困るですな。そういう女に関係をつけては」

と和尚さんも嘆じた。

少時《しばらく》してから、

「早く上《かみ》さんを持たせたら、どうでしょう」

「この間も行田に行きましたから、ついでに寄ったんですが、お袋さんもそう言っていました」

「加藤君のシスターは貰《もら》えないのですか」

「先生が厭《いや》だッて言うんです……」

「だッて、前にラブしていたんじゃないですか」

「どうですか、清三君、よく話さんですけれど、加藤君と何か仲たがいか何かしたらしいですな」

「そんなことはないでしょう」

「いや、あるらしいんです」

と荻生さんはちょっと途切れて、「この間も言ってましたよ、僕はこういう運命なら仕方がない。一生独身で小供を相手にして暮しても遺憾《いかん》がないッて言ってましたよ」

「独身も好《い》いが――そんなことをしては仕方がない」

「本当ですとも」

と荻生さんは友達思いの心配そうに、「校長が可愛《かあい》がってくれてるから好いですけれど、郡視学の耳にでも入ると大変ですからな。それに狭い田舎ですから、すぐぱッとしてしまいますから……今度来たら、それとなく言って戴《いただ》きたいものですが……」

「それは言いましょう」

と和尚さんは言った。

「それに、清三君は体が弱いですからな……」

と荻生さんはやがて言葉をついだ。

「やっぱり胃病ですか」

「え、相変らず甘いものばかり食《くっ》ているんですから。甘いものと、音楽と、絵の写生とこの三つが僕のさびしい生活の慰藉《いしゃ》だなどと前から言っていましたが、この頃じゃ——この夏の試験を失敗してからは、集めた譜は押入《おしいれ》の奥に入れてしまって、唱歌の時間きりオルガンも鳴《なら》さなくなりましたから」

「よほど失望したんですね」

「え……それは熱心でしたから、試験前の二月《ふたつき》ばかりと言うものは、そのことばかり言ってましたから」

「つまり今度のことなどもそれから来てるんですな」と和尚《おしょう》さんは考えて、「本当に気の毒ですな。随分さびしい生活ですものなア。それに真面目《まじめ》な性分《しょうぶん》だけ、一層辛《つら》いでしょうから」

「私見たいに暢気《のんき》だと好《い》いんですけれど……」

「本当に、君とは違いますね」

と和尚さんは笑った。

## 三十九

清三の借金はなかなか多かった。この二月《ふたつき》ばかり、自炊をする元気もなく、三度々々小川屋から弁当を運ばせたので、その勘定は七、八円まで上《のぼ》った。酒屋に三円、菓子屋に三円、荒物屋《あらものや》に五円、前からそのままにしてある米屋に三円、その他同僚から一円二円と借りたものも尠《すくな》くなかった。荻生さんにも四円ほど借りたままになっていた。中田《なかだ》に通う頃に和尚《おしょう》さんに融通してもらった二円も返さなかった。

金の価値の貴《とうと》い田舎では、何よりも先にこれから信用が崩《くず》れて行った。

## 四十

ところがどうした動機か、清三は急に真面目《まじめ》になった。勿論《もちろん》、校長から懇々《こんこん》と説《と》かれたこともあった。和尚さんからもそれとなく忠告された。けれどそのためばかりではなかった。

頭が急に新しくなったような気がした。自己の不真面目であったのが今更のように感じられて来た。落ちて行く深い谷から一刻も早く浮び上がらなければならぬと思った。

失望と空虚とさびしい生活とから起った身体《からだ》の不摂生《ふせっせい》、この頃では何をする元気もなく、散歩にも出ず、雑誌も読まず、同僚との話しもせず、毎日の授業もお勤めだから仕方がなしに遣《や》るという風に、蒼白《あおじろ》い不健康な顔ばかりしていた。どことなく体が気怠《けだる》く、時々熱があるのではないかと思われることなどもあった。持病の胃は益々募《つの》って、口の中は常に乾いた。——不真面目な生活がこの不健康な肉体を通じて痛切なる悔恨を伴って来た。弱かったがしかし清《きよ》かった一、二年前の生活が眼前に浮んで通った。

「絶望と悲哀と寂莫《せきばく》とに堪《た》えられるようなまことなる生活を送れ」

「絶望と悲哀と寂莫とに堪え得らるる如《ごと》き勇者たれ」

「運命に従うものを勇者という」

「弱かりしかな、不真面目なりしかな、幼稚なりしかな、空想児なりしかな。今日よりぞわれ勇者たらん。今日よりぞわれ、わが以前の生活に帰らん」

「第一、体を重んぜざるべからず」

「第二、責任を重んぜざるべからず」

「第三、われに母あり」

かれは「われに母あり」と書いて、筆を持ったまま顔を挙《あ》げた。胸が迫って来て、蒼白い頰《ほお》に涙がほろほろと流れた。

かれは中田に通い始める頃から、日記をつけることを廃した。滅多《めった》なことを書いて置いて、万一他人に見らるる虞《おそれ》がないではないと思ったからである。かれは柳行李《やなぎごうり》を明けて、その頃の日記を出して見た。九月二十四日——秋季皇霊祭。その文字に朱で圏点《けんてん》が打ってあった。その次の土曜日の条に、大高島から向う岸の土手に渡る記事が書いてあった。日記は絶々《たえだえ》ながらも、その年の十月の末頃までつづいていた。利根川の暮秋《ぼしゅう》のさまや落葉や木枯《こがらし》のことも書いてある。十月の二十三日の条に「この日、雨寒し――」と書いてあった、あとは白紙になっている。その時、「日記なんてつまらんものだ。やっぱり他人に見せるという色気があるんだ。自分の遣《や》ったことや心持が充分に書けぬ位なら止《よ》す方が好《い》い。自分の心の大部分を占めてる女のことを一行も書くことの出来ぬような日記なら断然止してしまう方が好い」こう思って筆を断ったのを覚えている。その間の一年と二、三カ月の月日のことを清三は考えずにはおられなかった。その間はかれに取っては暗黒な時代でもあり、また複雑した世相にふれた時代でもあった。事件や心持を充分に書けぬような日記なら廃《よ》す方が好いと言ったが、それと反対に、日記に書けぬようなことはせぬという処《ところ》に、日記を書くということのまことの意味があるのではないかとかれは考えた。

かれは再び日記を書くべく罫紙《けいし》を五、六十枚ほど手ずから綴《と》じて、その第一頁《ページ》に、前の三カ条を麗々しく掲げた。

明治三十六年十一月十五日。

かれはこう書き出した。

# 四十一

「過去は死したる過去として葬《ほうむ》らしめよ」

「われをしてわが日々のライフの友たる少年と少女とを愛せしめよ」

「生活の資本は健康と金銭とを要す」

「われをして清き生活を営ましめよ」

こういう短かい句は日記の中に絶えず書かれた。

またある日はこういうことを書いた。

「野心を捨てて平和に両親の老後を養ひ得ればこれ余の成功にあらずや。母はわれと共に住まんことを予想しつつあり」

またある時は次のようなことを書いた。

「親しかりし昔の友、われより捨て去りしは愚《おろ》かなりき。情《じょう》薄かりき。われをして再びその暖かき昔の友情を復活せしめよ。所詮《しょせん》、境遇は境遇なり、運命は運命なり。かれ等《ら》を羨《うらや》みて捨て去りしわれの小なりしことよ。喜ぶべきかな友情の復活！　一昨日小畑より打《う》ち解《と》けたる手紙あり。今日《こんにち》また加藤より情に満たされたる便《たより》あり。小畑は自分の読み古したる植物の書籍近きに送らんといふ。嬉し」

校長も同僚も清三の態度の俄《にわ》かに変ったのを見た。清三は一昨年あたり熱心に集めた動植物の標本の整理に取懸《とりかか》った。野から採《と》って来て紙に張ったままそのままにしてあったのを一つ一つ誰《た》れにも解るように分類して見た。今年の夏休暇《なつやすみ》に三日ほど秩父の三峯《みつみね》に関さんと遊びに行った時採集して来たものの中にはめずらしいものがあった。関さんは文部《もんぶ》の中学教員検定試験を受ける準備として、頻《しき》りに動植物を研究していた。その旅でも実際について関さんは頻りに清三にその趣味を鼓吹《こすい》した。

小畑からやがてその教科書類が到着した。この秋まで音楽に熱心であった心は段々その方面に移って行った。解《わか》らぬところは関さんに聞いた。

村の百姓たちは再び若い学校の先生の散歩姿を野道に見るようになった。写生しているその周囲に子供たちが圏《わ》を描《か》いていることもある。かれは弥勒野《みろくの》の初冬の林や野を絵はがきにして、小畑や加藤に送った。

三たびこのさびしい田舎に寒い西風の吹荒れる年の暮が来た。前の竹藪《たかやぶ》には薄い夕日がさして、あおじやつぐみの鳴声が垣に近く聞える。二十二日頃から、日課点の調べが忙しかった。旧の正月に羽生で挙行せられる成績品展覧会に出品する準備もそれ相応に整頓して置かなければならなかった。図画、臨本模写《りんぽんもしゃ》、考案画、写生画、模様画、それに綴《つづ》り方《かた》に作文、昆虫標本、植物標本などもあった。それを生徒の多くの作品の中から選ぶのは一《ひと》通《とおり》の労力ではなかった。どうか来年は好成績を博したいものだと校長は言った。

それにどうしてか、この頃はよく風邪《かぜ》を惹《ひ》いた。散歩したとては、咳嗽《せき》が出たり、湯に入ったとては熱が出たりした。烟草《たばこ》を飲むと、どうも頭の具合が悪い。今までに覚えたことのない軽い一種の眩惑《めまい》を感じる。「君、どうかしたんじゃありませんか、医師《いしゃ》に見てもらう方が好《い》いですぜ」と関さんは二十四日の授業を終って別れようとする時に言った。

荻生さんを羽生に訪問した時には、そう大して苦しくもなかった。けれど成願寺《じょうがんじ》に行って久し振で和尚さんに逢《あ》って話そうと思った希望は警察署の前まで来て中止すべく余儀なくされた。熱も少くとも三十八度五分位はある。それに咳嗽《せき》が出る。丁度《ちょうど》そこに行田に戻り車がうろうろしていたので、廉《やす》く賃銭《ちんせん》をねぎって乗った。寒い路《みち》を日の暮れ暮《ぐ》れにようやく家に着いた。

年の暮を一室《ひとま》に籠《こも》って寝て送った。母親は心配して、いろいろ慰めてくれた。幸《さいわい》にして熱は除《と》れた。大晦日《おおみそか》には丁度昨日《きのう》帰ったという加藤の家を音信《おとず》ることが出来た。郁治は清三の痩《や》せた顔と蒼白《あおじろ》い皮膚とを見た。話しぶりもどことなく消極的になったのを感じた。何ぞと言うとすぐ衝突して議論をしたり、大晦日の夜を感激して暁《あかつき》の三時まで町中や公園を話し歩いたりした三年前に比べると、こうも変るものかと思われた。二人はこの頃東京の新聞で流行《はや》る宝探しや玄米《げんまい》一升の米粒調べの話などをした『万朝報《まんちょうほう》』*の宝を小石川の久世山《ぜやま》に予科の学生が掘《ほり》に行ってさがし当てたことを面白く話した。続いて、日露談判の交渉がむつかしいということが話題に上《のぼ》った。「どうも、東京では近来余程殺気立っている。新聞の調子を見ても解るが、どこかこういつもに違って真面目《まじめ》なところがある。いよいよ戦端《せんたん》が開けるかも知れない」と郁治は言った。清三もこの頃では新聞紙上で、この国家の大問題を熱心に見ていた。「そんな大きな戦争を始めてどうするんだろう」といつも思っていた。二人はその問題についていろいろ話した。陸軍では勝算があるが、海軍では噸数《トンすう》がロシアの方が勝《まさ》っていて、それに戦闘艦が多いなどと郁治は話した。

元日の朝、床の間の花瓶《かびん》にかれはめずらしく花を生《い》けた。早咲《はやざき》の椿《つばき》は僅《わず》かに赤く花を見せたばかりで、厚い濃い緑の葉は、黄い《きいろ》寒菊の小さいのと趣《おもむき》に富んだ対照をなした。別に蔓《つる》うめもどきの赤い実の鈴生《すずなり》になったのを挿《さ》していると、母親は「私、この梅もどきッていう花大好きさ。この花を見ると御正月が来たような気がする」こう言って通った。父親は今朝猫の額《ひたえ》のような畠の角で、霜解《しもどけ》の土をザクザク踏みながら、白い手を泥だらけにして、頻《しきり》に何かしていたが、やがてようやく芽を出し始めた福寿草《ふくじゅそう》を鉢《はち》に植えて床《とこ》の間《ま》に飾った。朝日の影が薄く障子《しょうじ》にさした。親子は三人楽しそうに並んで雑煮《ぞうに》を祝った。

清三の日記は次のごとく書かれた。

明治三十七年、

一月一日――新しき生命と革新とを与ふべく、新しく苦心と成功と喜びと悲しみとを下すべく新年は来《きた》れり。若き新年は向上の好機なり。願はくば清く楽しき生活を営ましめよ。△「新年《にいとし》を床《とこ》の青磁《せいじ》の花瓶《はながめ》に母が好みの蔓梅《つるうめ》もどき」△小畑に手紙出す、これより勉強して二年三年の後、検定試験を受《うけ》んとす、科目は植物に志す由《よし》言ひやる。△

風邪《かぜ》心地《ごこち》やうやくすぐれたれば、明日《みょうにち》あたりは野外写生せんとて、画板など繕《つくろ》ふ。

二日――「たたずの門」の辺に写生すべき所ありたれど、風吹きて終日寒ければ止《や》む。

△きく子が数へし玄米一合の粒数七二五六。

三日――昨夜入浴せしため感冒《かぜ》再び元にもどる。△休暇中に野外写生の望《のぞみ》絶ゆ。

四日――『万朝報』の米調べ*発表、玄米一升七三二五〇粒。△今年は倹約せんと思ふ。財嚢《ざいのう》の常に虚《きょ》なるは心を温めしむる現象にあらず。所詮《しょせん》生活に必要なるだけの金は必要なり。

五日――年賀の礼今年は欠く。

六日――牧野雪子(雪子は昨年の暮《くれ》前橋の判事と結婚せり)より美しき絵葉書の年賀状来《きた》る。△腫物《はれもの》再発す。

七日――病後療養と腫物《はれもの》のため帰校をのばす。△紅葉《こうよう》秋濤《しゅうとう》著『寒牡丹《かんぼたん》』*読みかけてやめる。罪悪が発端なり。△『中学世界』買って来てよむ。△加藤帰京す。

八日――健康を得たし、健康を得たし、健康を得たし。

九日――『寒牡丹』読みて夜に入《い》って読了す。罪悪に伴ふ悲劇中の苦悶《くもん》、女主人公ルイザの熱誠なる執着、四百頁の大団円はラブの成功に終《おわ》る。△煙草は感冒《かぜ》の影響にて、頓《にわか》にその量を減じ、あらば吸ひなくば吸はぬといふやうになりたり。長くこの方法が惰性《だせい》となればよけれど如何《いか》にや。△明日《みょうにち》はまた利根河畔《とねかはん》の人となるべし。△日露の危機、外交より戦期に遷《うつ》らんとすと新聞紙頻《しき》りに言ふ。吾人《ごじん》の最も好まぬ戦争は遂《つい》に避くべからざるか。

さびしい寒い宿直室の生活はやがてまた始まった。昨年の十一月から節約に節約を加えて、借金の返却を心懸《こころが》けたので、財嚢《ざいのう》は常に常に冷《ひや》やかであった。胃が悪く気分がすぐれぬので、勉《つと》めて運動をしようと思って、生徒を相手に校庭でよくテニスを遣《や》った。かれの蒼《あお》白《じろ》い髪《は》の生えたすらりと痩《や》せた姿はいつも夕暮の空気の中に鮮《あざや》かに見えた。かれは土曜日の日記の中に、「半日の課業を正直にすませ、満足に事務を取り、温《あたた》き晩餐《ばんさん》の後《のち》、その日の新聞よみ終りて、さて一日の反省に何等《なんら》悶《もだ》ゆることなく、安息すべき明日《みょうにち》の日曜を思へば、テニスの運動の影響とて、右手の筋肉の筆執《と》るに震《ふる》ゆるの外《ほか》絶えて平和ならざるなし」と書いた。また「M*の都合あれば帰宅したけれど思ひ留《とま》る。節約の結果三銭の刻煙草《きざみたばこ》四日を保《たも》つ」と書いた。しかしかれは夜眠られなくって困った。眠ったと思うとすぐ夢におそわれる。大抵は恐ろしい人に追い懸けられるとか刀で斬《き》られるとかする夢で、眼が覚《さ》めると、ぐっしょり寝汗をかいている。心持の悪いことは譬《たと》えようがなかった。

中学校校友会の会報が年二季に来た。同窓の友の消息がおぼろ気ながらこれに由《よ》って知られる。アメリカに行ったものもあれば、北海道に行ったものもある。今季の会報には寄宿舎生徒松本なにがしが自《みず》から棄《す》てて自殺した顚末《てんまつ》が書いてあった。深夜、ピストルの音がして人々が驚いて走《は》せ寄《よ》ったことが詳しく記《しる》してあった。かれは今まで思ったことのない「死」について考えた。夜はその夢を見た。寄宿舎の窓に灯《あかり》が明るく点《つ》いて、人がガヤガヤしている。ピストルが続けざまに鳴った。自殺した男が窓から飛んで出た。

朝ごとの霜《しも》は白かった。夜半の霙《みぞれ》で竹の葉が真白になっていることもあった。ラッケットを捌《さば》いて校庭に立っているかれの瘦削《やせぎす》な姿を人々は常に見た。解けやらぬ小川の氷の上にはあおじが飛び、空《むな》しい枝の桑畠《くわばたけ》にはつぐみが鳴き、榛《はん》の根の枯草からは水鶏《くいな》が羽音高く驚き立った。楢《なら》や栗《くり》の葉は全く落ち尽して、草の枯れた利根川の土手は唯《ただ》一帯に代赭色《たいしゃいろ》に塗られて見えた。田には大根の葉がひたと捨てられてあった。

月の中頃に、母親から来た小荷物には、毛糸のシャツが入っていた。手紙には「寒さ烈《はげ》しく御座候間《ござそろあいだ》余り寒き時は湯をやすみ、風ひかぬやう御用心下されたく候、朝夕よきこと悪《あ》しきことにつけお前一人便りに御座候間御身《ござそろあいだおんみ》大切に御守り被下度候《くだされたくそろ》」と書いてあった。この頃は母を思うの情が一層切になって、土曜日に帰る途《みち》でも、稚児《ちご》を背に負った親子三人連の零落《れいらく》した姿などを見ては涙をこぼした。母親もこの頃清三の際立《きわだ》ってやさしくなったのを喜んだが、しかしまた心配にならぬでもなかった。俄《にわ》かに気の弱くなったのは病気のためではないかと思った。清三が行《ゆ》くと、賃仕事を午後から休んで、白玉《しらたま》のしる粉《こ》などをこしらえて款待《もてな》した。寝汗が出るということを聞いて、「お前、本当に御医者にかかって見てもらわなくって好《い》いのかね」と顔に心配の色を見せて言った。

時には荻生さんを羽生から誘《さそ》って来て、宿直室に一夜泊まらせることなどもあった。荻生さんはこの頃話しのある養子の口のことを語って、「その家《うち》は君、相応に財産があるんですって、今に、立派な旦那《だんな》になったら、たんと御馳走《ごちそう》しますよ。君位一人置いて上げても好い」などと戯談《じょうだん》を言って快活に笑った。荻生さんは床に入ると、すぐ鼾《いびき》を立てて安らかに熟睡した。こうして安らかに世を送り得る人を清三は羨《うらや》しく思った。

関さんはすいかずらやじゃのひげや大黄などを枯草の中に見出して教えてくれた。寒い冬の中にも際立って暖かい春のような日があった。野は平らかに、静かに、広く、さびしく、しかも心地《ここち》よく刈取《かりと》られて、榛《はん》のひょろ長い幹が青い空に捺《お》すように見られた。かれは午前七時には必ず起きて、燃ゆるような朝日の影の霜けぶりの上に昇るのを見ながら、いつも深呼吸を四、五十度遣《や》るのを例にしていた。「どうして、こう気分がすぐれないんだろう、どうかしなくっては仕方がない」などと時には自《みず》から励《はげま》した。しかしやはり胃腸の具合が好くなかった。寝汗も出た。

## 四十二

ある暖かい日曜に、関さんと伴《つ》れ立《だ》って、羽生の原という医師《いしゃ》の許《もと》に見てもらいに出懸《でか》けた。町の横町に、黒い冠木門《かぶきもん》*があって、庭の松が濃い緑を見せた。白い敷布をかけた寝《ね》台《だい》が診察室にあって、それに隣《とな》った薬局には、午前十時頃の暖かい冬の日影の透《とお》った硝子《ガラス》の向うに、種々《いろいろ》の薬剤を盛った小さい大きい瓶《びん》が棚の上に並べてあるのが見えた。医師は

三十七、八の髪を長くした丁寧な腰の低い人で、聴診器を耳に当てて、まず胸から腹のあたりを見た。次に、肌をぬがせて背中のあたりを見て、コツコツと軽く叩《たた》いた。

「やはり、胃腸が悪いんでしょうな」

こう言って型のごとき薬を医師は呉《く》れた。

春のような日であった。連日の好晴に、霜解《しもどけ》の路《みち》も大方乾いて、街道にはところどころ白い埃《ほこり》も見えた。霞《かすみ》に包まれて、頂《いただき》の雪がおぼろげに見える両毛《りょうもう》の山々を後《うし》ろにして、二人は話しながら緩《ゆるや》かに歩いた。野の角に背を後《うしろ》に日和《ひなた》ぼっこをして、ブンブン糸繰車《いとくりぐるま》を繰っている猫背の婆《ばあ》さんもあった。名代《なだい》の角の饂飩屋《うどんや》には二、三人客が腰をかけて、傍《かたわら》の大釜《おおがま》からは湯気《ゆげ》が白く立っていた。野には、日当《ひあたり》のいい所には草が既に萌《も》えて、なず菜など青々としている。関さんはところどころで、足を留《と》めて、そろそろ芽を出し始めた草を採《と》った。そしてそれを清三に見せた。風呂敷《ふろしき》にも包まずに持っている清三の水薬《みずぐすり》の瓶《びん》には、野の暖かい日影がさし透《とお》った。

## 四十三

「先生」

とやさしい声がした。

障子《しょうじ》を明けると、廂髪《ひさしがみ》に結《ゆ》って、ちょっと見ぬ間に非常に大人《おとな》びた女生徒の田原ひでが莞爾《にこにこ》と笑って立っていた。昨年の卒業生で、出来の好《い》いので評判であったが、卒業すると、すぐ浦和の師範学校に行った。高等二年生の時から清三が手がけて教えたので、殊《こと》にかれをなつかしがっている。高等四年の頃に、新体詩などを作ったり和文を書いたりして清三に見せた。家《うち》はちょっとした農家で、散歩の折に清三が寄って見たこともあった。余り可《か》愛《あい》がるので、「林先生は田原さんばかり贔屓《ひいき》にしている」などと生徒から言われたこともあった。丸顔の色の白い田舎にはめずらしいハイカラな子で、音楽が好きで、清三の教えた新体詩をオルガンに合せてよく歌った。師範学校の寄宿舎からも、常に自然の、運命の、熱情のと手紙を寄越《よこ》した。教え子の一人よりなつかしき先生へと書いて来たこともあった。時には詩を下さいなどと言って来ることもあった。

「田原さん！」

清三は立上《たちあが》った。

「どうしたんです？」

続いて訊《たず》ねた。

「今日用事があって、家《うち》に参《まいり》ましたから、ちょっとお伺《うかがい》しましたの」

言葉から様子からこうも変るものかと思うほど大人《おとな》びてハイカラになったのを清三は見た。

「先生、御病気だって聞きましたから」

「誰に？」

「関先生に――」

「関さんにどこで逢《あ》ったんです？」

「村の角でちょっと――」

「何《な》アに大したことはないんですよ」と笑って、「例の胃腸です――余り甘いものを食い過ぎるものだから」

ひで子は笑った。

先生と生徒とは日曜日の午後の明るい室《へや》に相対《あいたい》して暫《しば》し語った。寄宿舎の話などが出た。今年卒業するはずの行田の美穂子の話も出た。依然として昔の親しみは残っているが、女には娘になった隔《へだ》てがどことなく出ているし、男には生徒としてよりも娘という感じがいつもの隔てのない会話をさまたげた。机の上には半分ほど飲んだ水薬の瓶が夕日に明るく見えていた。清三は今朝友から送って来た『音楽の友』*という雑誌をひろげてひで子に見せた。口絵には紀元二百年頃の楽聖セント、*セリシアの像が出ていた。オルガンの妙音から出た花と天使《エンジェル》の幻影とを楽聖はじっと見ている。清三はこの人はローマの貴族に生れて、熱心なるエホバの信者で、オルガンの創造者であるということを話して聞かせた。美容《びよう》花の如《ごと》くであったということをも語った。

オルガンの音がやがて聞え出した。小使《こづかい》が行って見ると、若い先生が指を動《うごか》して頻《しき》りに音を立てている傍《かたわら》に、海老茶《えびちゃ》の袴《はかま》を着けたひで子は笑顔を含んで立った。

校庭は静かであった。午後の日影に雀《すずめ》がチャチャと鳴《な》き頻《しき》った。テニスコートの線が明《あきら》かに残っていて、宿直室の長い縁側《えんがわ》の隅《すみ》にラッケットやボールや網《ネット》が置いてあるのが見える。庭の一隅《かたすみ》には教授用の草木が植えられてあった。

ひで子を送って清三はそこに出て来た。

薔薇《ばら》の新芽が出ているのが目についた。清三はこれをひで子に示して、

「もう芽が出ましたね、早いもんだ、もうじき春ですな」

「本当に早いこと！」

とひで子はその一葉《ひとは》を摘み取った。

やがて校外の路《みち》を急いで帰《かえっ》て行く海老茶袴の姿が見えた。

# 四十四

日露開戦、八日の旅順《りょじゅん》と九日の仁川《じんせん》とは急電のように人々の耳を驚かした。紀元節*の日には校門に日章旗が立てられ、講堂からはオルガンが聞えた。

東京の騒ぎは日ごとの新聞紙上に見えるように思われた。一月以前から政治界の雲行《くもゆき》の速《すみや》かなのは、田舎で見ていても気がもめた。召集令は既に下《くだ》った。村役場の兵事係が夜に日を継いで、その命令を各戸に伝達すると、二十四時間にその管下に集《あつま》らなければならな

い壮丁《そうてい》たちは、父母妻子に別れを告げる暇《ひま》もなく、あるいは夕暮の田舎道に、あるいは停《てい》車場《しゃじょう》までの乗合馬車に、あるいは楢林《ならばやし》の間の野の路《みち》に、一包《ひとづつみ》の荷物をかかえて急いで国事に赴《おもむ》く姿が続々として見られた。南埼玉《みなみさいたま》の一郡から徴集されたものが三百余名、その頃はまだ東武線が出来ぬ頃なので、信越線の吹上《ふきあげ》駅、鴻巣《こうのす》駅、桶川《おけがわ》駅、奥羽《おうう》線の、栗橋駅、蓮《はす》田《だ》駅、久喜《くき》駅などがその集まる重《おも》なる停車場であった。

交通の衝《しょう》に当った町々では、逸早《いちはや》く国旗を建ててこの兵士たちを見送った。停車場の柵内には町長だの兵事係だの学校生徒だの親類友達だのが集《あつま》って、汽車の出る度《たび》ごとに万歳を歓呼してその行《こう》を壮《さか》んにした。清三は行田から弥勒《みろく》に帰る途中、そうした壮丁に幾人《いくたり》も邂逅《でっくわ》した。

旅順仁川の海戦があってから、静かな田舎でもその話が到《いた》る処《ところ》で繰返された。町から町へ、村から村へ配達する新聞屋の鈴の音は忙《せわ》しげに聞えた。新聞紙上には二号活字が麗々《れいれい》しく掲げられて、いろいろな計画やら風説やらが記《しる》されてある。十二日は朝から曇った寒い日であったが、予想のごとく、敵の浦塩《ウラジオ》艦隊が津軽海峡に襲来して、商船奈古浦丸《なこのうらまる》を轟《ごう》沈《ちん》したという報《ほう》が来た。その津軽海峡の艫作崎《へなしざき》というのはどこに当るか、それをたしかめるため、校長は教授用の大きな大日本地図を教員室に懸《か》けた。老訓導も関さんも女教師も皆《み》なそこに集った。

「ははア、こんな処ですかな」

と老訓導は言った。

清三は浦塩から一直線に遣《や》って来た敵の艦隊と轟沈《ごうちん》されたわが商船とを想像して、久しくその掛図《かけず》の前に立っていた。

湯屋でも、理髪舗《とこや》でも、戦争の話の出ぬ処はなかった。憎いロシアだ、懲《こ》らしてやれという爺《じじい》もあれば、そうした大国を敵として果して勝利を得らるるかどうかと心配する老人もあった。小供らは旗を拵《こしら》えて戦争の真似《まね》をした。けれど概して田舎は平和で、夜はいつもの如く竹藪《たかやぶ》の外に藁屋《わらや》の灯《あかり》の光が漏《も》れた。丁度《ちょうど》旧暦の正月なので、街道の家々からは、酒に酔って笑う声や歌う声もした。

この頃かれは朝は六時半に起床し、夜は九時に寝た。正月の餅《もち》と饂飩《うどん》とに胃腸をこわすのを恐れたが、しかし大したこともなくてすぎた。節約に節約を加えた経済法は段々成功して、負債も尠《すくな》くなり、校長の斡旋《あっせん》で始めた頼母講《たのもしこう》*にも毎月《まいげつ》五十銭をかけることも出来るようになった。午後の二時頃にはいつも新聞が来た。戦争の始まってから、互《たがい》に異《かわ》った新聞を一つずつ取って交換して見ようという約束が出来た。『国民*』に『万朝報』に『東京日日*』に『時事*』、それに前の理髪舗《とこや》から『報知*』を持って来た。

この多くの新聞を読むことと、日記をつけることと、運動をすることと、節倹をすることと、風を引かぬようにつとむることと、煙草《たばこ》を止《や》めることと、土曜日の帰宅を待つことと、それ位がこの頃の仕事で、他にこれと言って変ったこともなかった。しかし煙草と菓子とを止めるのは容易ではなかった。気分が好《よ》かったり胃が好かったりすると、机の周囲に餅菓子のからの竹皮《たけのかわ》や、日の出*の袋などが転がった。

写生には大分熱中した。天気の好《い》い暖かい日には、画板と絵具とを携《たずさ》えてよく野に出かけた。稲木《いなぎ》、榛《はん》の林、堀切《ほっきり》の枯蘆《かれあし》、それに雪の野を描いたのもあった。ある日学校の附近の紅梅を描いて見たが、色彩が拙《まず》いので、花が桃か何ぞのように見えた。嫁菜《よめな》、蓬《よもぎ》、なずななどの緑をも写《うつ》した。

月の末に、小畑から手紙が届いた。少しく病《やまい》を獲《え》て、この春休みを故郷《ふるさと》に送るべく決心した。久しぶりで一度逢《あ》いたい。此方《こっち》から出かけて行くから、日取《ひどり》を知らせてよこせとのことであった。旅順における第一回の閉塞《へいそく》*の記事が新聞紙上に載せられてある日であった。清三は喜んで返事を出した。金曜日には行くという返事が折かえして来る。清三は荻生さんにも来遊を促《うなが》した。その前夜は月が明るかった。かれはそれに対して、久し振で、友のことを思った。

## 四十五

小畑は昔に比べて著しく肥《こ》えていた。薄い髯《ひげ》などを生《はや》して頭を奇《き》麗《れい》に分けた。高等師範の制服がよく似合って見える。以前の快活な調子で、「こういう生活も面白いなア」などと言った。

荻生さんは清三と小畑と教員たちとが、ボールを取って校庭に立ったのを縁側《えんがわ》から下《お》りる低い階段の上に腰懸《こしか》けて見ていた。小畑の球《たま》はよく飛んだ。引《ひき》かえて、清三の球には力がなかった。二、三度勝負があった。清三の額《ひたえ》には汗が流れた。心臓の鼓動も高かった。苦しそうに呼吸をつくのを見て、

「君はどうかしたのか」

こう言って、小畑は清三の血色《けっしょく》の悪い顔を見た。

「体が少し悪いもんだから」

「どうしたんだ?」

「持病の胃腸さ、大したことはないんだけれど……」

「大事にしないといかんよ」

小畑は再び友の顔を見た。

三人は快活に話した。清三が出して見せる写生を一枚ごとに手に取って批評した。荻生さんの軽い駄洒落《だじゃれ》もおりおりは交った。そこに関さんが遣《や》って来て、昆虫採集の話や植物採集の話が出る。三峯《みつみね》で採集したものなどを出して見せる。小畑は学校にあるめずらしい標本や昨年の秋の採集に出かけた時のことなどを話して聞かせる。賑《にぎや》かな声がいつもしんとした宿直室に満ち渡った。

夕飯《ゆうめし》は小川屋に行って食った。雨気《あまけ》を帯びた夕日がぱッと障子《しょうじ》を明るく照して、酒を飲

まぬ荻生さんの顔も赤い。小畑は美穂子や雪子のことはなるたけ口に上《のぼ》さぬようにした。かれは談笑の間にも著しく清三の活気がなくなったのを見た。

荻生さんは清三のいない時に、

「あれでも去年はなかなか盛んだったんですからな」

こう言って、女が学校に遣《や》って来たことなどを小畑に話して聞かせた。小畑は少なからず驚かされた。

夜は小川屋から一組の蒲団《ふとん》を運んで来た。まだ寒いので、荻生さんは小使部屋に行ってはよく火を火鉢《ひばち》に入れて持って来た。菓子も尽き、湯茶《ゆちゃ》も尽き、話も尽きてようやく寝ようとしたのは十一時過ぎであった。便所に出て行った小畑は帰って来て、「雨が降ってるねえ」と声低く言った。

「雨！」

と明日《あす》早く帰るはずの荻生さんは困ったような声を立てた。

「明日は土曜、明後日《あさって》は日曜だ。行田には今週は帰らんつもりだから、雨は降ったッて構《かま》いやしない。君も、明日一日遊んで行くサ、滅多《めった》に三人こうして一緒となることはありゃしない」と清三はこう荻生さんに言ったが、戸外にようやく音を立て始めた点滴を聞いて、「愉快だなア！　こうしたわれわれの会合の背景が雨になったのは実に愉快だ。今夜はしめやかに昔を語れッて、天が雨を降らしてくれたようなものだ！」

興《きょう》が大《おお》に起って来たという風である。小畑の胸にもかれの胸にも中学校時代のことが簇々《むらむら》と思い出された。清三は帰りが遅くなるといつもこうして一枚の蒲団の中に入って、熊谷の小畑の書斎に泊るのが常であった。顔と顔とを合せて、眠くなって何方《どっち》か一方「うんうん」と受身になるまで話をするのが例であった。

「あの頃が思い出されるねえ」

と小畑は寝ながら言った。

荻生さんが一番先に鼾声《いびき》を立てた。「もう、寝ちゃった！　早いなア」と小畑が言った。その小畑もやがて疲れて熟睡してしまった。清三は眼が覚めて、どうしても眠られない。戸外にはサッと降って通る雨の音が聞える。いろいろな感《かん》があとからあとから胸を衝《つ》いて来て、胸が一杯になる。こうしたやさしい友もある世の中に長く生きたいという思いが漲《みなぎ》り渡ったが、それと共に、涙がその蒼白《あおじろ》い頰《ほお》をほろほろと伝って流れた。中田《なかだ》の女のことも続いて思出《おもいだ》された。長い土手を夕日を帯びてたどって行く自分の姿がまるで他《ほか》の人であるかのように鮮《あざや》かに見えた。涙は寝衣《ねまき》の袖《そで》で拭《ふ》いても拭いても出た。

翌朝《あくるあさ》、小畑は言った。

「昨夜《ゆうべ》、君はあれからまた起きたね」

「どうも眠られなくって仕方がないから、起きて新聞を読んだ」

「何かごそごそ音がするから、目を明《あ》いて見ると、君はランプの傍《そば》で起きている。君の顔が白くはっきりと際立《きわだ》っていたのが今でも見える」こう言って、清三の顔を見て、「夜、寝られないかえ?」

「どうも寝られんで困る」

「やはり神経衰弱だねえ」

土曜日は半日授業があった。荻生さんは朝早く雨を衝《つ》いて帰った。小畑は校長や清三の授業ぶりを参観したり、教員室で関さんの集めた標本を見たり、時間ごとに教員につれられてぞろぞろと教場から出て来る生徒の群《むれ》を見たりしていた。女教員は黄い声《きいろ》を立てて生徒を叱《しか》った。竹藪《たかやぶ》の中には椿《つばき》が紅《あか》く咲いていて、その縁《ふち》にある盛《さかり》をすぎた梅の花は雨にぬれて泣くように見えた。清三は袴《はかま》を穿《は》いて、瘦《や》せ果《は》てた体と蒼白い顔とを教室の卓《テーブル》の前に浮き出すように見せて、高等二年生に地理を教えていた。午後からは、二人はまた宿直室で話した。三時には馬車が喇叭《らっぱ》を鳴して羽生から来たが、御者は今朝荻生さんに頼んでやった豚肉の新聞包を小使部屋に投《ほう》り込《こ》むようにして置いて行った。包の中には葱《ねぎ》と手紙とが添えてあった。手紙には明日午後から羽生に来い。待っている! と書いてあった。

雨は終日止《や》まなかった。硬《こわ》い田舎の豚肉も二人を淡《あわ》く酔わせるには充分であった。二人は高等師範のことやら、旧友のことやら、戦争のことやらを飽かず語った。

「今年は駄目《だめ》だが、来年は一つ是非《ぜひ》検定を受けて見たいんだが」と清三は言った。

日曜日には馬車に乗って羽生に出かけた。旅順が陥落したという評判が盛《さかん》であった。まだそんなに早く取れるはずがないという人々もあった。街道を鈴を鳴して走って行く号外《ごうがい》売《うり》もあった。荻生さんは、銀行の二階を借りて二人を迎えた。御馳走《ごちそう》にはいり鳥と鶏肉《けいにく》の汁と豚鍋《ぶたなべ》と鹿子餅《かのこもち》。「今日は何だか飯《めし》の方が副食物のようだね」と清三は笑った。

清三のいない処《ところ》で、小畑は荻生さんに、

「林君、どうかしてますね、体がどうも本当じゃないようですね？」

「僕も実は心配してるんですがね」

「何か悪い病気じゃないだろうか」

「さア――」

「今の中《うち》勧めて根本から療治させる方が好《い》いですぜ。手後《ておく》れになっては仕方がないから」

「本当ですよ」

「持病の胃が悪いんだなんて言ってるけれど――本当にそうか知らん」

「町の医師《いしゃ》は腸が悪いんだッて言うんですけれど」

「しっかりした医師に見せた方が好いと思うね」

「本当ですよ」

翌日の朝、銀行の二階で三人はわかれた。小畑は清三に言った。

「本当に体を大事にし給え」

# 四十六

戦争は段々歩《ほ》を進めて来た。定州《ていしゅう》の騎兵《きへい》の衝突。* 軍事公債応募者の好況、わが艦隊の浦《ウラ》塩《ジオ》攻撃、旅順《りょじゅん》口外の激戦、臨時議会の開院、* 第二回閉塞運動、広瀬《ひろせ》中佐の壮烈《そうれつ》なる戦死、* 第一軍の出発につれて第二軍の編制、国民は今は真面目《まじめ》に戦争の意味と結果とを自覚し始めた。野は段々暖《あたたか》くなって、菜の花が咲き、菫《すみれ》が咲き、蒲公英《たんぽぽ》が咲き、桃の花が咲き、桜が咲いた。号外の来る度《たび》に、田舎町の軒《のき》には日章旗が立てられ、停車場には万歳が唱《とな》えられ、畠の中の藁《わら》家《や》の附近からも、手製の小さい国旗を振って子供の戦争ごっこしているのが見えた。学校では学年末の日課採点に忙《いそが》わしく、続いて簡易な試験が始まり、それが済むと、卒業証書授与式が行われた。郡長は卓《テーブル》の前に立って、卒業生のために祝辞を述べたが、その中には軍国多事のことが縷々《るる》として説かれた。「皆さんは紀念とすべきこの明治三十七年に卒業せられたのであります。日本の歴史の中で一番真面目な時、一番大事な時、こういう時に卒業せられたということは忘れてはなりません。皆さんは第二の日本国民として充分なる覚悟をしなければなりません」平凡なる郡長の言葉にも、時世の言わせる一種の強味と憧憬《しょうけい》とが顕《あら》われて、聴《き》く人の心を動かした。

写生帳には瓶《びん》の梅花、水仙、学校の門、大越《おおごえ》の桜などがあった。沈丁花《じんちょうげ》の花はやや巧《たくみ》に出来たが、葉の陰影《かげ》にはいつも失敗した。それから緋縅蝶《ひおどしちょう》、紋白蝶《もんしろちょう》なども採集した。小畑が送ってくれた丘博士訳の『進化論講話』*が机の上に置かれて、その中頃に菫《すみれ》の花が枝折《しおり》の代りに挿《はさ》まれてあった。菓子は好物のうぐいす餅《もち》、菜《さい》は独活《うど》にみつばにくわい、漬物《つけもの》は京菜《きょうな》の新漬《しんづけ》。生徒は草餅や牡丹餅《ぼたもち》をよく持って来てくれた。

利根川の土手にはさまざまの花があった。清三は一々花の名を手帳につけた。――みつまた、たびらこ、じごくのかまのふた、ほとけのざ、すずめのえんどう、からすのえんどう、のみのふすま、すみれ、たちつぼすみれ、さんしきすみれ、げんげ、たんぽぽ、いぬがらし、こけりんどう、はこべ、あかじくはこべ、かきどうし、さぎごけ、ふき、なずな、ながばぐさ、しゃくなげ、つばき、こごめざくら、もも、ひぼけ、ひなぎく、へびいちご、おにたびらこ、ははこ、きつねのぼたん、そらまめ。ある日清三は関さんと大越から発戸《ほっと》までの間を歩いた。

## 四十七

新《あら》たにつくった学校の花壇にもいろいろの草花が集められた。農家の垣《かき》には梨《なし》の花と八重《やえ》桜《ざくら》、畠《はた》には豌豆《えんどう》と蚕豆《そらまめ》、麦笛《むぎぶえ》を鳴す音が時々聞えて、燕《つばめ》が街道を斜《なな》めに突切《つきき》るように飛びちがった。蟻《あり》、蜂《はち》、油虫、夜は名の知れぬ虫が頻《しき》りにズイズイと鳴き、蛙《かえる》の声は湧《わ》くようにした。

あけび、ぐみ、さぎごけ、きんぽうげ、じゅうにひとえ、たけにぐさ、きしむしろ、なんてんはぎなどを野から採《と》って来て花壇に移した。やがて山吹《やまぶき》が散ると、芍薬《しゃくやく》、牡丹《ぼたん》、つつじなどが咲始《さきはじ》めた。

この春をかれは全く花に熱中して暮した。新緑を透《とお》した日の光が洪水のように一室に漲《みなぎ》り渡った。かれはそこで田原秀子に遣《や》る手紙を書き、めずらしい種々《いろいろ》の花を封じ込めて遣った。ひで子からも少くとも一週に一度は必ず返事が来た。歌が書いてあったり新体詩が書いてあったりした。わが愛するなつかしの教え子と此方《こっち》から書いて遣ると、彼方《あちら》からは、恋しきなつかしき先生まいると書いてよこした。

## 四十八

この頃、移転問題が親子の間に繰返《くりかえ》された。

学校に自炊していては不自由でもあり不経済でもある。家の都合から言っても別に行田に住んでいなければならぬという理由もない。父の商売の得意先もこの頃では熊谷妻沼《めぬま》方面よりむしろ加須《かぞ》、大越、古河《こが》に多くなった。離れていて、土曜日に来るのを待つのも辛《つら》い。「それにお前も、もう年頃だから、相応なのがあったら一人嫁《よめ》を貰《もら》って、私にも安心させておくれよ」

母はこう言って笑った。

清三は以前のように反対しようともしなかった。昨年から比べると、心も余程折れて来た。絶えず動揺した「東京へ」も大分《だいぶ》薄らいだ。ある時小畑へやる手紙に、「当年のしら滝は知らず知らずの間に終《つい》に母を護《まも》るの子たらんと致し居候《おりそうろう》」と書いたこともある。

「羽生《はにゅう》が好《い》いよ……余り田舎でも仕方がないし、羽生なら知ってる人も二、三人はあるからねえ」

母がこう言うと、

「そうだ、引越すなら、羽生が好い。得意先にも丁度《ちょうど》都合が好い」

父も同意する。

そこには和尚《おしょう》さんもいれば、荻生さんもいる。学校にも一里半位しかないから、通うのにもそう難儀ではない。清三もこう思った。

荻生さんにも頼んだ。ある日曜日を父親と一緒に羽生に出懸《でか》けて行って見たこともあった。その日は第二軍が遼東《りょうとう》半島に上陸した公報の来た日で、一週間ほど前の九連城戦捷《きゅうれんじょうせんしょう》*と共に人々の心は全くそれに奪われてしまった。街道にも町にも国旗が軒ごとに絶えず続いた。

「万歳、万歳！」

突然町の横町《よこちょう》から雀躍《こおどり》して飛んで出て来るものもあった。どこの家でもその話ばかりで持切《もちき》って、借家《しゃくや》などを教えてくれるものもなかった。

ねぎ、しゅろ、ひるがお、なまこのしりぬぐいなどが咲き、梨、桃、梅の実は小指の頭位の大きさになる。処々《ところどころ》に茶摘《ちゃつみ》をする女の赤い襷《たすき》と白い手拭《てぬぐい》とが見え、裸で茶を製している茶師の唄《うた》が通りに聞えた。志多見原《したみはら》にはいちやくそう、たかとうだいなどの花があった。やがて麦の根元は黄《きば》み、菖蒲《あやめ》の蕾《つぼみ》は出《い》で、樫《かし》の花は散り、にわやなぎの花は咲いた。蚕は既に三眠*を過ぎた。

　続いてしらん、ぎしぎし、たちあおい、かわほね、のいばら、つきみそう、てっせん、かなめ、せきちくなどが咲き、裏の畑の桐《きり》の花は高く薫《かお》った。かや、あし、まこも、すげなどの葉も茂って、剖葦《よしきり》は頻《しき》りに鳴く。

　金州《きんしゅう》の戦《たたかい》、大連湾《たいれんわん》の占領――第三軍の編制、旅順の背面攻撃。

「敵も旅順は頑強《がんきょう》にやるつもりらしいですな。どうも海軍だけでは駄目《だめ》のようですな」

などと校長が言った。旅順の陥落《かんらく》についての日が同僚の間に予想される。あるいは六月の中頃といい、あるいは七月の初めといい、あるいは八月にはどんなにおくれても取れるだろうと言った。やがて鶏《にわとり》一羽と鶏卵《たまご》十五箇の賭《かけ》をしようと言うことになる。そして陥落の公報が達した日には、休日であろうが何であろうが、職員一統学校に集って大々的祝宴を開こうと決議した。

　六月に入ると、麦は黄熟して刈取られ、胡瓜《きゅうり》の茎短かきに花を有《も》ち、水草のある処には蛍《ほたる》が闇《やみ》を縫《ぬ》って飛んだ。ほそい、ゆきのした、のびる、どくだみ、かもじぐさ、なわしろいちご、つゆぐさなどが咲いた。雨は降っては晴れ、晴れてはまた降った。ある日、美穂子の兄からめずらしくはがきが届いた。かれは士官学校を志願したが、不合格で、今では一年志願兵になって、麻布《あざぶ》の留守師団にいた。「十中八、九は戦地に赴《おもむ》く望みあり、幸《さいわい》に祝せよ」と得意そうに書いてあった。それに限らず、かれは野から畠から町から鋤犂《すきくわ》を捨て算盤《そろばん》を捨て筆を捨てて国事に赴《おもむ》く人々を見て、心を動かさざるを得なかった。海の外には同胞が汗を流し血を流して国のために戦っている。そこには新しい意味と新しい努力がある。平生《へいぜい》政見を異《こと》にした政治家も志を一にして公《こう》に奉じ、金を守るに専《もっぱ》らなる資本家も喜んで軍事公債に応じ、挙国一致《きょこくいっち》、千載一遇《せんざいいちぐう》の壮挙は着々として実行されている。新聞紙上には日ごとに壮烈なる最後を遂《と》げた士官や、勇敢なる偉勲《いくん》を奏した兵士の記事を以《もっ》て満《み》たされ、それにつづいて各地方の団隊の熱心なる忠君愛国の状態が見るように記されてある。「自分も体が丈夫ならば――三年前の検査に戊種《ぼしゅ》などという憐《あわれ》むべき資格でなかったならば、満洲の野に、わが同胞と共に、銃を取り剣を揮《ふる》って、僅《わず》かながらも国家のために尽くすことが出来たであろうに」などと思うことも一度や二度ではなかった。かれはまた第二軍の写真班の一員として従軍した原杏花《はらきょうか》の従軍記のこの頃『日露戦争実記*』に出始めたのを喜んで読んだ。恋愛を書き、少女を描き、空想を生命とした作者が、あるいは砲烟《ほうえん》の漲《みなぎ》る野に、あるいは死屍《しし》の横《よこた》われる塹壕《ざんごう》に、あるいは機関砲の凄《すさま》じく鳴る丘の上に、そのさまざまの感情と状景を叙した筆は、少くともかれの想像をそこにつれて行くのに充分であった。三年前に、イタリヤンストロウの意気な帽子《ぼうし》を被《かぶ》って、羽生の寺の山門から入って来たその人——酔って詩を吟じて、果ては本堂の木魚《もくぎょ》や鐘を敲《たた》いたその人が、第二軍の司令部に従属して、その混乱した戦争の巴渦《うずまき》の中に入っているかと思うと、一層その記事が分明《はっきり》と眼《め》に映るような気がする。急行軍の砲車、軍司令官の戦場に赴《おもむ》く朝の行進、砲声を前景にした茶褐色の兀《は》げた丘、その急忙の中を、水筒を肩からかけ、ピストルを腰に巻いて、手帳と鉛筆とを手にして飛んで歩いている一文学者の姿をかれは羨《うらやま》しく思った。

ある日和尚さんに、

「原さんからも御便《おたより》がありますか」

と聞くと、

「え、この間金州から絵葉書が来ました」

と和尚さんは机の上から軍事郵便と赤い判の押してある一枚の絵ハガキを取って示した。それには同じく従軍した知名な画家が死屍の傍《かたわら》に菖蒲《しょうぶ》が紫に咲いている処を描いていた。

「好《い》い紀念ですな」

「え、こういう花が沢山《たくさん》戦場に咲いてると見えますな」

「戦記にも書いてありましたよ」

と清三は言った。

## 四十九

梅雨《さみだれ》の中に一日カッと晴れた日があった。薄い灰色の中から鮮かな青い空が見えて、光線が漲《みなぎ》るように青葉に照った。行田からの帰途《かえりみち》、長野の常行寺《じょうこうじ》の前まで来ると、何か事があると見えて、山門の前には人が多く集って、がやがやと話している。小学校の生徒の列も見えた。

青葉の中から白い旗が靡《なび》いた。

戦死者の葬式があるのだということがやがて解った。清三は山門の中に入って見た。白い旗には近衛《このえ》歩兵第二聯隊《れんたい》一等卒白井倉之助君之霊と書いてあった。五月十日の戦《たたかい》に、靉《あい》河《が》の右岸で戦死したのだという。フロックコオトを着た知事代理や、制服を着けた警部長や、羽織袴《はおりはかま》の村長などが皆会葬した。村の世話役が彼方此方《あっちこっち》に忙しそうにそこらを歩いている。

遺骨を蔵《おさ》めた棺《かん》は白い布で巻かれて本堂に据《す》えられてあった。丁度《ちょうど》主僧の御経が済んで、知事代理が祭文《さいもん》を読むところであった。その太い錆《さ》びた声が一《ひと》しきり広い本堂に響き渡った。やがてそれに続いて小学校の校長の祭文がすむと、今度は戦死者の親友であったという教員が、奉書《ほうしょ》に書いた祭文を高く捧《ささ》げて、震《ふる》えるような声で読み始めた。その声は時々絶えてまた続いた。嗚咽《おえつ》する声が彼方此方《あっちこっち》から起った。

柩《ひつぎ》が墓に運ばれる時、広場に集った生徒は両側に列を正して、整然としてこれを見送った。それを見ると、清三は堪《たま》らなく悲しくなった。軍司令部と一緒に原杏花が出発する時、小学校の生徒が両側に整列して、万歳を唱《とな》えた。その時かれは、「爾《なんじ》、幼《おさ》なき第二の国民よ、国家の将来はかゝって汝等《なんじら》の双肩《そうけん》にあるのである。健在なれ、汝等幼なき第二の国民よ」と心中に絶叫したと書いてある。その時ほど熱い涙が胸に迫ったことはなかったと書いてある。清三も今そうした思《おもい》に胸が一杯になった。幼ない第二の国民に柩を送られる一戦死者の霊——

砲煙の漲《みなぎ》った野に最後の苦痛を味《あじわ》って冷たく横《よこたわ》った一兵卒の姿と、こうした梅雨晴《つゆばれ》の鮮《あざや》かな故郷の日光の下《もと》に悲しく営まれる葬式のさまとが一緒になって、清三の眼の前を通った。

「どうせ人は一度は死ぬんだ！」

こう思ったかれの頬《ほお》には涙がこぼれた。

かれはいつか寺を出て、例の街道を歩いていた。光線はキラキラした。青葉と青空の雲の影とが野の上にあった。

二、三日前から頻《しき》りに報ぜられる壱岐《いき》沖《おき》の常陸丸《ひたちまる》遭難*と得利寺《とくりじ》における陸軍の戦捷《せんしょう》*とが繰返しくりかえし思出される。初瀬《はつせ》吉野《よしの》宮古《みやこ》の沈没*などをも考えて、「果して、最後の勝利を占ることが出来るだろうか」という不安の念も起った。

野にとうご草があるのを見て、それを採った。傍《そば》にある名を知らぬ赤い草花は学校の花壇に植えようと思《お》もって、根から掘って紙に包み、汚れた手をみそはぎの茂る小川で洗った。ふと一昨日浦和のひで子から来た手紙を思い出して、考《かんがえ》はそれに移る。羽生に移転してからの新家庭に、その明かな笑顔を得たならば、いかに幸福であろうと思った。かれはこの頃ひで子を自分の家庭にひきつけて考えることが多くなった。

羽生町の入口では、東武鉄道の線路人夫が頻《しき》りに開通工事に忙しがっていたが、その傍《そば》の藁葺家《わらぶきや》には、色の褪《さ》めた国旗がヒラヒラと日に光った。

# 五十

羽生に移転する前日の日記に、かれはこう書いた。

「廿六年故山《こざん》を出《い》でて、熊谷《くまがや》の桜に近く住むこと数年、三十三年にはここ忍沼《おしぬま》のほとりに移りてより、また数年を出でずして蝸牛《でむし》のそれの如《ごと》く、またも重からぬ殻《から》を負ひて、利根河畔羽生に移らんとす。奇《く》しきは運命のそれよ、面白きは人生のそれよ、回顧一番、笑つて昔古《むかしふる》びたる城下の緑を出でて去らんのみ。歴史の章はかくの如く、またかくの如くして改められん」

羽生の大通をちょっと裏に入った処《ところ》にその貸家《かしや》があった。探してくれたのは荻生さんで、下持主は二、三年前まで、通《とおり》で商売をしていた五十ばかりの気の好《よ》さそうな人であった。下が六畳に四畳半、二階が六畳、前に小さな庭があって、そこに丈《せい》の低い柿の木が繁っていた。家賃が二円五十銭、敷金《しききん》が三月分《みつきぶん》あるのだが、荻生さんのお友達ならそれはなくっても好いという。父親も得意廻りのついでに寄って見て、「まア、あれなら好い！」と賛成した。

一週間の農繁休暇《のうはんきゅうか》を利用して、いよいよ移転することになった。平生《へいぜい》親しくした友達は多くは離散して、その時町にいるものは、活版屋をしている沢田君位《ぐらい》のものであった。清三はその往来した友の家々を暇乞《いとまごい》をして歩いた。北川の家には母親が一人いた。入口ですまそうとするのを、「まアまア本当にお久し振でしたね」と無理に奥の座敷へと請《しょう》された。美穂子については、「あれも今年は卒業するのですけれど、意気地《いくじ》がなくって、学校が勤まりますかどうですか」などと言った。移転のことを聞いては「まアまアお名残《なごり》惜しい、……けれどまア、貴君《あなた》の身体《からだ》がお定《きま》りになって、御引越なさるんですから、結構ですねえ、お母《つか》さんもさぞ御喜びでしょう。薫《かおる》がおれば、御手伝ぐらい致すんですけれど、あれもこの七月には戦地に参るそうですから……」それからそれと、戦争の話やら町の話やらが続いた。母親の眼には、蒼白《あおじろ》い顔をした眼の濁《にご》った体の痩《や》せた清三の姿が映った。忍沼の錆《さ》びた水にはみぞかくしの花がところどころに白く見えた。加藤の家には母親も繁子も留守で、めずらしく父親がいた。上《あが》って教育上の話などを一時間ばかりもした。羽生から今すこし近い処に好い口があったら、転任させてもらいたいということをも頼んだ。石川の店では、小僧が忙がしそうに客に応対していた。そこへ番頭が向うから自転車をきしらして帰って来て、ひらりと飛び下りた。沢田さんは真黒になって働きながら、「此方《こっち》の方に来た時には是非《ぜひ》寄って下さい」と言った。清三は最後に弟の墓を訪《と》うた。祖父の墓は足利《あしかが》にある。祖母の墓は熊谷にある。こうして、ところどころに墓を残して行く一家族の漂泊的生活をかれは考えて黯然《あんぜん》とした。一人他郷に残される弟はさびしかろうなどとも思った。あじさいの花は墓を明るくした。

道具とてもない一家の移転の準備は簡単であった。簞笥《たんす》と戸棚とを薦《こも》で絡《から》げ、夜具《やぐ》を大きなさいみ*の風呂敷で包んだ。陶器は総《すべ》て壊れぬように、簞笥の衣類の中や蒲団《ふとん》の中などに入れた。最後に椿《つばき》や南天《なんてん》や草花などを掘って、根を薦包《こもづつみ》にして庭の一隅《かたすみ》に置いた。

降るかと思った空は午前の中《うち》に晴れた。荷物を満載した三台の引越車はガラガラと町の大通を轢《きし》って行く。ところどころで母親と清三とが知人に邂逅《でっくわ》して挨拶しているさまが浮き出すように見える。車の一番上に積《つま》れた紙屑籠《かみくずかご》につめたランプのホヤがキラキラ光る。

長野の手前で、額《がく》が落ち懸りそうになったのを清三は直した。母親はにこにこと嬉しそうな顔色《かおつき》で、いろいろな話をしながら歩いて行く。熊谷から行田に移転した時の話も出る。

「こうして、大した迷惑を人にもかけずに、昼間引越して行かれるのは、皆《みん》なお前のお蔭だよ」などと言った。長野を外《はず》れようとする処で、向うから号外売《ごうがいうり》が景気よく鈴を鳴して走って来た。清三は呼留《よびと》めて一枚買った。竹敷《たけしき》を出た上村《かみむら》艦隊*が暴雨のために敵を逸《いっ》して帰着したということが書いてある。車力《しゃりき》は、「残念ですなア。敵《かたき》をにがしてしまって……常陸丸《ひたちまる》ではこの近辺で死んだ人がいくらもあるですぜ。佐間《さま》では三人まであるですぜ」など話し合った。

ある豪農の塀の前では、平生引越車などに見馴《みな》れないので犬が吠《ほ》えた。榛《はん》の並木に沿った小川では、子供が泥だらけになって、さで網*で雑魚《ざこ》をすくっている。繭売《まゆうり》の車がぞろぞろ通った。

新しい家《うち》では、今朝早く来た父親と、局を休んで手伝に来てくれた荻生さんとが、バタバタ畳を叩いたり、雑巾《ぞうきん》がけをしたり、破れた障子《しょうじ》を繕《つくろ》ったりしていた。大家《おおや》さんは火鉢《ひばち》と茶道具とを運んで来て、にこにこ笑いながら、「何か要《い》るものがありましたなら遠慮なく仰《おっ》しゃい」と言って、兀頭《はげあたま》に頰冠《ほおかむり》をして尻をまくった父親の姿を立って見ていた。それも十二時頃には大抵片附いて、蕎麦屋《そばや》からは蕎麦を持って来る。荻生さんは買って来た大《だい》福餅《ふくもち》を竹の皮包から出して頰張《ほおば》る。そこに小路《こうじ》にガタガタと車の入る音がして、清三と母親の顔が見えた。

車力は縄を解いて、荷物を庭口から縁側《えんがわ》へと運び入れる。父親と荻生さんが先に立って簞笥や行李《こうり》や戸棚や夜具を室内に運ぶ。長火鉢、簞笥の置場所《おきばしょ》を、あれのこれのと考える。母親は襷《たすき》がけになって、勝手道具を片付けていたが、そこに清三が外から来て、呼吸《いき》を切《きら》して水を飲んだ。

母親は手を留めて、じっと見て、

「どうしたの？」

「少し手伝ったら、呼吸が切れて仕方がない」

「お前は無理をしてはいけないよ。父《おとっ》さんがするから、余り働かずにお置きよ」

この頃、殊《こと》に弱くなった清三が、母親にはこの上ない心配の種であった。

やがてどうやらこうやら四辺《あたり》が片附く。「こうして見ると、なかなか住心地《すみごこち》が好《い》い」と父親は長火鉢の前で茶を飲みながら言った。車力は庭の縁側に並んで、振舞《ふるま》われた蕎麦をズルズル啜《すす》った。

清三と荻生さんは二階に上《あが》って話した。南と西北とが明《あ》いているので風通しが好い。それに裏の大家の庭には、栗だの、柿だの、木犀《もくせい》だの、百日紅《ひゃくじつこう》だのが繁っている。青空に浮いた白い雲が日の光を帯びて、緑と共に光る。二人は足を投げ出して、暢気《のんき》に話をしていると、そこに母親が茶を淹《い》れて持って来てくれる。大福餅を二人して食った。

夜は清三は二階に寝た。久しぶりで家庭の団欒《だんらん》の楽しさを味《あじわ》ったような気がする。雨戸を一枚明けたところから、緑を篩《こ》したすずしい夜風が入って、蚊帳《かや》の青い影が微《かす》かに動いた。かれは真中《まんなか》に広く蒲団《ふとん》を敷いて、闇《やみ》の空にチラチラする星の影を見ながら寝た。母親が階段《はしご》を上って来て、明放《あけはな》した雨戸をそッとしめて行ったのはもう知らなかった。

翌日《よくひ》は弥勒《みろく》に出懸《でか》けて、人夫を頼んで、書籍寝具などを運んで来た。二階の六畳を書斎にきめて、机は北向に、書箱《ほんばこ》は壁につけて並べて置いて、三尺の床《とこ》は古い幅物《かけもの》を懸けた。荻生さんが持って来てくれた菖蒲《しょうぶ》の花に千鳥草《ちどりぐさ》を交ぜて相馬焼《そうまやき》の花瓶《かびん》に挿《さ》した。「こうして見ると、学校の宿直室よりは、いくら好いか知れんね」と荻生さんは四辺《あたり》を見廻して言った。親しい友達が同じ町に移転して来たので、何となくうれしそうに莞爾《にこにこ》している。寺の本堂に寄宿している頃は、清三は荻生さんを唯情《ただじょう》に篤《あつ》い人、親切な友人と思っただけで、自分の志や学問を語る相手としては常に物足らなく思っていた。どうしてああ野心がないだろう、どうしてああ普通の平凡な世の中に安心していられるだろうと思っていた。時には自分とは人間の種類が違うのだとさえ思ったことがある。それが今ではまるで変った。かれは日記に「荻生君はわが情《じょう》の友なり、利害、道義以《もっ》てこの間を犯し破るべからず」と書いた。また「かつてこの友を平凡に見しは、わが眼の発達せざりしためのみ。荻生君に比すれば、われは甚《はなは》だ世間を知らず、人情を解せず、小畑加藤をこの友に比す、今にして初めて平凡の偉大なるを知る」と書いた。

前の足袋屋《たびや》から天ぷら、大家から川魚《かわうお》の塩焼を引越の祝いとして重箱《じゅうばこ》に入れてもらった。いずれも「あいそ」という鱗《うろこ》の粗い腹の側《わき》の紅《あか》い色をした魚で、今が利根川で獲《と》れる節だという。米屋、炭屋、薪屋《まきや》なども通《かよ》いを持って来た。父親は隣近所の組合を一軒一軒廻って歩いた。清三は午後から二階の六畳に腹這《はらば》いになって、東京や行田や熊谷の友人たちに転居の端書《はがき》を書いた。寺にも出かけて行ったが、丁度《ちょうど》葬式で、和尚さんは忙しがっていたので、転居したことを知らせて置いて帰って来た。

大家の主人《あるじ》は面白い話好きの人であった。店は息子《むすこ》に譲って、自分は家作《かさく》を五軒ほど持って、老妻と二人で暮しているという暢気《のんき》な身分。釣《つり》と植木が大好きで、朝早く大きな麦稈帽子《むぎわらぼうし》を冠《かぶ》って、笭箵《びく》を下げて、釣竿を持って、霧の深い間から木槿《もくげ》の赤く白く見える垣の間の道を、てくてくと出かけて行く。そして日の暮れる頃には、笭箵《びく》の中に金色《こんじき》をした鮒《ふな》や鯉《こい》をゴチャゴチャ入れて帰って来る。店子《たなこ》はおりおり擂鉢《すりばち》に見事な鮒を入れて貰《もら》うことなどもある。釣に行かぬ時は、大抵腰を曲げて盆栽や草花などを丹念にいじくっている。そうかと言って別に大したものがあるのでもない。楓《かえで》に、欅《けやき》に、檜《ひのき》に、蘇鉄《そてつ》位《ぐらい》なものだが、それを内に入れたり出したりして、楽しみそうに眺めている。花壇にはいろいろ西洋種も蒔《ま》いて、天竺牡丹《てんじくぼたん》や遊蝶草《ゆうちょうそう》などが咲いている。コスモスも大分《だいぶ》大きくなった。また時には、徒跣《はだし》になって垣の隅の畠を一生懸命に耕していることなどもあった。

農繁休暇はなお暫《しば》し続いた。一週間で授業を始めて見たが、麦刈養蚕田植などがまだすっかり終らぬので、出席生徒の数は三分の一にも満なかった。で、今一週間休暇をつづけることにする。清三は午後は二階の風通《かざとお》しの好い処でよく昼寝をした。余り長く寝込んで西日に照されて、汗をぐっしょりかいていることなどもあった。町も郊外も暫しの間はめずらしく、雨の降らぬ日には、大抵画架《がか》を担《かつ》いで、写生に出かけた。警察の傍《そば》の道に沿った汚い溝《みぞ》には白い小さい花がポチポチ咲いて、銹《さ》びた水に夢見るような赤いねむの花が微《かす》かに映った。寺の門、町外《まちはず》れから見たる日光群山、桑畑の鶏《とり》、路傍《ろぼう》の吹井《ふきい》、うどんひもかわと書いた大和障子《やまとしょうじ》などの写生が段々出来た。

夜は大家の中庭の縁側《えんがわ》に行って話した。戦争の話がいつも出る。二、三日前荻生さんから借りた『戦争画報』を二、三冊又借《またか》して遣《や》ったが、それについてのいろいろの質問が出る。「どうももう旅順が取れそうなものですがなア」と、さも捂《もど》かしそうに主人は言って、「それにもう、陸軍の方も余程行ったんでしょう。第一軍は九連城を取ってから、ねっから進まんじゃありませんか。第二軍は蓋平《がいへい》からもう余程行ったんですか」

清三は新聞や雑誌で得た知識で、第一軍第二軍が近い中《うち》に連絡して遼陽《りょうよう》のクロパトキン将軍の本営に迫る話をして聞かした。旅順の方面については、海陸共に犇々《ひしひし》と押寄《おしよ》せて、敵はもう袋の鼠《ねずみ》になってしまったから、此方《こっち》の方は遼陽よりも早く片附くはずである。「来月の十五日位《ぐらい》までにはきっと取れるッて、校長なども言うんです。私は今少し遅くなるかも知れないと思いますけれど、何しろもう直《じ》きですな」などと清三は言って聞かせた。「何んしろ、日本は小さいけれども、挙国一致ですから敵《かな》いませんやな。どんな百姓でも、無智な人間でも、戦争ッて言えば一生懸命ですからな……天子様も国民の後援があって、さぞ御心《おこころ》丈夫でいらっしゃるでしょう」と感嘆したような調子で言って「日本は昔からお武士《さむらい》で出来た国ですからなア！」

大家はまた釣の話をして聞かせることがあった。清三が胃腸に悩んでいるとかいうのを聞いて、「どうです、一つ一緒に出かけて見ませんか。そういう病気には、気が落付《おちつ》いてごく好《い》いですがな」こんなことを言って誘《さそ》った。その場所はここから一里位行った処で、田の処々に堀切《ほっきり》がある。そこには蘆荻《ろてき》が人をかくす位に深く生茂《おいしげ》っている。鮒《ふな》や鯉《こい》やたなごなどの沢山《たくさん》いるのといないのとがある。そのいる処を大家さんはよく知っていた。

二人で話している縁側の上に、中老の品の好い細君は、岐阜提灯《ぎふぢょうちん》を吊《つる》してくれた。

時には母親と荻生さんと三人つれ立って町を歩くこともあった。今年は「から梅雨《つゆ》」で、雨が少なかった。六月の中頃に既に寒暖計が八十九度＊まで上《のぼ》ったことがあった。七月に入ってから、俄《にわ》かに暑さが烈《はげ》しく、田舎町の夜には、縁台《えんだい》を店先に出して、白地の浴衣《ゆかた》をくっきりと闇《やみ》に見せて、団扇《うちわ》をバタバタさせている群《むれ》がそこにもここにも見えた。母親は買物をする町の店に熟《じゅく》していないので、そうした夜の散歩には、荻生さんがここが乾物屋《かんぶつや》、ここが荒物屋《あらものや》、呉服屋《ごふくや》ではこの家《うち》が一番堅いなどと教えてくれた。下駄屋《げたや》の店には、中年の上《かみ》さんが下駄の鼻緒《はなお》の並んだ中に白い顔を見せて坐《すわ》っていた。鍛冶屋《かじや》にはランプが薄暗くついて、奥では話声《はなしごえ》がきこえていた。水のような月が白い雲に隠れたり顕《あら》われたりして、その度《たび》ごとに縺《もつ》れた三つの影が街道に映ったり消えたりする。

用水の橋の上は涼しかった。納涼《のうりょう》に出た人がぞろぞろ通る。冬や春は川底に味噌漉《みそこし》のこわれや、バケツの捨てたのや、陶器の欠片《かけら》などが汚く殺風景に見えているのだが、この頃は水が一杯に漲《みなぎ》り流れて、それに月の光や、橋の傍《そば》に店を出している氷屋の提灯の灯影《ひかげ》がチラチラと映る。流れる水の影が淡く暗く見える。向うの料理店からは、三絃《しゃみせん》の音が聞えた。

三人は氷店《こおりみせ》に休んで行くこともある。母親は帰りに、八百屋《やおや》に寄って、茄子《なす》や白瓜《しろうり》などを買う。局の前で、清三は母親を先に帰して、荻生さんの室《へや》で十時過まで話して行くことなどもあった。

## 五十一

七月十五日の日記にかれはこう書いた。

「杜国《とこく》亡びてクルーゲル今また歿す。*瑞西《スイッツル》の山中にて肺に斃《たお》れたるかれの遺体は、故郷《ふるさと》のかれが妻の側《かたわら》に葬《ほうむ》らるべし。英雄の末路、言は陳腐《ちんぷ》なれど、事実は常に新たなり。英雄クルーゲル！　元トランスヴァール共和国大統領ホウル・クルーゲル歿す。歴史は常にかくの如《ごと》し」

## 五十二

医師《いしゃ》はやはり胃腸だと言った。けれど薬はねっから効《こう》がなかった。咳《せき》が絶えず出た。体が怠《だ》るくって仕方がなかった。ことに、熱が時々出るのに一番困った。朝は病気が直ったと思うほどいつも気持が好《い》いが、午後からはきっと熱が出る。止《や》むなく発汗剤を服《の》むと、汗がびっしょりと出て、その心持の悪いこと一通《ひととおり》でない。顔には血の気がなくなって、肌が厭《いや》に黄ばんで見える。かれは幾度《いくたび》も蒼白《あおじろ》い手を返して見た。

「お前本当にどうかしたのじゃないかね。しっかりした医師《いしゃ》にかかって見る方が好《い》いんじゃないかね」

母親は心配そうにかれの顔を見た。

学校はやがて始った。暑中休暇まではまだ半月ほどある。それに七時の授業始《じゅぎょうはじめ》なので、朝が忙しかった。母親は四時には遅くも起きて竈《かまど》の下を焼附《たきつ》けた。清三は薬瓶《くすりびん》と弁当とをかかえて、例の道をてくてくと歩いて通った。一里半の通い馴《な》れた路《みち》――それにもかれは著しい疲労を覚えるほどその体は弱くなっていた。それに、この頃では滋養品をなるたけ多く取る必要があるので、毎日牛乳を二合、鶏卵《けいらん》を五箇、その他肉類をも食った。移転の借金をまだ返さぬのに、毎日こうして少なからざる金がかかるので、かれの財布《さいふ》は常に空《から》であった。馬車に乗りたくも、そんな余裕はなかった。

## 五十三

八阪《やさか》神社の祭礼は賑《にぎや》かであった。当年は不景気でもあり、国家多事の際でもあるので、山車《だし》も屋台も出来なかったが、それでも近在から人が出て、紅《あか》い半襟《はんえり》や浅黄《あさぎ》の袖口《そでぐち》やメリンスの帯などがぞろぞろと町を通った。そういう人たちは、氷店《こおりみせ》に寄ったり、瓜店《うりみせ》の前で庖丁《ほうちょう》で皮を剝《む》いてもらって立食《たちぐい》をしたり、よせ切《ぎれ》の集った呉服屋の前に長い間立ってあれのこれのといいじくり廻《まわ》したりした。大きな朱塗《しゅぬり》の獅子《しし》は町の若者にかつがれて、家から家へと悪魔をはらって騒《さわが》しくねり歩いた。

清三が火鉢《ひばち》の傍《そば》にいると、傍《かたわら》の小路《こうじ》に、わいしょわいしょという騒しい懸声《かけごえ》がして、突然獅子が入って来た。草鞋《わらじ》をはいた若者は、何の会釈《えしゃく》もなく、そのままずかずかと畳の上にあがって、

「やあ!」

と大きな獅子の口をあけて、そのまま勝手元に出て行った。

母親は紙に包んだおひねりを獅子の口に入れた。一人息子《むすこ》のために、悪魔を払い給え!と心に念じながら……。

## 五十四

母親は二階の床《とこ》の間《ま》に、燃ゆるような撫子《なでしこ》と薄紫のあざみと真白なおかとらのおと黄い《きいろ》こがねおぐるまとを交ぜて生《い》けた。時には窓の処《ところ》にじっと立って、夕暮の雲の色を見ていることもあった。そのやせた後姿を清三は悲しいようなさびしいような心地《ここち》でじっと見守った。

父親は二階の格子《こうし》を取外《とりはず》してくれた。光線は流るるように一室に漲《みなぎ》り渡った。窓の下には足長蜂《あしながばち》が巣《す》を醸《かも》してブンブン飛んでいた。大家の庭樹《にわき》のかげには一本の若竹が伸びて、それに朝風夕風が裊《たお》やかに当って通った。

## 五十五

五月六日には体量十二貫《かん》五百目、* この頃郵便局でかかって見ると、単衣《ひとえもの》のままで十貫六百目。

荻生さんは十三貫三百目。

ある日、田原ひで子が学校に来て手紙を小使《こづかい》に頼んで置いて行った。手紙の中には、手ずから折った黄い野菊《きいろ》の花が封じ込んであった。「野の菊は妾《わらわ》の愛する花、師の君よ、師の君よ、この花をうつくしと思ひたまはずや」と書いてあった。

暑中休暇前一、二日の出勤は、かれに取ってことに辛《つら》かった。その初めの日は帰途《かえり》に驟《しゅう》雨《う》に逢《あ》い、後の一日は朝から雨が横さまに降った。かれは授業時間の間々を宿直室に休息せねばならぬほど困憊《こんぱい》していた。それに今月の月給だけでは、薬代、牛乳代などが払えぬので、校長に無理に頼んで三円だけ都合してもらった。

旅順陥落の賭《かけ》に負けたからとて、校長は鶏卵《たまご》を十五個呉《く》れたが、それは実は病気見舞のつもりであったらしい。教員たちは、「もう何の彼《か》のと言っても旅順はじきに相違ないから、その時には休暇中でも、是非《ぜひ》学校に集って、万歳を唱《とな》えることにしよう」などと言っていた。清三は八月の月給を月の二十一日に貰《もら》いたいということを予《あらかじ》め校長に頼んで、馬車に乗って辛《かろ》うじて帰って来た。

暑中休暇中には、どうしても快復させたいという考《かんがえ》で、清三は医師《いしゃ》を変えて見る気になった。此度《こんど》の医師は親切で評判な人であった。診察の結果では、どうもよく解らぬが、十二指腸かも知れないから、一週間ばかり経《た》って大便の試験をして見ようと言った。肺病ではないかと訊《き》くと、そういう兆候は今のところでは見えませんと言った。今のところという言葉を清三は気にした。

## 五十六

滋養物を取らなければならぬので、銭《ぜに》もないのに、いろいろなものを買って食った。鯉《こい》、鮒《ふな》、鰻《うなぎ》、牛肉、鶏肉《けいにく》——ある時はごいさぎを売りに来たのを十五銭に負けさせて買った。嘴《くちばし》は浅緑色、羽は暗褐色に淡褐色の斑点、長い足は美しい浅緑色をしていた。それを粗く潰《つぶ》して、骨をトントンと音させて叩《たた》いた。それにすらかれは疲労《つかれ》を覚えた。泥鰌《どじょう》も百匁《め》位ずつ買って、猫にかかられぬように桶《おけ》に重石《おもし》をしてゴチャゴチャ入れて置いた。十尾《びき》位ずつを自分で割《さ》いて、鶏卵《たまご》を引いて煮て食った。寺の後《うしろ》にはこの十月から開通する東武鉄道の停車場が出来て、大工が頻《しき》りに鉋《かんな》や手斧《ておの》の音を立てているが、清三は気分の好《い》い夕方などには、てくてく出かけて行って、ぽつねんとして立《たっ》てそれを見ていることがある。時には向うの野まで行って花をさがして来ることもある。えのころ、おいしば、ひよどりそう、おときりそう、こまつなぎ、なでしこなどがあった。

新聞にはその頃大石橋《たいせききょう》の戦闘*詳報が載っていた。遼陽！　遼陽！　という文字が到《いた》る処《ところ》に見えた。

ある日、母親は急性の胃に侵されて、裁縫を休んで寝ていた。物を食うとすぐ吐《もど》した。そして吃逆《しゃくり》も烈《はげ》しく出た。土用《どよう》の明けた日で、秋風の立ったのがどことなく木の葉のそよぎに見える。座敷に射し入る日光から考えて、太陽も少しは南に廻《まわ》ったようだなどと清三は思った。そこに郁治《いくじ》がひょっくり高等師範の制帽を冠《かぶ》った姿を見せた。この間中から帰省していて、いずれ近い中《うち》に新居を訪問したいなどという端書《はがき》を遣《よこ》したが、今日は加須《かぞ》まで用事があって遣《や》って来たから、ふと来る気になって訪ねたという。郁治は清三の痩《や》せ衰えた姿に少なからず驚かされた。それに顔色の悪いのが殊《こと》に目立った。

親しかった二人は、夕日の光線の射込《さしこ》んだ二階の一間に相対して坐った。相変らず親しげな調子であるが、言葉は容易に深く触れようとはしなかった。時々話の途絶《とだ》えて黙っていることなどもあった。

「小畑はこの間日光に植物採集に出かけて行ったよ」

こんなことを言って、郁治は途絶えがちなる話をつづけた。

清三は、「君、帰ったら、ファザーに一つ頼んで見てくれ給《たま》えな。どうもこう体が弱くっては、一里半の通勤は随分辛《つら》いから、この町か、近在かにどこか転任の口はないだろうかッて。……弥勒《みろく》ももう随分古参だから、居心地《いごこち》は悪くはないけれど、いかにしても遠いからね、君」

こう言って転任運動を頼んだ。

夕餐《ゆうめし》には昨夜《ゆうべ》猫に取られた泥鰌《どじょう》の残りを清三が自分で割《さ》いて御馳走《ごちそう》した。母親が寝ているので、父親が水を汲んだり米を炊《た》いたり漬物《つけもの》を出したりした。郁治は見兼《みか》ねて余程帰ろうとしたが、彼方此方《あっちこっち》を歩いて疲れているので、一夜泊めてもらって行くことにした。

「郁さんが折角《せっかく》お出下《いで》すったのに、生憎《あいにく》私がこんな風で、何も御馳走も出来なくって、本当に申訳《もうしわけ》がない」

しげしげと母親は郁治の顔を見て、

「郁さんのように、家《うち》のも丈夫だと好《い》いのだけれど……どうも弱くって仕方がないんですよ。……それに郁さんなぞは、学校も卒業さえすれば、どんなにも立派になれるんだから、母さんももう安心なものだけれど……」

しみじみとした調子で言った。

美穂子の話が出たのは、二人蚊帳《かや》の中に入って寝てからであった。学校を出るまではお互《たがい》に結婚はしないが、親と親との間の口約束はもうすんだということを郁治は話した。

「それはお目出度《めでた》い」

と清三が真面目《まじめ》に言うと、

「約束を定《き》めて置くなんて、君、つまらぬことだよ」

「どうして？」

「だッて、お互に弱点が見えたり何かして、中途で厭《いや》になることがないとも限らないからね」

「そんなことはいかんよ、君」

「だッて仕方がないさ、そういう気にならんとも限らんから」

「そんな不真面目なことを言ってはいかんよ。君たちのように前から気心も知れば、お互の理想も知っているのだから、苦情の起りっこはありゃしないよ。僕なども同じ仲間だから、君らの幸福なのを心から祈るよ。美穂子さんにも久しく逢《あ》わないけれど、僕がそう言ったッて言ってくれ給え」

いつもの軽い言葉とは聞かれぬほど真面目なので、

「うむ、そう言うよ」

と郁治も言った。

蚊帳《かや》の外のランプに照された清三の顔は蒼白《あおじろ》かった。咳《せき》が絶えず出た。熱が少し出て来たと言って、枕元に持って来て置いた水で頓服剤《とんぷくざい》を飲んだ。二人の胸には、中学校時代、『行田文学』時代のことが思出《おもいだ》されたが、しかも二人とも何事をも語らなかった。郁治の胸には花やかな将来が浮んだ。「不幸な友！」という同情の心も起った。

余り咳が出るので、背《せなか》を叩《たた》いてやりながら、

「どうもいかんね」

「うむ、治らなくって困る」

汗が寝衣《ねまき》を透《とお》した。

「石川はどうした?」

と、しばらくしてから、清三が訊《き》いた。

「つい、この間、東京から帰って来た」と郁治は言って、「余り道楽をするものだから、家《うち》でも困って、今度足留《あしど》めに、いよいよ嫁さんが来るそうだ」

「どこから?」

「何でも川越《かわごえ》の財産家で跡見《あとみ》女学校にいた女だそうだ。容色望《きりょう》みという条件でさがしたんだから、きっと別嬪《べっぴん》さんに違いないよ」

「先生も変ったね?」

「本当に変った。雑誌をやってる時分とはまるで違う」

それから同窓の友達の話がいろいろ出た。窓からは涼しい風が入る……。

翌朝《あくるあさ》、郁治が眼を覚《さま》した頃には、清三は階下《した》で父親を手伝って勝手元《かってもと》をしていた。今更《いまさら》ながら友の衰弱したのを郁治は見た。小畑に聞いたが、これほどとは思わなかった。朝の膳《ぜん》には味噌汁《みそしる》に鶏卵《たまご》が落してあった。清三は牛乳一合にパンを少し食った。二人は二階に

また坐って見たが、もうこれと言って話もなかった。

郁治が帰る時に、

「それじゃ学校の話、一つ運動して見てくれ給え」

清三は繰返して頼んだ。

母親の病気は捗々《はかばか》しくなかった。三度々々食物《しょくもつ》も満足に咽喉《のど》に通らなかった。父親が商売に出た後では、清三がお粥《かゆ》を拵《こしら》えたり好きなものを通りに出て買って来て遣《や》ったりする。また父親と縁側に東京仕入の瓜《うり》を二つ三つ桶《おけ》に浮かせて、皮を厚く剝《む》いて二人して旨《うま》そうに食っていることもある。そういう時には清三は皿に瓜の裂《さ》いたのを二片《きれ》三片入れて、食う食わぬにかかわらず、まず母親の寝ている枕元に置いた。母子《おやこ》の情合《じょうあい》は病んでから一層厚くなったように思われた。どうかすると、清三の顔をじっと見て、母親が涙をこぼしていることもあった。清三はまた清三で、滅多《めった》に床《とこ》に就《つ》いたことのない母親の長い病気を気にして、医師《いしゃ》に懸《かか》ることをうるさく勧めると、「お前の薬代さえ大変なのに、私まで懸っては、それこそ仕方がない。私のはもう治《なお》るよ、明日《あした》は起《おき》るよ」と母親は言った。

二階の一間《ひとま》は新聞が飛ぶほど風が吹通《ふきとお》すこともあれば、裏の樹《き》の上に夕月が美しくかかって見えることもあった。けれど東が塞《ふさ》がっているので、朝日には常に縁遠く清三は暮した。朝の眺めとしては、早起をした時、北窓《きたまど》の雲に朝日が燃えるようにてり栄《は》えるのを見る位なものであった。

弥勒野《みろくの》はこの頃は草花がいつも盛りであった。清三は関さんに手紙を書いた。「この頃は座敷の運動のみにて、野に遠ざかり居《お》り候《そうろ》へば、草花の盛りも見ず、遺憾《いかん》に候、弥勒野、才塚野《さいづかの》、君の採集にはさぞめづらしき花を加へ給ひしならん。秋海棠今歳《しゅうかいどうことし》は花少く、朝顔もかはり種《だね》なく、さびしく暮し居《お》り候」

毎日二、三回ずつの下痢、胃は常に烈《はげ》しき渇《かわ》きを覚えた。動かずにじっとしておれば、健康の人といくらも変らぬほどに気分が快《よ》いが、労働すれば、すぐ疲れて力がなくなる。医師《いしゃ》は一週間目に大便の試験をしたが、十二指腸虫は一疋《いっぴき》もいず、ベン虫《ちゅう》の卵が一つあったばかりであった。けれどこれは寄生虫でないから害はない、普通健康体にもよくいる虫だと医師はのんきなことを言った。母親の病気はまだすっかり治《なお》らなかった。もうかれこれ十一、二日目になる。按摩《あんま》を頼んでもませて見たり、御祈禱《ごきとう》を近所の人が遣《や》って来て上げてくれたりした。ついでに清三もこの御祈禱を上げてもらった。

清三はこの頃から夜が眠られなくて困った。いよいよ不眠性《ふみんしょう》の容易ならざる病状が迫って来たことを医師はようやく気が附き始めた。旅順の海戦*――彼我《ひが》の勝敗の決した記憶すべき十日の海戦の詳報の頻《しき》りに出る頃であった。アドミラル、トオゴー*の勇しい名が世界の新聞雑誌に記載せらるる頃であった。

医師はある日遣《や》って来て、狼狽《あわ》てて言った。「どうも永久的衰弱ですからなア」こう言ってすぐ言葉を続《つ》いで、「余り無理をしてはいけません。第一、少しよくなっても、一里半も学校に通ってはいけません。一年位は海岸にでも行っていると好《い》いですがな」

それから葡萄酒《ぶどうしゅ》を飲用することを勧めた。

## 五十七

医師《いしゃ》の言葉を書いて、是非《ぜひ》九月の学期までに近い所に転任したいが、君に一任してよきや、自《みず》から運動すべきやと郁治の許《もと》に書いてやると、折かえして返事が来て、視学に直接に手紙をやれ、羽生《はにゅう》の校長にも聞いて見ろ、自分もその中《うち》出かけて運動をしてやると書いてあった。

段々秋風が立始《たちはじ》めた。大家《おおや》で飼《か》って置いたくさひばりが夕暮になるといつも好い声を立てて鳴いた。床柱《とこばしら》の薔薇《ばら》の一輪挿、それよりも簀戸《すど》を透して見える朝顔の花が友禅染《ゆうぜんぞめ》のように美しかった。

一日《あるひ》、午後四時頃の暑い日影を受けて、例の街道を弥勒《みろく》に行く車があった。それには清三が乗っていた。月の俸給を受取るためにわざわざ出懸《でか》けて来たのであった。学校はがらんとして、小使《こづかい》もいなかった。関さんも、昨日浦和に行ったとて不在であった。

宿直室には半ば夕日が射し透った。テニスを遣《や》るものもないと見えて、網もラッケットも縁側《えんがわ》の隅に徒《いたずら》に束ねられてある。事務室の硯箱《すずりばこ》の蓋《ふた》には塵埃《ちり》が白く、椅子《いす》は卓《テーブル》の上に載せて片附けられたままになっている。影を長く校庭に曳《ひ》いた。清三の痩《や》せ果てた姿は、徐《しず》かに廊下をたどって行った。

教室に入って見た。ボールドには、授業の最後の時間に数学を教えた数字がそのままになっている。12＋15＝27と書いてある。チョークもその時置いたままになっている。ここで生徒を相手に笑ったり怒ったり不愉快に思ったりしたことを清三は思い出した。東京に行く友達を羨《うらや》み、人しれぬ失恋の苦《くる》しみに悶《もだ》えた自分が、まるで他人でもあるかのように分明《はっきり》と見える。色の白い、肉づきの好い、赤い長襦袢《ながじゅばん》を着た女も思い出された。

オルガンが講堂の一隅《かたすみ》に塵埃《ちり》に白くなって置かれてあった。何か久し振で鳴らして見ようと思ったが、ただ思っただけで、手を下《くだ》す気にはなれなかった。

やがて小使《こづかい》が帰って来た。かれもちょっと見ぬ間に、清三のいたく衰弱したのに吃驚《びっくり》した。

じろじろと無気味そうに見て、

「どうも、病気《あんべい》が好《よ》くねえかね？」

「どうもいかんから、近い処に転任したいと思っているよ……今度の学期にはもう来られないかも知れない。長い間、御馴染《おなじみ》になったが、どうも仕方がない……」

「それまでには治《なお》るだべいかな」

「どうも難《むず》かしい――」

清三は嘆息《ためいき》をした。

小川屋にはもう娘はいなかった。この春、加須《かぞ》の荒物屋《あらものや》に嫁《かたづ》いて行った。おばあさんが茶を運んで来た。

すぐ目につけて、

「林さんなア、どうかしたかね」

「どうも病気が治らなくって困る」

「それア困るだね」

しみじみと同情したような言葉で言った。夕飯《ゆうめし》は粥《かゆ》にしてもらって、久し振でさい*の煮《に》附《つけ》を取って食った。庭には鶏頭《けいとう》が夕日に赤かった。かれは柱に凭《よ》りかかりながら、野を過ぎて行く色ある夕《ゆうべ》の雲を見た。

## 五十八

転任については、郁治も来て運動してくれた。町の高等も尋常も聞いて見たが、欠員がなかった。弥勒《みろく》の校長からは、「不本意ではあるが、病気なれば仕方がない、好《い》いように取計《とりはか》らうから安心し給え」と言って来た。けれど他から見ては、もう教員が出来るような体ではなかった。

ある日、荻生さんが、母親に、

「どうも今度の病気は用心しないといけないって医師《いしゃ》が言いましたよ。どうも肺という徴候はないようだが、ただの胃腸とも違うようなところがあると言ってました。何にしても足に腫気《すいき》が来たのはよくないですな……医師の見立《みたて》が違っているのかも知れませんから、行田の原田に伴《つ》れて行って見せたらどうです？　先生は学士*ですし、評判が好《い》い方ですから」

そして、そういうつもりがあるなら、自分が一日局を休んで連れて行って遣《や》っても好《い》いと言った。

「どうも、御親切に……御礼の申上《もうしあ》げようもない」

母親の声は涙に曇《くも》った。

弥勒に俸給を取りに行った翌日あたりから、脚部大腿部《だいたいぶ》にかけて夥《おびただ》しく腫気が出た。足も今までの足とは思えぬほどに甲《こう》がふくれた。それに、陰嚢《いんのう》もその影響を受けて、起居《たちい》にも段々不自由を感じて来る。医師《いしゃ》は罨法剤《あんぽうざい》*と睾丸帯《こうがんたい》とを与えた。

蘇鉄《そてつ》の実を煎《せん》じて飲ませたり、御祈禱を枕元であげてもらったり、不動岡《ふどうおか》の不動様の御《お》符《ふだ》を戴かせたり、いやしくも効験《こうけん》があると人の教えてくれたものは、どんなことでもして見たが、効《こう》がなかった。秋風が立つにつれて、容体の悪いのが目に立った。

やがて盂蘭盆《うらぼん》が来た。町の大通りには草市《くさいち》が立って、績殻《おがら》や藺蓆《いむしろ》やみそ萩《はぎ》や草花が並べられて、在郷《ざいごう》から出て来た百姓の娘たちがぞろぞろ通った。寺の和尚さんは紫の衣を着て、小僧をつれて、忙しそうに町を歩いて行った。茄子《なす》や白瓜《しろうり》や胡瓜《きゅうり》でこしらえた牛や馬、その尻尾《しっぽ》には畠から取って来た玉蜀黍《とうもろこし》の赤い毛を使った。どこの家《うち》でも績殻《おがら》で杉の葉を編んで、仏壇を飾って、代々の位牌《いはい》を掃除して、萩《はぎ》の餅《もち》やら団子《だんご》やら新里芋やら玉蜀黍やら梨やらを供えた。

女の児《こ》は新しい衣《きもの》を着て、嬉々《いそいそ》として彼方此方《あっちこっち》に遊んでいた。

十三日の夜には迎え火が家々で焚《た》かれる。通りは警察が喧《やかま》しいので、昔のように大仕掛《おおじかけ》な焚火《たきび》をするものもないが、少し裏町に入ると、薪《たきぎ》を高く積んで火を燃《もや》している家《うち》などもあった。周囲に集った子供らは面白がってそれを飛んだり跨《また》いだりする。清三の家では、その日父親が古河《こが》に行ってまだ帰って来なかったので、母親は一人でさびしそうに入口に蹲踞《うずくま》って、績《お》がらを集めて形ばかりの迎火《むかえび》をした。大家《おおや》の入口にも今少し前焚いた火の残りが赤く闇《やみ》に見える。

軒《のき》には昨年の盆に清三が手ずから書いた菊の絵の灯籠《とうろう》が下げてある。清三は便所に通うのに不便なので、四、五日前から、床《とこ》を下の六畳に移した。

風にゆらぐ盆灯籠《ぼんどうろう》をかれはじっと見ていた。大家の軒の風鈴の鳴る音が微《かす》かに聞える。仏壇には灯《あかり》がついていて、蓮《はす》の葉の上に供えた団子だの、茄子《なす》や白瓜《しろうり》でつくった牛馬だの、真鍮《しんちゅう》の花立《はなたて》に挿《さ》したみそ萩《はぎ》などが額縁《がくぶち》に入れた絵のように見える。明るい仏壇の中は何か別の世界でもあるかのように清三には思われた。

母親がそこに入って来て、

「病気でないと、政一《まさいち》(弟の名)の処《ところ》にもお参りに行ってもらうんだけれど……今年は花も上げてくれる人もないッてさびしがっているだろう」

「本当にさ……」

「父《おとっ》さんが都合が好《よ》ければ行ってもらいたいと思っていたんだけれど……」

「本当に、遠くなって淋しがっているだろう」

清三は亡《な》くなった弟をしみじみ思った。

「明日あたり私がお参りに行こうかとも思ってるけれど……」

「ナアに、治ってから行くから好《い》いさ」

しばらく黙った。

母子《おやこ》の胸には今月の払《はらい》のことが支《つか》えている。薬代、牛乳――それだけでもかなり多い。今月は父親のかせぎがねっから駄目だった上に、母親も病気で毎月ほど裁縫をしなかった。先程、医師《いしゃ》から勘定書《かんじょうがき》を書生が持って来たのを母親は申訳《もうしわけ》なさそうにことわっていた。

「なアに、父《おとっ》さんが帰って来れば、どうにかなるから、心配せずにお出《い》でよ」

と母はその時言った。

父親が帰って来ても駄目なことを清三は知っている。

「病気さえしなけりゃなア!」

と清三は突然言った。

やがて言葉をついで、「こんな病気にかかりさえしなけりゃ、今年はちっとは母《おっか》さんにも楽をさせられたのになア！」

母親はオドオドして、

「そんなことを思わない方が好《い》いよ。それより養生《ようじょう》して！」

「ナアに、こんな病気に負けておりゃせんから、母《おっか》さん。心配しない方が好いよ。今死んでは、生れて来た甲斐《かい》がありゃしない」

「本当ともねえ、お前」

「世の中と謂《い》うものは思いのままにならないもんだ！」

言葉は強かったが、一種の哀愁は仏壇の灯《あかり》のみ明るい一室に充《み》ち渡った。

＊　＊　＊　＊　＊

隣近所では病人が日増《ひまし》に悪くなるのを知った。医師《いしゃ》が毎日鞄《かばん》を下げて遣《や》って来る。荻生さんが心配そうな顔をしてちょいちょい裏から入って来る。一週間前までは、蒼白《あおじろ》い痩《や》せ果《は》てた顔をして、頭髪《かみのけ》を蓬々《ぼうぼう》させて、そこらをぶらぶらしている病人の姿を人々はよく見《み》懸《か》けたが、この頃では、もうどっと床《とこ》に就《つ》いて、枕を高く、痩せこけて皐斯《ばった》のようになった手を蒲団《ふとん》の外に放出《なげだ》すようにして寝ているのが垣の間から見える。井戸端《いどばた》などで母親に容体《ようだい》を聞くと、「どうも少しでも好い方に向ってくれると好いのですけれど……」と言って、さもさも心配に堪《た》えぬような顔をした。

肺病だろうということは誰も皆前から想像していた。「どうも咳嗽《せき》の出るのが変だと思ってました」と隣の足袋屋《たびや》の細君が言った。「どうも肺病だッてな、あの若いのに気の毒だなア。話好きな面白い人だのに……」と大家の主人《あるじ》も老妻《かみさん》に言った。「一人息子《むすこ》をあれまで育てて、これからかかろうという矢先《やさき》にそんな悪い病気に取《と》っつかれては……」と老妻はしみじみと同情した。彼方此方《あちらこちら》から見舞を持って行くものなども段々多くなる。大家の主人がある日一日釣《つ》って来た鮒《ふな》を摺鉢《すりばち》に入れて持って行ってやると、めずらしがッて、病人はわざわざ起きて来て見た。それから梨を持って来るものもあれば、林檎《りんご》を持って来るものもある。中には五十銭銀貨を一つ包んで来るものもあった。

転任の難《むず》かしいこと、たとえ転任が出来ても、この体では毎日の出勤は覚束《おぼつか》ないということが次第に病人にも解って来た。かれは郁治に宛《あ》てて、病気で休んでいれば何カ月間俸給が下《おり》るかということを父の郡視学《ぐんしがく》に聞いてもらうように手紙を書いた。やがてその返事が来て、埼玉県令十号の十三条に六十日の病気欠席は全俸(願書診断書附)その以後二カ月半俸としてあることを報じて来た。

## 五十九

行田《ぎょうだ》の町の中程に、西洋造のペンキ塗の際立《きわだ》って目につく家《うち》があった。陶器の表札には医学士原田《はらだ》龍太郎《りゅうたろう》と鮮《あざ》やかに見えて、門にかけた原田医院という看板はもう古くなっていた。

午前十時頃の晴れた日影は硝子《ガラス》を透《とお》した診察室の白いカアテンを明るく照した。

診察が終って、そこから父親と荻生さんとに扶《たすけ》られて出て来たのは、二、三日来益々《ますます》衰弱した清三であった。荻生さんが万一を期して、ヤイヤイ言って伴《つ》れて来た親切は徒労《とろう》に帰した。医師《いしゃ》は父親と友とに絶望的宣告を与えたようなものであった。

荻生さんが懇意《こんい》なので、別室で訊《き》くと、

「今少し早くどうかすることが出来そうなものだった……」

医師はこう言った。

「やはり、肺でしょうか」

「肺ですな……もう両方とも悪くなっている！」

荻生さんはどうすることも出来なかった。眼眩《めまい》がしてそこに立っていられぬ病人を、ほとんど抱《かか》えるようにして車に乗せた。「車に乗せて伴《つ》れて来るのはちとひどかったね」と言った医師の言葉を思出して、「医師を招《よ》んでは車代が大変だから……五円では上《あが》らないから、私が車に乗せて伴れて行って上げる」と言ったことを悔《く》いた。

その二里の街道には、やはり旅商人《たびあきんど》が通ったり、機廻《はたまわり》の車が通ったり、自転車が走ったりしていた。尻を捲《まく》って赤い腰巻を出して歩いて行く田舎娘もあった。もう秋風が野に立って、背景をつくった森や藁葺屋根《わらぶきやね》や遠い秩父の山々が鮮かにはっきり見える。豊熟した稲は涼しい風に靡《なび》き渡《わた》った。

幌《ほろ》をかけた車は徐《しず》かに街道を轣《きし》って行った。

七色の風船玉を売って歩く老爺《おやじ》の周囲《まわり》には、村の子供が集《あつま》っていた。

## 六十

寺の和尚さんが鶏卵《たまご》の折を持って見舞に来た。

和尚さんもしばらく逢《あ》わぬ間《ま》に、こうも衰弱したかと吃驚《びっくり》した。

わざと戦争の話などをする。

「旅順がどうも取れないですな」

「どうしてこう長引くんでしょう」

「ステッセル*も一生懸命だと見えますな。まだ兵力が足りなくって第八師団も今度旅順に向って発《た》つという噂《うわさ》ですな」

「第九に第十二に、第一に……、それじゃこれで四個師団……」

「どうもあそこを早く取ってしまわないでは仕方がないんでしょう」

「なかなか頑強だ!」

と言って、病人は咳嗽《せき》をした。

やがて、

「遼陽《りょうよう》の方は?」

「あっちの方が早いかも知れないッて言うことですよ。第一軍はもう楡樹林子《ゆじゅりんし》を占領して遼陽から十里の処《ところ》に行ってますし、第二軍は海城《かいじょう》を占領して、それからもっと先に出ているようですし……」

「本当に丈夫なら、戦争にでも行くんだがなア！」と清三は慨嘆して、「国家のために勇ましい血を流している人もあるし、千載《せんざい》の一遇《いちぐう》、国家存亡の時に邂逅《でっくわ》して、廟堂《びょうどう》*の上に立って天下と共に憂いている政治家もあるのに……こうして碌々《ろくろく》として、病気で寝てるのは実に情《なさ》けない。……和尚さん、人間もさまざまですな」

「本当ですな……」

和尚さんも笑って見せた。

しばらくして、

「原さんから便《たより》がありますか？」

「え、もう帰って来ます。先生も海城で病気にかかって、病院に一月《ひとつき》もいたそうで……来月の初めには帰って来るはずです」

「それじゃ遼陽は見ずに……」

「え」

衰弱した割合には長く話した。寺にいる時分の話なども出た。

その翌日は弥勒《みろく》の校長さんが見舞にやって来た。

「こんなになってしまいました」

と細い手を出して見せた。

「学校の方はいいようにして置きますから、心配せずにお出《いで》なさい、欠席届さえ出して置くと、二月《ふたつき》は俸給が下《お》りるんですから」

校長さんはこう言った。

戦争の話が出ると、

「遅くも、休暇中には旅順が取れると思ったですけれどなア。余程難かしいと見えますな。この頃じゃ容易に取れないなんて、悲観説が多いじゃないですか。常陸丸《ひたちまる》に色々必要な材料が積んであったそうですな」

こんなことを言った。

二、三日して、今度は関さんが来た。女郎花《おみなえし》と薄《すすき》とを持って来てくれた。弥勒の野から採《と》ったのであると言った。母親は金盥《かなだらい》に水を入れて、取敢《とりあ》えず、それを病人の枕元に置いた。清三はうれしそうな顔をしてそれを見た。

関さんはやがて風呂敷包みから、紙に包んだ二つの見舞の金を出した。一つには金七円、生徒一同よりとしてあった。一つは金五円、下に教員連の名前がずらりと並べて書いてあった。

## 六十一

遼陽の戦争*はやがて始った。国民の心は総《すべ》て満洲の野に向って注がれた。深い沈黙の中にかえって無限の期待と無限の不安とが認められる。神経質になった人々の心はちょっとした号外売《ごうがいうり》の鈴《すず》の音《おと》にもすぐ驚かされるほど昂《たかぶ》っていた。そうしている間にも一日は一日と経つ。鞍山站《あんざんたん》から一押《ひとおし》と思った首山堡《しゅざんぽ》が容易に取れない。第一軍も思ったように出ることが出来ない。雨になるか風になるか解らぬ中《うち》に、また一日二日と過ぎた。――その不安の情が九月一日の首山堡占領の二号活字で忽《たちま》ちにして解かれたと思うと、今度は鬱積《うっせき》した歓呼の声が遼陽占領の喜ばしい報《ほう》に連れて、凄《すさま》じい勢《いきおい》で日本全国に漲《みなぎ》り渡った。

遼陽占領！　遼陽占領！　その声はどんな暗い汚い巷路《こうじ》にも、どんな深い山奥のあばら家《や》にも、どんなあら海の中の一孤島にも聞えた。号外売《ごうがいうり》の鈴の音《ね》は一時間と言わずに全国に新しい詳しい報を齎《もた》らして行く。どこの家でもその話が繰返《くりかえ》される。その烈《はげ》しかった戦《たたかい》のさまがいろいろに色彩《いろどり》を傅《つ》けて語り合わされる。太子河《たいしが》の軍橋《ぐんきょう》を焼いて退却した敵将クロパトキンは、第一軍の追撃に逢《あ》って全く包囲されてしまったという虚報さえ一時は信用された。

全都国旗を以《もっ》て埋《うず》まるという記事があった。人民の万歳の声が宮城《きゅうじょう》の奥まで聞えたということが書いてあった。夜は提灯《ちょうちん》行列が日比谷公園から上野公園まで続いて、桜田門附近馬場先門附近はほとんど人で埋《うずめ》らるる位であったという。京橋日本橋の大通には、数万燭《しょく》の電灯が昼のように輝き渡って、花電車が通る度《たび》に万歳の声が終夜聞えたという。

清三はもう充分に起上《おきあが》ることが出来なかった。容体《ようだい》は日一日に悪くなった。昨日は便所から這《は》うようにして辛《かろ》うじて床《とこ》に入った。でも、その枕元には『国民新聞』と『東京朝日新聞』とが置かれてあって、痩《や》せこけて骨立った手が時々それを取上げて見る。

遼陽の占領が始めて知れた時、かれは限りない喜悦《よろこび》を顔に湛《たた》えて、

「母《おっか》さん！　遼陽が取れた！」

とさもさもうれしそうに言った。

それからいろいろな話を母親にしてきかせた。二千何人という死傷者の話もしてきかせた。

戦争の話をする時は、病気などは忘れたようであった。蒼白《あおじろ》い痩せた顔にもほのかに血が上《のぼ》った。医師《いしゃ》が来て、新聞などは読まない方が好《い》いと言った。病人自身にしても、細かい活字を辿《たど》るのは随分難儀であった。手に取っても五分と持っていられない。疲れて、じき傍《そば》に置いてしまった。時には半分読み懸《か》けた頁《ページ》を、鬚《ひげ》の生《は》えた痩せた顔の上に落して、しばらくじっとしていることなどもある。

日本が初めて欧州の強国を相手にした曠古《こうこ》*の戦争、世界の歴史にも数えられるような大きな戦争――その花々しい国民の一員と生れて来て、その名誉ある戦争に加わることも出

来ず、その万分の一を国に報《むく》ゆることも出来ず、その喜悦《よろこび》の情を人並《ひとなみ》に万歳の声に顕《あら》わすことすらも出来ずに、こうした不運《ふしあわせ》な病《やまい》の床《とこ》に横《よこたわ》って、国民の歓呼の声を余所《よそ》に聞いていると思った時、清三の眼には涙が溢《あふ》れた。

屍《かばね》となって野に横《よこた》わる苦痛、その身になったら、名誉でも何でもないだろう。父母が恋しいだろう、祖国が恋しいだろう、故郷《ふるさと》が恋しいだろう。しかしそれらの人たちも私よりは幸福だ――こうして希望もなしに病の床に横っているよりは……。こう思って、清三は遥かに満洲のさびしい平野に横《よこたわ》った同胞を思った。

## 六十二

枕元に坐った医師《いしゃ》の姿がくっきりと見えた。

父親はそれに向って黙然《もくねん》としていた。母親は顔を掩《おお》って、絶えず歔欷《すすりあ》げた。室《へや》の中央《まんなか》に吊《つ》ったランプは、心《しん》が出過ぎてホヤが半《なか》ば黒くなっていた。室には陰深《いんしん》の気が充《み》ち渡って、あたりがしんとした。鬚《ひげ》を長く、頬骨《ほおぼね》が立って、眼を半開《なかば》いた清三の死顔《しにがお》は、薄暗いランプの光の中におぼろげに見えた。

医師の注射はもう効《かい》がなかった。

母親の歔欷《すすりあ》げる声が頻《しき》りに聞える。

そこに、戸口にけたたましい足音がして、白地の絣《かすり》を着た荻生さんの姿があわただしく

入って来たが、ずかずかと医師と父親との間に割込《わりこん》で坐って、

「林君！　……林君！　もう、とうとう駄目でしたか！」

こう言った荻生さんの頰を涙はホロホロと伝《つたわ》った。

母親はまた歔欷《すすりあ》げた。

遼陽占領の祭で、町では先程から提灯《ちょうちん》行列が幾度《いくたび》となく賑《にぎや》かに通った。どこの家《うち》の軒《のき》にも鎮守の提灯が並んでつけてあって、国旗が闇《やみ》にもそれと見える。二、三日前から今日占領の祭をするという広告を彼方此方《あっちこっち》に張出《はりだ》したので、近在からも提灯行列の群《むれ》が幾組となく遣《や》って来た。荻生さんは危篤の報《ほう》を得て、その国旗と提灯と雑踏の中を、人を突退《つきの》けるようにして飛んで来た。一時間ほど前には、清三はその行列の万歳の声を聞いて、「今日は遼陽占領の祭だね」と言って、その賑《にぎや》かな声に耳を傾けていた……。

今、またその行列が通る。万歳を唱《とな》える声が賑かに聞える。やがて暇《いとま》を告げた医師は、丁度《ちょうど》そこに酸漿《ほおずき》提灯を篠竹《しのだけ》の先につけた一群《ひとむれ》の行列が、子供や若者に取巻《とりまか》れてわいわい通って行くのに逢《あ》った。

「万歳！　日本帝国万歳」

## 六十三

昼間では葬式の費用がかかると言うので、その翌日、夜の十一時にこっそり成願寺《じょうがんじ》に葬《ほうむ》

ることにした。

荻生さんは父親を扶《たす》けて何彼《なにか》と奔走した。町役場にも行けば、桶屋《おけや》に行って棺《かん》を誂《あつら》えても遣《や》った。和尚《おしょう》さんは戦地から原杏花《はらきょうか》が帰るのを迎えに東京に行って生憎不在《あいにくるす》なので、清三が本堂に寄宿している頃、よく数学を教えて遣った小僧さんがお経を読むこととなった。近所の法類から然《しか》るべき導師を頼むほどの御布施《おふせ》が出せなかったのである。

夜は星が聡《さか》しげにかがやいていた。垣《かきね》には虫の声が雨のように聞える。椿《つばき》の葉には露が置いて、大家《おおや》の高窓から洩れたランプの光線がキラキラ光った。樹《き》の黒い影と家屋《うち》の黒い影とが重《かさな》り合った。

棺が小路《こうじ》を出る頃には、町ではもう起きている家はなかった。組合のものが三人、大家のあるじ、それに父親と荻生さんとがあとについた。提灯が一つ造花《つくりばな》も生花《いけばな》もない列をさびしげに照して、警察署の角から、例の溝《どぶ》に沿った道を寺へと進んだ。溝の錆《さ》びた水が動いて行く提灯の光に微《かす》かに見えた。蔽《おお》い冠《かぶさ》った樹の葉裏が明るく照されたり消えたりした。路傍《ろぼう》の草にも、畠にも、藪《やぶ》にも虫の音《ね》は絶えず聞える。一行は歩むにつれてバタバタと足音を立てる。誰も口をきくものはなかった。

寺の本堂は明放されて、如来様《にょらいさま》の前に供えられた裸蠟燭《はだかろうそく》の夜風にチラチラするのが遠くから見えた。やがて棺は舁《かつ》ぎ上《あげ》られて、読経《どきょう》が始った。丈《せ》の低い小僧はそれでも僧衣《ころも》を着て、払子《ほっす》を持った。一行の携《たずさ》えて来た提灯は灯《ひ》をつけられたまま、人々の並んだ後《うしろ》の障子《しょうじ》の桟《さん》に引っかけられてある。広い本堂は蠟燭の立てられてあるにかかわらず何となく薄暗かった。父親の兀頭《はげあたま》と荻生さんの白地の単衣《ひとえもの》が微かにその中に透《すか》されて見える。

読経の声には重々しい処《ところ》がなかった。厭《いや》にさえ走《ばし》ったような調子であった。鉦《かね》がけたたましい音を立てて鳴る。

「ここでこうして林君のおとむらいをしようとは夢にも思いがけなかった」

荻生さんは菓子の竹皮包を懐《ふところ》に入れてよく昼寝にここに来た頃のことを思い出して、こう心の中に言った。

式が済んで、階段から父親が下《お》ると、そこに寺の上《かみ》さんが立っていて、

「この度《たび》はまア……飛んでもないことで……それにお悔《くやみ》にもまだ上《あが》りも致しませんで……生憎宿《あいにくやど》で留守なものですから」

と、きれぎれの挨拶をした。

夜はもう薄ら寒かった。単衣《ひとえもの》一枚では肌が何となくヒヤヒヤする。棺はやがて人足にかつがれて、墓地へと運ばれて行く。

選ばれたのは、畠と寺とを劃《かぎ》った榛《はん》の木に近い処《ところ》であった。ひょろ長い並木の影が夜の闇の中に微《かす》かにそれと指さされる。垣の外に徒《いたず》らに暢《の》びた桑の広葉《ひろば》がガサガサと夜風に靡《なび》く。

穴は型のごとく掘ってあった。赤土と水が出て、四辺《あたり》は踏立てられぬほど路《みち》がわるかった。組合の男は逸早《いちはや》く草履《ぞうり》を踏込《ふんご》んで、買立《かいたて》の白足袋《しろたび》を散々にしたと言っている。穴掘男は頭髪《かみのけ》まで赤土だらけにしながら、「どうも水が多くって、かい出してもかい出しても出て来るので、困ったちゃねえだ！」などと言った。

父親は提灯を振翳《ふりかざ》して、穴をのぞいて見た。穴の底の赤く濁った水が提灯にチラチラ映った。

荻生さんも覗《のぞ》いて見た。

やがて棺が穴に下《おろ》される。土塊《つちくれ》のバタバタと棺に当る音がする。時の間に墓は築かれて、小僧の僧衣姿《ころもすがた》が黒くその前に立ったと思うと、例の調子外《はず》れの読経が始まった。暗い闇の中の提灯は、木槿垣《もくげがき》を背にして立った荻生さんの蒼白《あおじろ》い顔と父親の兀頭《はげあたま》とその他の群《むれ》の円く並んでいるのを微《かす》かに照《てら》した。

## 六十四

一年ほどして、そこに自然石の石碑が建てられた。表には林清三君之墓、下に辱知《じょくち》＊有志と刻《きざ》んであった。荻生さんと郁治とが奔走して建てたので、その醵金者《きょきんしゃ》の中には美穂子も雪子もしげ子もあった。

一人息子《むすこ》を失った母親は一時はほとんど生効《いきがい》もないようにまで思ったが、しかしそう悔《くや》んで嘆いてばかりもいられなかった。かれらは老いてもなお独り働いて食わなければならなかった。母親は息子の死んだ六畳でせっせと裁縫の針を動かした。父親の兀頭《はげあたま》はやはりその街道におりおり見られた。

墓には絶えず花が手向《たむけ》られた。荻生さんも羽生の局に勤めている間はよく墓参《はかまいり》をした。花好《はなずき》の母親はその節ごとの花を携えて来ては常にその前に供えた。ある秋の日、和尚さんは、廂髪《ひさしがみ》に結《ゆ》って、矢絣《やがすり》の紬《つむぎ》に海老茶《えびちゃ》の袴《はかま》を穿《は》いた女学生風の娘が、野菊や山菊など一束にしたのを持って、寺の庫裡《くり》に手桶《ておけ》を借りに来て、手ずから前の水草の茂った井戸で水を汲《く》んで、林さんの墓の所在《ありか》を聞いて、その前で人目も忘れて久しく泣いていたということを上《かみ》さんから聞いた。

「どこの娘だか」

などとその時上さんが言った。

ところがそれから二年ほどして、その墓参《ぼさん》をした娘が羽生の小学校の女教員をしているという話を聞いた。「あの娘は林さんが弥勒《みろく》で教えた生徒だとサ」と上さんはどこかで聞いて来て和尚さんに話した。

秋の末になると、いつも赤城《あかぎ》おろしが吹渡《ふきわた》って、寺の裏の森は潮《うしお》のように鳴った。その森の傍を足利《あしかが》まで連絡した東武鉄道の汽車が朝に夕に凄《すさま》じい響《ひびき》を立てて通った。

# 注

ページ《ページ》

七　四里　四里は約一六キロメートル。一里は約四キロメートルで、かつて人が半時《はんじ》(一時間)に歩ける距離をいった。

青縞　埼玉県北部地域で江戸時代末期頃から生産されている藍染織物。法被《はっぴ》・腹掛け・足袋《たび》などに用いる。

羽生　埼玉県北東部の町。特産の木綿青縞を取引する市場町として発展。

蹴出　女性が腰巻の上に重ねて着るもの。裾除《すそよ》け。

小倉服　経糸を密に緯糸を太くした、丈夫な小倉織で作った学生服のこと。

一一　郡視学　郡に置かれた地方教育行政官。学事の視察、教育の指導監督、教員の任免等をつかさどる。

一三　十町　一町は約一〇九メートル。十町は一キロメートルほど。

だるま　銘酒屋、宿屋の女中で、客の求めにも応じた接客婦の蔑称。

一四　赤城おろし　群馬県中央部にある赤城山方向から冬季に吹き下ろすからっ風のこと。

一八　三分心　一分は約三ミリメートル。三分心は、約九ミリメートルの幅のランプの心のこと。

二〇　天狗煙草　岩谷商会が製造していた煙草で、「金天狗」「大天狗」「国益天狗」などの銘柄があった。

二七　**こけら葺** 屋根を木の板で葺《ふ》いたもの。

**雲斎織** 地を粗く斜め文様に織った厚地の綿布。足袋の底などに用いる。雲斎は考案者の名。

三一　**唐物屋** 中国または諸外国の品物を扱う店。洋品店。

**明星派** 与謝野鉄幹(一八七三―一九三五)主宰の文芸誌『明星』(一九〇〇年四月―〇八年十一月)に拠った歌人・詩人の一派。与謝野晶子を中心に、北原白秋、石川啄木、木下杢太郎らが参加。浪漫主義的傾向を特色とする。

三六　**綱鑑易知録** 中国歴朝の一〇七巻からなる編年史。

**史記** 伝説上の帝王・黄帝から前漢の武帝までを記した中国の史書。前漢の歴史家司馬遷の撰。全一三〇巻。

**五経** 儒教の基本書『易経』『詩経』『書経』『春秋』『礼記』のこと。

**唐宋八家文** 正しくは『唐宋八家文読本』。清の沈徳潜《しんとくせん》の編。三〇巻。唐宋二代の散文家、韓愈《かんゆ》、柳宗元《りゅうそうげん》、欧陽修《おうようしゅう》、王安石《おうあんせき》ら八人の名文を選び集め、各編に主意、大意、諸家の評釈を付した。

**半床** 普通の一間(六尺幅)の床に対して半分の床の間。

三七　**小波のおじさん** 巌谷《いわや》小波《さざなみ》(一八七〇―一九三三)のこと。童話作家。『こがね丸』などの児童向け創作作品のほか、昔話の採話に努め、『日本昔噺』『日本お伽噺』『世界お伽噺』などをまとめる。

四二　**山形古城** モデルは太田玉茗(一八七一―一九二七)。詩人、建福寺住職。田山花袋の若い日からの友人で、花袋の妻は太田玉茗の妹。ワーズワース風の抒情詩が有名。

原杏花　モデルは田山花袋自身。

四四　麗水　遅《ち》塚《づか》麗水《れいすい》(一八六七—一九四二)のこと。作家、新聞記者。日露戦争にも記者として従軍。紀行文『日本名勝記』『南洋に遊びて』など。

天随　久保天随(一八七五—一九三四)のこと。漢学者で、台北帝国大学教授などを務める。中国文学を幅広く紹介するほか、自身も随想などを執筆した。

四五　藤島武二　洋画家(一八六七—一九四三)。『明星』の表紙を約六年間飾ったほか、与謝野晶子『みだれ髪』の表紙など。日本の洋画壇で長く活躍。

中沢弘光　洋画家、版画家(一八七四—一九六四)。田山花袋『温泉周遊』(金星堂、一九二二年)は、中沢のイラストをふんだんに載せる。

晶子　与謝野晶子(一八七八—一九四二)のこと。『明星』の代表的歌人。一九〇四年九月掲載の「君死にたまふことなかれ」は、日露戦争に従軍中の弟を嘆き詠んだもの。青春の浪漫と官能の揺らぎを謳いあげた歌集『みだれ髪』は大きな反響をよんだ。

四六　むぐり　水鳥で、カイツブリのこと。巧みに潜水することからの名。

椿それも梅も……桃に見る　与謝野晶子『みだれ髪』所収。

四七　詩人夫妻　与謝野鉄幹・晶子夫妻のこと。結婚したばかりの二人は、一九〇一年から〇四年まで東京府下豊多摩郡渋谷村に暮らした。

五七　自在鍵　囲炉裏、かまどなどの上に吊るし、鍋・釜などを自在に上下させる装置のついた鉤。

五八　**節子姫**　皇太子妃殿下節子《さだこ》姫(一八八四—一九五一)、のちの大正天皇皇后(貞明皇后)のこと。旧名は九条節子。一九〇一年四月二十九日に迪宮裕仁《みちのみやひろひと》親王(のちの昭和天皇)を出産。

**方丈さん**　寺の住職のこと。

六〇　**点綴**　あちこちにほどよく散らばってまとまりをなしていること。

**紅葉露伴**　尾崎紅葉(一八六七—一九〇三)と幸田露伴(一八六七—一九四七)のこと。明治二十年代前半、「紅露時代」と呼ばれた。紅葉は『二人比丘尼《ににんびくに》色懺悔《いろざんげ》』『多情多恨』などを、露伴は『風流仏』『五重塔』などを発表。

六一　**ハイネ**　ドイツの詩人・評論家(一七九七—一八五六)。鋭い社会批評のため弾圧され、パリに亡命。詩集『歌の本』などロマン主義の強い作品が日本に紹介され、若者の心を摑んだ。

**麻布の曹洞宗の大学林**　駒澤大学の前身で、曹洞宗大学林専門学本校のこと。麻布北日ケ窪町(現・港区六本木)に校舎があった。

六三　**櫛巻**　髪を櫛に巻きつけ簡単に結う髪型。

六九　**シタミ**　下見。家の外部を覆う横板張りで、各板が少しずつ重なり合うよう取り付けたもの。

**桔槔**　井戸の水をくみ上げる装置で、重しの力を利用し、水桶をはねあげる。

**荔子**　荔枝。中国原産のムクロジ科の果樹。ライチー。

七六　**黒鴨仕立**　上着・股引などを黒や紺で揃えた車夫の服装のこと。

**半切**　底の浅いたらい状の桶。

七八　**一本**　一人前の芸者のこと。

八三　ネイ将軍　ナポレオン・ボナパルトの側近で、勇者として名をはせた軍人。ここでは寄宿舎の厳しい監督官を指す表現。

八六　弁当腹　弁当を食べただけの腹具合。

八七　大島孤月　モデルは大橋乙羽（一八六九―一九〇一）。小説家。博文館社主の女婿になり、支配人として活躍。太田玉茗、田山花袋も彼の世話で入社した。

八八　蝸牛角上の争闘　小国同士の争いの意。出典は『荘子』。

九二　蚕の上簇りかける頃　糸を吐き始めた蚕を、繭作りのための専用の道具（蔟《まぶし》）に移す時期。

九三　相原健二　モデルは桐生悠々《きりゅうゆうゆう》（一八七三―一九四一）。評論家、反骨のジャーナリストとして有名。当時博文館『太平洋』の編集をしており花袋と親しかった。『田舎教師』のモデル・小林秀三の原日記に「田山花袋桐生悠々来る」（六月二十九日）とある。

九五　賓頭顱尊者　仏弟子。十六羅漢の一人。日本ではこの像を本堂の外陣に置き、撫でて病の平癒を祈る風習がある。

九七　『ロメオ』　シェイクスピア（一五六四―一六一六）による戯曲『ロミオとジュリエット』のこと。対立する二つの家の若い男女の悲恋物語。

『エノックアーデン』　テニスン（一八〇九―九二）の物語詩。妻子のため海を渡り出稼ぎに行ったエノックが、遭難事故ののち戻ってみると、妻はかつての親友と再婚生活を送っていた。悲劇を自然描写と共に描く。

プラトンの「アイデア」　古代ギリシアの哲学者プラトンのイデア論のこと。イデアとは、見られたもの・姿・形の意で、理性によって認識されうる実在。

一〇〇　ホウカイ節　法界節。明治二十〜三十年頃(一八九〇年前後)流行した俗謡。「ほうかい」という囃子を加える。編笠に白袴《しろばかま》の書生姿で、月琴を鳴らし歌い歩いた。

一〇一　透綾　薄地の絹織物。経に絹糸、緯に青苧《あおそ》を織り込んだ。夏の衣服に用いる。

一〇二『文壇照魔鏡』　一九〇一年、偽名で出版された、与謝野鉄幹の女性関係を暴き中傷する内容の本。メディアはこの本に乗じて鉄幹を批判、鉄幹は疑惑を抱いた人物を告訴するが敗訴。文壇のスキャンダルとなった。

被布　襟元が四角な和装用コート。

一一三『ウェルテル』　ドイツの詩人・作家ゲーテ(一七四九—一八三二)の『若きウェルテルの悩み』のこと。親友の婚約者シャルロッテに対するウェルテルのひたむきな愛と破局とを描く。

『国民小説』　民友社から一八九〇—九六年に刊行された小説集で、全八冊。「地震」「悪因縁」はクライスト著、「うき世の波」はアドルフ・ステルン著。いずれも訳者は森鷗外で、『第二　国民小説』に収録。

『むさし野』　国木田独歩(一八七一—一九〇八)の『武蔵野』のこと。独歩の最初の短篇集で一九〇一年刊行。表題作は、東京郊外の林や田畑をめぐる小道を散策し、その情景とそこで出会った人々を描く。全十八作を収録。

一一四「忘れ得ぬ人々」　国木田独歩の小説で、『国民之友』(一八九八年四月)に掲載。旅籠《はたご》に投宿した青年が、隣室の若者に「忘れ得ぬ人々」と題する原稿を読んで聞かせる。

一二六　第四　旧制の第四高等学校のこと。金沢大学の前身。

『乱れ髪』　与謝野晶子の第一歌集『みだれ髪』のこと。

『落梅集』　島崎藤村（一八七二―一九四三）の詩文集。一九〇一年、春陽堂刊行。「小諸なる古城のほとり」など収録。

「響りんりん」『落梅集』に収録の島崎藤村の詩「響りん〳〵音りん〳〵」のこと。

一二九　『一葉舟』の詩人　島崎藤村のこと。『一葉舟』は藤村の詩文集で一八九八年、春陽堂より刊。

一三六　四斗桶　四斗入る桶。一斗は約一八リットル。四斗は七二リットル。

寒冷紗　目の粗い極めて薄い綿布または麻布。

即功紙　鎮静剤などを塗った紙。頭痛・歯痛などの折、患部に貼る。即効紙。

一三七　「六段」　八橋検校《けんぎょう》（一六一四―八五）作の琴曲。「六段の調」。

一三八　「賤機」　十世杵屋《きねや》六左衛門《ろくざえもん》作曲の長唄。「賤機帯」。歌詞は一中節《いっちゅうぶし》。

「残照」　与謝野鉄幹の詩。詩歌集『紫』（一九〇一年）所収の四連の短詩。

一三二　天長節　今でいう天皇誕生日。明治期の当時は十一月三日。

勅語　教育勅語。明治天皇の名で国民道徳の根源、国民教育の基本理念を示した勅語。一八九〇年十月三十日発布。

一三三　「今日のよき日」　天皇誕生祝賀の唱歌。「今日のよき日は大君の生まれ給いしよき日なり」と始まる。

一三四 唐箕　竹で編んだざるに穀物を入れ、風を吹き付けて籾殻《もみがら》などを吹き飛ばす農具。

一三五 夷講　旧暦十月二十日に商家で、商売繁盛を祈って恵比須を祀り、親類・知人を招いて祝う行事。

一三九 四布蒲団　並幅（約三六センチメートル）の布を四枚縫い合わせて作った蒲団。

一四八 キシャゴ弾　キシャゴはきさご（細螺）の異称。貝殻を加工し、おはじきとして用いた。

一四九 弓張提灯　竹などを曲げた持ち手に、火袋を取り付けた提灯。

一五一『新声』　一八九六年、佐藤儀助（橘香《きっこう》）の編集により新声社から創刊された文芸雑誌。広津柳浪《りゅうろう》、徳冨蘆花《ろか》、内田魯庵《ろあん》などが寄稿。『新潮』の前身。

一五三 小燕林　講談師、桃川小燕林のこと。

一五四 正直正太夫　小説家、斎藤緑雨（一八六八―一九〇四）の別号。辛辣な警句で鳴らした。掲出の「松は男の……根は折れぬ」は、『わすれ貝』（一九〇〇年）所収の小唄。

一五八 しもと　よくしなる若木を用いて作った刑罰のためのムチ。

孝明天皇祭　孝明天皇（明治天皇の父）の命日を記念した祭日。一月三十日。

第五師団の分捕問題　義和団事件（一九〇〇年）で清国から押収した戦利品を、第五師団幹部が横領した事件。連日新聞を賑わせた。

青森第三聯隊の雪中行軍凍死問題　正しくは、青森歩兵第五聯隊。一九〇二年一月、ロシアとの戦争を想定し、青森市街から八甲田山への冬季行軍訓練中、参加者二一〇人中一九九人の凍死者を出した。

鉱毒事件　栃木県・足尾銅山から流出する鉱毒被害に対し、渡良瀬川下流域の農民たちが抗議行動を起こし、社会問題に発展した事件。衆議院議員田中正造(一八四一―一九一三)は農民運動を支援、天皇への直訴に及んだ。

二号活字　活字の大きさで、およそ八ミリメートル四方。初号、一号に次ぐ大きさ。

一五九 『巌窟王』　黒岩涙香《るいこう》(一八六二―一九二〇)が意訳した、アレクサンドル・デュマ作『モンテ・クリスト伯』の邦訳名。

一六一 日振り　火振り。暗夜に松明などをともして行う漁のこと。

御賽日　奉公人に休みが与えられ親元などに帰る旧暦一月十六日と七月十六日を指し、この日は地獄も休みとなると言い伝えられることから、閻魔参りの風習がある。

一六三 ごく　極上の略。もっともよいこと。

一六五 『ナショナル』　ナショナル・リーダース(National Readers)。当時、英語教科書として普及していた。

『中学世界』　一八九八年、博文館から創刊された中学生対象の雑誌。読み物のほか、読者投稿からなる。

一六六 物日　祭日、祝日など特別なことが行われる日。

一六七 三面種　当時の新聞の第三面におかれた社会面に載る、通俗的な事件を指す。

一七三 廃娼論　公娼制度を廃止するべきだという主張。

海老茶　海老茶色の袴。女学生に好まれたスタイルで、女学生そのものを指す。

華厳に飛込んだりする　一九〇三年五月、日光の華厳の滝から投身自殺した第一高等学校の生徒・藤村操の事件のこと。生の煩悶を記した遺書「巌頭之感」は、当時の若者に大きな衝撃を与え、影響され自殺する者が相次いだ。

一七四 梭　ひ。機織りに使う小さな舟形の道具。シャトル。

一七八 浅草の工業学校　浅草蔵前にあった、東京工業学校のこと。近代的産業技術の担い手の育成のため一八八一年開学。東京工業大学の前身。

一八〇 かがいの庭　嬥歌《かがい》とは、上代、男女が一か所に集まり、互いに歌を詠み交わし踊り遊ぶ行事のこと。性的な交歓の場でもあった。

一八一 秋季皇霊祭　毎年秋分の日に、天皇が歴代の天皇・皇后・皇親の霊を祀る儀式。

一八五 張見世　遊女屋で、娼妓が店先に居並んで客を待つこと。また、その店。

喃々と　ぺちゃくちゃと。

一八六 妓夫　遊女屋で客引きなどをする使用人のこと。

引付け　引付け座敷のこと。遊女屋で遊客を先に通しておき、遊女を連れてきて引き合わせ、そこで遊興料などを決める。

一八七 二階廻し　遊女屋で、二階の座敷・部屋・寝具・器物など一切のことを取り仕切る役。

アルボース　ドイツ語。固形の消毒剤。

落し　木製火鉢の内部の、灰を入れる部分。銅などで作る。

『女学世界』　一九〇一年、博文館から創刊された若い女性向けの教養雑誌。娯楽、流行、家事などの記事や、小説、投書などを載せる。良妻賢母を目的とした。

一八八　糸経　経を麻糸で、緯を藁《わら》で織ったむしろ。旅行などに日よけ、雨覆いとして着用した。

一九〇　白銅　白銅で鋳造した貨幣のこと。当時の五銭貨。

一九一　文晁　江戸後期の画家、谷文晁《たにぶんちょう》（一七六三―一八四〇）のこと。南画に北画風を加え、大和絵、西洋画もよくした。

一九五　廻しを取る　遊女が、同時に二人以上の客を取り、順番に相手をすること。

二〇二　根曳　遊女などを身代金を出して落籍させること。みうけ。

二〇三　新造　妓楼で、遊女の世話をする女。

二〇六　ロハ台　公園・遊園地などにあるベンチのこと。只《ただ》であることに由来する俗称。

二〇八　パノラマ　一八九〇年に上野公園内にできた「上野パノラマ館」のこと。観覧者を取り囲むように絵画をめぐらせ、壮大な景色を実景であるかのように楽しませる見世物。

二一八　『万朝報』　一八九二年に黒岩涙香が東京で創刊した日刊新聞。翻訳小説、政財界裏話で好評。

二二〇　米調べ　『万朝報』が募集した懸賞のひとつ。玄米一升の米粒の数を当てさせた。

『寒牡丹』　尾崎紅葉、長田秋濤《おさだしゅうとう》の共著の小説。一九〇一年、春陽堂刊行。ロシア、サンクトペテルブルグの町はずれの料理屋で、酔った男らに辱められた女性の物語。翻案小説。

二二二　M　金(money)のこと。

二二三　冠木門　二本の柱の上部に横木を貫いた、屋根のない門。

二二六　『音楽の友』　『音楽之友』。一九〇一年に高折周一、巌本捷治を主筆として創刊。

セント、セリシア　聖セリシア。ローマ・カトリック教会で最も尊敬された聖女。

二三七 紀元節　神武天皇即位を記念した祝日で、二月十一日。現在の建国記念の日。

二三九 頼母講　頼母子講。組合員が掛け金を出し、一定の期日に抽籤《ちゅうせん》または入札によって所定の金額を順次に組合員に融通する組織。

『国民』『国民新聞』。一八九〇年二月、徳富蘇峰《そほう》(一八六三―一九五七)が創刊した日刊新聞。一八九四年の日清戦争頃までは平民主義的立場であったが、その後は膨張主義、帝国主義の論調に変化。

『東京日日』『東京日日新聞』。一八七二年二月に創刊した日刊新聞。福地桜痴《おうち》(一八四一―一九〇六)が主筆を務め、政府支持の論調を張る。

『時事』『時事新報』。一八八二年三月、福沢諭吉が創刊した日刊新聞。一貫し国権を主張、紙面は漫画の掲載など独自性があった。

『報知』『報知新聞』。一八七二年、前島密《ひそか》らが創刊した『郵便報知新聞』を前身とする日刊新聞。民権的論調だったが販売がふるわず、大衆化路線をとる。

二三〇 日の出　天狗ブランドで名を馳せた岩谷商会が販売した煙草の銘柄。

旅順における第一回の閉塞　日露戦争での旅順口攻撃において、一九〇四年二月二十四日、日本海軍がとったロシア海軍旅順艦隊の海上封鎖作戦。湾の入口に日本側の汽船を沈め、湾内のロシア艦船を封鎖する計画だったが失敗。

二三六 定州の騎兵の衝突　定州は現在の朝鮮民主主義人民共和国平安北道にある町。交通の要衝で、日露戦争時の一九〇四年三月、ロシア軍の騎兵隊と日本軍とが衝突、最初の交戦となった。

臨時議会の開院　日露戦争開戦後の一九〇四年三月十八日〜二十九日、臨時に開かれた議会。戦費捻出のため、地租、所得税、酒税などの増税を決めた。

広瀬中佐の壮烈なる戦死　一九〇四年三月二十七日、第二回の旅順口閉塞作戦において、閉塞船福井丸を指揮する広瀬武夫少佐（一八六八―一九〇四）がロシア軍の砲弾を受け戦死した事件。魚雷を受け撤退する折、逃げ遅れた部下を捜索、引き揚げる途中で被弾。軍神として文部省唱歌にも歌われた。死後中佐に昇進。

二三七　丘博士訳の『進化論講話』　動物学者、丘浅次郎（一八六八―一九四四）が一九〇四年に開成館から刊行した書物で、ダーウィンの進化論を紹介、その普及に貢献した。

二三九　九連城戦捷　九連城は、現在の中国遼寧省、鴨緑江沿いにある町。一九〇四年五月一日、日本軍は鴨緑江を渡河しロシア軍と交戦、九連城を占領した。

二四〇　三眠　蚕が脱皮のため桑を食わず静止した状態を「眠」といい、通常四眠を経て繭を作る。

二四一　原杏花の従軍記　第二軍の写真班として一九〇四年三月二十三日から九月十六日まで従軍した田山花袋が現地から送った「日露の観戦記」を指す。

『日露戦争実記』　博文館が日露戦争開戦直後の一九〇四年二月から〇五年十二月まで発行していた雑誌。臨時増刊の写真画報四〇冊を含む全一一〇冊。

二四四　常陸丸遭難　日露戦争中の一九〇四年六月十五日、壱岐《いき》沖を航行中の常陸丸など陸軍徴傭輸送船三隻が、ロシア軍ウラジオストク巡洋艦隊により撃沈された事件。日本海の防衛にあたっていた日本海軍第二艦隊に強い批判が集まる。

得利寺における陸軍の戦捷　得利寺は、旅順の北方約一三〇キロメートルにある町。一九〇四年六月十四日から翌日にかけた交戦で、日本軍は南下するロシア軍を破る。

初瀬吉野宮古の沈没　戦艦初瀬は、第三回旅順口閉塞作戦中の一九〇四年五月十五日、ロシア軍の機雷にふれ沈没。巡洋艦吉野も同日、友軍巡洋艦と衝突し沈没。通報艦宮古は前日大連湾で機雷にふれ沈没した。

二四七　さいみ　目の粗い麻布。夏衣などに用いる。

上村艦隊　上村彦之丞《かみむらひこのじょう》中将（一八四九―一九一六）が率いる日本海軍第二艦隊のこと。常陸丸遭難事件など日本海防衛の責任者として避難を浴びるが、一九〇四年八月十四日の蔚山《ウルサン》沖海戦ではウラジオストク艦隊を破り、沈没する敵艦乗組員を人道救助したことから、一転評価が高まる。

二四八　さで網　すくい網の一種。持ち手に二本の枠木を取り付け三角状にし、網を張ったもの。

二五三　八十九度　華氏八九度は、摂氏約三二度。

二五四　杜国亡びてクルーゲル今また歿す　杜国は、南アフリカのトランスヴァール共和国のこと。イギリス領のケープ植民地から逃れたオランダ系移民ボーア人らにより、一八五二年独立国家建設。一八八六年金鉱が発見されたことからイギリスの介入が強まり、第二次ボーア戦争に発展、一九〇二年滅びる。クルーゲル（一八二五―一九〇四）は、トランスヴァールの初代大統領。ボーア人の窮状を訴えにヨーロッパに行くが援護を受けられず、失意のうちに亡命先のスイスで死亡。

二五七　十二貫五百目　一貫は約三・七五キログラム。十二貫五百目は、約四七キログラム。

二五九　大石橋の戦闘　日露戦争中の一九〇四年七月二十四日から翌日にかけ、遼東半島の付け根の大石橋付近に展開中のロシア軍を日本軍が攻撃し勝利した戦い。

二六四　旅順の海戦　黄海海戦のこと。日露戦争中の一九〇四年八月十日、日本海軍連合艦隊とロシア太平洋艦隊とが交戦、日本側が勝利。

アドミラル、トオゴー　アドミラル(admiral)は英語で海軍大将、提督。トオゴーは、東郷平八郎(一八四七—一九三四)のこと。日露戦争で連合艦隊司令長官に就任。日本海海戦でバルチック艦隊を破り国民的英雄となる。

二六七　さい　似鯉《にごい》の別称。コイ科の淡水産の硬骨魚。

二六八　学士　当時は帝国大学の卒業生のみに与えられた称号。ここでは帝国大学医科大学出身。

罨法剤　炎症または充血などの除去のために、水や薬などで、患部を温めあるいは冷やす療法。

二七四　ステッセル　ロシアの将軍(一八四八—一九一五)。日露戦争の際の旅順要塞司令官。乃木希典《のぎまれすけ》大将(一八四九—一九一二)と水師営で会見。

二七五　廟堂　ここでは政治をつかさどるところ。

二七七　遼陽の戦争　遼陽の会戦。一九〇四年八月二十四日から九月四日まで、日露両軍の主力が初めて衝突した戦い。ロシア軍一五万八〇〇〇人、日本軍一二万五〇〇〇人が激突。日本軍にとって、近代陸軍相手の最初の戦いとなった。死傷者は両軍合わせて四万人以上。

二七八　**曠古**　前例のないこと。未曽有。

二八〇　**遼陽占領の祭**　一九〇四年九月四日の遼陽陥落を受け、羽生で実際に提灯行列が行われたのは九月七日。モデルの小林秀三の死は九月二十二日。祭と清三の死を、遼陽陥落の祭の日に設定したのは花袋の創作による。

**酸漿提灯**　赤色の紙を貼って作った、球形の手ぶら提灯。

二八三　**辱知**　知人であることをへりくだって言う言葉。

# 解説

前田晃

『田舎教師』の初版は明治四十二年（一九〇九年）十月二十五日、東京神田の左久良書房から発行された（今回の文庫はこれを底本としている）。いまから四十九年前で、作者花袋が三十八歳の時である。菊判（いまのA5判とほぼ同形）で、非常にぜいたくな組みかたをしたので五四二ページの大冊になっていた。装幀は斎藤松洲《さいとうしょうしゅう》。口絵に利根河畔の夏の日の茶店を描いた岡田三郎助《おかださぶろうすけ》の油絵を入れ、ほかに主人公の生まれて、育って、住んだ北武蔵地方の地図を一枚つけていた。

そして巻頭には、「この書を太田玉茗氏に呈す」としてあった。太田玉茗《おおたぎょくめい》は花袋と同年の明治四年の七月、旧武州忍《おし》藩の伊藤重敏の次男として、いまの行田《ぎょうだ》市に生まれ、十二歳の時に落髪して僧籍に入り、曹洞宗大学林に学んだ後、東京専門学校（早稲田大学の前身）の文学科を明治二十七年に卒業した。島村抱月《しまむらほうげつ》、後藤宙外《ごとうちゅうがい》らと同期である。本名は三村玄綱。はやくから母かたの三村氏をついでいたのである。花袋とは青年時代からの親友で、その妹は花袋の夫人でもある。明治三十年前後の新体詩人としてきこえ、三十年四月に刊行された花袋、独歩、松岡(後の柳田)国男、嵯峨《さが》のやおむろ、宮崎湖処子《みやざきこしょし》らと合著の詩集『抒情詩』には、「花ふぶき」の題のもとに長短二十八篇の詩が収められている。明治三十二年五月から埼玉県羽生《はにゅう》町の建福寺《けんぷくじ》の住職となっていた。この書の中に出て来る成願寺は即ち建福寺で、住職の山形古城は玉茗である。

この玉茗に、花袋が『田舎教師』をデジケートしたについては、もとより別にその因縁がある。

花袋は明治三十七年の三月、おりから起っていた日露戦役に第二軍の私設写真班の一員として博文館から派遣されて従軍。金州、南山、得利寺、蓋平、大石橋の諸戦を経てのち、海城で熱を病んで、遼陽までは、ともかくも進んでいったが、やがてそこから引返して、九月二十日に東京に帰ってきた。

幾日かの後である。花袋は羽生の寺に玉茗を訪ねていって、ふと、その墓域に「小林秀三之墓」と記した新しい墓標を見た。この名は一、二年まえ、この寺に間借りしていた青年の名であることを花袋はおぼえていた。玉茗との間にこの人の話が出て、遼陽の落ちた日の翌日かに肺病で死んだということをきく。

「遼陽陥落の日に、……日本の世界的発展の最も光栄ある日に、万人の狂喜している日に、そうしてさびしく死んで行く青年もあるのだ。事業という事業もせずに、戦場へ兵士となってさえ行かれずに」

花袋はそう思うと、志をいだきながら空しく田舎に埋もれていく青年の一生に対して、脈々とした哀愁を感ずると同時に、これらの青年――明治三十四、五年から七、八年代の日本の青年を調べて書いてみようという気になった。

それには幸いなことに、この小林秀三君の日記が、中学生時代のものと、小学校教師時代のものと、死ぬ年一年分と、こうまとまって玉茗の手許《てもと》にあった。花袋はそれを借りてきて読んで、その中から死んだ小林君の心を発見しようとした。もちろん、この主人公を通して、その時代の青年を書こうとしたのであったが、その材料に対しては、できるだけ生かして、用いて、その真実を伝えようとしたのである。

花袋は幾度か日記を繰返し、幾度か小林君の歩いたところ、住んだところ、勤めた学校や、なやみ、苦しみ、煩悶し、発憤し、瞑想したところなどを実際に踏査したりした上に、小林君の親たちに会ったり、友人たちを訪ねたりして、しだいに『田舎教師』の構想を立てていったが、しかし、花袋の胸には容易にその時代の青年の群を描き得るという自信がついてこなかった。わけても中学時代の主人公の初恋や、つづいておこった恋愛事件などがのみこめないので、長い間、筆が執《と》れなかった。

これには、もちろん時代のちがいということもあったであろうが、一つは花袋自身に、中学時代という実歴がなく、小学校教師の経験もなかったので、主人公の日記やなにかが与える多くの事実をみても、茫洋としてすぐにはとりつけなかったのであろう。

空しく二年、三年とすぎた。

花袋は明治四十年に『蒲団《ふとん》』を書いて世間の視聴をあつめ、翌四十一年には長篇『生《せい》』を書いて、自然主義作家としての地位を新興文壇に確立。ついで『妻』を完成したが、でもなお『田舎教師』の筆は執る気になれなかった。材料がだんだん古く、かびが生えてくるような気もしてきた。新しい思潮が横溢してきた今となっては、『田舎教師』の基調はロマンチックで、センチメンタルにかたよりすぎている。いまさらそういう作では自分でもあきたらない気もしてきた。

けれども、日記を読み返してみると、どうしても書かずにはいられない。そこには一期前の青年の悲劇がありありと指さすように見えている。世間の思わくがどうであろうと、ロマンチックであろうが、センチメンタルであろうが、そんなことは考えずに書こう。花袋は、ついにこう決心すると、明治四十二年六月の初め、小林君(作中の主人公林清三)の親友狩野益三(作中の加藤郁治)を東京大塚の高等師範学校に訪ねて、幾通かの手紙を借りてきた。

そして七月には、主人公の久しく住んでいた行田市へ何回目かの材料集めにいって、青縞商の石島薇山(石川機山)を訪ね、主人公の書簡や遺稿を見たり、もっていった日記を示して、そのころの交友関係やその状況をきいたりした。おりから来合せた今津(作中の沢田)と三人で行田の城址を散歩。その途中、かつて若い人たちの群が、夜おそくまで歌留《かる》多《た》をとったという家を見たりする。

「このさびしい所を若い人たちは夜おそく、つれだって帰ったんですな」などと花袋がいうと、若い娘たちのうわさが石島君と今津君の口から出る。公園をつらぬいて熊谷街道がたんたんとまっすぐに通じている。中学の制服をきた生徒が帰って来るのを見て、「ぼくらもああして通ったものだね」と今津君が石島君にいう。

花袋はそれにもこれにも目をつけ耳をそばだてた。なにをもかをも『田舎教師』の主人公にひきつけて見ていたのである。

そして、その月の十八日、梅雨のひどく降りしきる日に、花袋は『田舎教師』の筆を執りはじめた。約三ヵ月半、九月いっぱいに全部を脱稿。その書きおろしをすぐに単行本とした。

世間の反響はかなりにあった。新聞は合評するし、雑誌は、そこでもここでも批評をのせた。作者の意図したところが、うまく、適切に表現されていると評したものもあれば、戦争の景気が書かれすぎていると評したものもあった。けれども、最も多かったのは、そのころ作者が自然主義文学の闘将として、ふだん主張していた平面描写が、この作の上に、いかに実現されていたかというところに焦点をあてたものだった。主人公の日記を中心として、主人公の主観を出そうとしたために、平面描写では始末がつかなくなっている、というふうにみたものもあったが、また、いや、平面描写が単なる平面描写に終っていないところに、平面描写の真生命がある、というふうにいったものもあった。これには、平面描写に最も大事な印象が、ヴィヴィッドに描かれて、生きた人生をそこに再現しているからだという理由がつけられていた。ほめすぎでもなかったかもしれない。

章のきりかたについても、長短錯落しているのを、大胆な手法だと指摘した人もあったが、これは、作者がそのころ最も傾倒していたフランスのゴンクウルにならったもので、これについては、回想録の『東京の三十年』の「ゴンクウルの『陥穽《かんせい》』」の項で、作者がはっきりとそれをいっている。——

作者ははじめてこれを読んだ時に、「変った新しい作品だと思った。ゾラの煩瑣な描写、くどいくどい叙述をのみ自然派の文芸と思っていた私は、そこに簡潔なてきぱきした描写と省略とを見て不思議な気がした。フロオベルやドオデエなどのものとはまるで違った貴族的の感じのするのを覚えた」といって、その数行あとに、「『生』を書く時分には、まだその感化を受けなかったが、『田舎教師』では、すっかりその深い影響を受けた。……私は書きながら、机の上にそれを置いて、そしておりおりそれを明けて見た。『自然派の中でも、ゴンクウルが一番芸術的だ。その証拠には、時代が経っても古くならない』こう私は常に推賞した。」といっている。

主人公の生活を、ぽつん、ぽつんとちぎっておいたように、短く、印象的につらねていった形などは、明らかにその影響の一つである。作者は、じぶんの数多くの作品の中で、この『田舎教師』をこそ最も愛して、強い愛着をよせていたが、その気持の中には、ゴンクウルを作者が推賞した意味の延長があったのだと思う。

おもしろいのは、主人公の遊廓がよいを当時の批評の多くがとりあげて、さすがはこの作者だけのことがあるといっていたことである。淫靡《いんび》な田舎の状態を描いたのは、もちろん遊廓がよいを始める伏線ともなっているわけだが、それがいかにも自然に現わされているとほめたものもあれば、遊廓がよいそのものの描写が非常に精彩に富んでいるといったものもあった。また、青年の性欲を見のがさなかったのは、この作者の最も得意な問題であるからだと指摘したものもあった。

ところが、作者は『東京の三十年』で、「中田の遊廓に行ったなんて、うそだそうですよ。小説家なんて、ひどいことを書くもんですね」という言葉を、関東平野のどこかで耳にしたといって、こう書いている。

「実際は、中田の遊廓の一条は、仮構であった。しかし、青年の一生としては、そうしたシーンが、形は違っても、どこかにあったに相違ないと私は信じた。一年間、『日記』が途絶えているのなども、私にそういう仮構をさせる余地を与えた。それに、その一条は、多少、作者と主人公と深く雑り合っているような形である。」

これは作者が、描写と写生とはちがうという平素の主張から、堂々と創造する権利を行使したものともいえるであろう。作者と主人公とがまざりあっているのは、なにもここばかりではない。おおまかにいえば、ほとんどこの作全体にそれがゆきわたっていたればこそ、平面描写という客観的な手法のうちに、大きな抒情の脈を、底ふかく静かに流れさせ得てもいるのである。主人公の印象が生き生きと読者の胸にのこるとは、刊行当時の批評のすべてに通じた言葉であったが、これとてもみな、作者の情熱が主人公の魂をよく生かし得ていたればこそである。

作者は『東京の三十年』の「田舎教師」の項の終りに近く、つぎのようにいっている。「しかし、兎《と》に角《かく》、一青年の志を描き出したことは、私に取って愉快であった。『生』で描いた母親の肖像よりも、即《つ》きすぎていない故か、一層愉快であった。私は人間の魂を取扱ったような気がした。一青年の魂を墓の下から呼起して来たような気がした。」

いかにも満足しきって、悠々と書いている。花袋には『蒲団』『生』『妻』『縁』『時は過ぎ行く』などのような、作者の自伝的な一連の諸作と、この『田舎教師』をはじめ、『一兵卒の銃殺』『廃駅』『源義朝』などのような、まったくの他人を主人公としたもので、踏査、探究、研鑽の余に成った、いわゆる調べた作品とがある。この後の系列の中で『田舎教師』が最もすぐれたものであることは、だれも疑わないであろう。これを書き得た作者が満足して喜んでも、ふしぎはないのである。

昭和六年の一月、この作が岩波文庫の一冊として、新たにまた世に出ることになった時に、わたしはそれに解説を書いて、その最後に、「最初にこれをデジケートされた太田玉茗氏も既に世を去って四周忌に近く、作者もまたこの世の人でなくなっている。まことに『人生は短く、芸術は長し』の感に堪えない。のみならず、主人公の生前の庇護者であり、ある意味において、この作を世に送り出すべく作者の共働者であったともいえる太田氏の丸い墓石が、場所こそ寺の裏と前とのちがいはあれ、主人公の墓と同じ寺域の中にあるのも不思議な因縁だといえる」と述べた。

この感慨は、その時から二十七年余をすぎた今日となって、もちろんますます強くなっているわけだが、さらにもう一つ、ここに書き添えておきたいことができている。

それは、いま建福寺の墓地には、「田舎教師墓入口」ときざまれた花崗岩の標石が建ち、その突きあたりにある「故小林秀三君之墓」という自然石の墓のまわりには、石の柵がつくられ、その斜めまえに、「田舎教師　花袋翁作品中の人此処《ここ》に眠る」と小杉放菴《こすぎほうあん》の題した大きな石碑が建っていることと、弥勒《みろく》高等小学校跡の桑畑の一角に、「田山花袋、田舎教師由縁之地」とおもてに書いた文学碑が建ち、そのそばに、「絶望と悲哀と寂寞《せきばく》とに堪え得られるようなまことなる生活を送れ」「運命に従うものを勇者という」という主人公が、絶望から翻然として立ちあがって、生活革命をしようとしたときの感想が、きざまれていることとである。

これらの石碑は、当然、記念すべき貴重な文化財となって、何事をも成し得ずに空しく田舎に埋もれたという、あわれな一小学教師を、期せずして不朽に伝えることになるであろうと思われるのである。驚くべくも喜ぶべき芸術の功徳というべきであろう。

（昭和三十三年四月六日）

# 解説

尾形明子

赤く色づいた利根川の土手を駆け上る。ゆったりとした広い河が、大きく蛇行しながら流れているのが見える。対岸に並び立つビルや民家のむこうに、果てしない平野と空が広がっている。遠くに榛名《はるな》、赤城、妙義の連山。人影のない、透明な土手からの眺めに吸い込まれる。『田舎教師』の自然描写の的確さを実感させられていた。

関東平野の自然の移ろいのもとで繰りひろげられる、人間の営み。田植え、収穫、祭り、年貢を納めたあとのほっとした賑わい、赤々と燃える山火事、赤城おろしの厳しい冷え込み——そのなかでの主人公・林清三の希望と失意と自足。そして死が、混然としてまじりあう。すべては時という大自然の中に溶け込み、包み込まれて流れていく。

貧しさゆえに進学できず、田舎の小学校の代用教員となる。しかし、胸を病み、日露戦争での遼陽陥落を祝う提灯行列の歓声に沸きたつなか、二十一歳の生涯を閉じた青年の無念が時代を超えて心に響く。目にした光景のすべてを花袋は片端から色で塗り込むように描く。いわゆる平面描写の手法だが、優れて印象的な場面を刻み込んだのは、花袋の主人公への限りない哀惜の故なのであろう。

## 1

田山花袋の文壇的回想記『東京の三十年』(一九一七〔大正六〕年六月、博文館)に、『田舎教師』執筆についての詳しい記述がある。一九〇四(明治三十七)年三月から九月まで、花袋は博文館から私設第二軍従軍写真班主任として日露戦争に従軍していた。

帰国後まもなく妻リサの兄で詩人の太田玉茗《おおたぎょくめい》が住職を務める羽生《はにゅう》(現・埼玉県羽生市)の建福寺を訪ね、真新しい墓標を目にする。かつてこの寺に下宿していた、三田ケ谷村弥勒《みろく》小学校教員・小林秀三が、遼陽陥落の日に結核で世を去った、という。享年二十一歳だった。

「遼陽陥落の日に……日本の世界的発展の最も光栄ある日に、万人の狂喜している日に、そうしてさびしく死んで行く青年もあるのだ。事業もせずに、戦場へ兵士となってさえ行かれずに」「私は青年――明治三十四、五年から七、八年代の日本の青年を調べて書いて見ようと思った」。玉茗の手許には、彼の中学時代、小学校教師時代、死ぬ年一年の日記も残っていた。その日記に「志を抱いて田舎に埋れて行く多くの青年たちと、事業を成し得ずに亡びて行くさびしい多くの心とを」花袋は発見する。

翌一九〇五年秋、知人有志によって、土饅頭だった墓が「故小林秀三君之墓」に建て替えられた。墓に詣でた花袋は野の花を手向けたあと、玉茗とともに羽生から弥勒まで、約六キロの道を歩いて、小林秀三が勤めていた小学校を訪ねる。校長や同僚の教師にも会い、日記にしばしば出てくる小川屋で「さいの煮付で酒を飲」んだ。小林が生涯を終えた家には、まだ両親が住んでいた。花袋は二人の話を聞いた。

「日記を見てから、小林秀三君はもう単なる小林秀三君ではなかった。私の小林秀三君であった」「かれの眼に映ったシーン、風景、感じ、すべてそれは私のものであった。私は其処の垣の畔《ほとり》、寺の庭、霜解《しもどけ》の道、乗合馬車の中、到る処に小林君の生きて動いているのを見た」と書く。

近隣の館林《たてばやし》出身の花袋にとっては、なじみ深い風景が広がっていた。

「館林は私の故郷だ。私はそこに十六までいた。関東平野を吹荒るゝ風、その平野の周囲を取巻いた山、遠い遠い赤城の山火事、そういうもの、体に沁みるような気のするのは、その為めだ」（「東武鉄道」『東京の近郊』）。

「体に沁み」込んだ風景の中から、小林秀三は花袋によって再び生を与えられ、蘇るはずだった。作品のテーマ、視点が決まり、原資料として日記があり、調査、踏査による資料も十分あった。にもかかわらず、四年の歳月を経ても、書き下ろすことができなかった。その間に花袋の文壇での地位は大きく変わっていた。

女弟子への中年男の恋情を描いた「蒲団」（一九〇七〔明治四十〕年九月『新小説』）は、一大センセーションを巻き起こし、日本近代文学に私小説のジャンルを切り拓いた。その後、たて続けに新聞連載した『生』『妻』によって、日本自然主義文学の闘将としての地歩を占めていた。しかし、実生活では「蒲団」のモデル岡田美知代をめぐるトラブルに悩み、「眉と眉の遠い」岡田美知代に似た、芸妓飯田代子との関係も始まっていた。晩年の名作『百夜』で主人公に「かれの経て来た五十年の生活の中では、それより以外には大したものがあったとは思えないのであった」と言わしめた女性である。

『妻』の完成を経て、一九〇九(明治四十二)年六月、三十七歳の花袋はようやく「田舎教師」と向きあうことになる。「材料が段々古く黴《かび》が生《は》えて行くような気がする。それに、新しい思潮が横溢して来たその時では、その作の基調がロマンチックでセンチメンタルに偏《かたよ》り過ぎている」ように思えた。しかし「日記を繙《ひもと》いて見ると、どうしても書かずにはいられな」い。「そこには一期前の現代の青年の悲劇がありありと指すごとく見えている。で、そんな世間的のことは考えずに書こう」と決意したのだった。

『文章世界』八月号に掲載された「梅雨日記」(『インキ壺』所収)に、その経過が詳しく記されている。

「六月七日　新に着手すべき『田舎教師』の材料を蒐集する為め、武州行田町に赴く。此用にて此町に来る、すでに五、六回なり」。日記に出てくる熊谷中学時代(旧制)の友人を訪ね、かつて彼らが歩いた道を辿り、建福寺で一泊した。最後の取材を終え、花袋はついに筆を執る。

「六月十八日　雨淅瀝《せきれき》。『田舎教師』の筆を執り始む。『四里の道は長かった』と書きて、あとはいかにしても筆続かず。一度机を離れて又机に向う」「『田舎教師』は予に取りて全く他人なり。予は小学校の教師をしたることなし。其材料は多く日記、伝聞、踏査等より成る。従って不安多きだけそれだけ予に取りては新しき試みなり。博文館をやすみて、終日書く。辛うじて二十枚」。

当時、花袋は一九〇六年三月創刊の『文章世界』主筆だった。前田晁《まえだあきら》（木城）が右腕となってカバーしていたが、出社しないわけにはいかない。「梅雨日記」には「二十二日『田舎教師』四十二枚まで書き上ぐ。此頃夜は大抵十一時頃まで執筆、蚊多きが為め、蚊遣線《かやり》香を七、八本も煙草盆に立て丶、辛うじて夜を過す」「二十四日　夙《はやく》に起きて四枚書く」「卅日『田舎教師』や丶進みて八十枚の処に至る。未定稿を佐久良《ママ》書房に渡す」「七月十三日　朝、『田舎教師』を三枚書く。百四十三枚目なり」と続く。

『文章世界』の編集、校正、同時に短編小説、随筆を書き、蒲原有明《かんばらありあけ》、島崎藤村《しまざきとうそん》、前田晁、長谷川天渓《はせがわてんけい》らと酒を酌み交し、国木田独歩《くにきだどっぽ》の一周忌の中心となった。さらに土持綱安《つちもちつなやす》と柳田国男とともに和歌の師・松浦辰男《まつうらたつお》の病気見舞いに訪問するなど、多忙を極めていた。

「その時分の私の生活は『田舎教師』を書くには相応《ふさわ》しくない気分に満たされていた。焦燥と煩悶、それに病気もしていて、幾度か書きかけては、床に就いた」（『東京の三十年』)と書いてはいる。が、長い不遇時代を脱出して第一線で活躍することの自信と活力に充ち満ちてもいた。

脱稿の日は不明だが、「八月一杯には、約その三分の二を書き上げることが出来た。で、原稿を関君に渡して、ほっと呼吸《いき》をついた。それから後は、半《なかば》は校正の筆を動かしつつ書いた」(『東京の三十年』)とある。

一九〇九(明治四十二)年十月二十五日、『田舎教師』はついに左久良書房から刊行された。五月に古今堂書店から出された『妻』と同じ体裁、装幀の美しい本である。カステラでも入っていそうな、横十六センチ、縦二十三・五センチ、幅四・五センチ、扉付きの箱にすっぽり収納されている。

箱の左側に黄土色で「田舎教師　田山花袋」、右側に蔓花のデザイン。本体は白のシンプルな仕立て。金の箔押しで「田舎教師」とあり、光を放ちながら飛翔する蛍が一匹、下方にさらに一匹描かれている。淋しいといえなくもないが、清新な装幀は、日本画家・斎藤松洲の手による。

扉を開けば、別丁の巻頭に「この書を太田玉茗氏に呈す」とあり、パラフィン紙に覆われた口絵は四色刷り。利根川畔の茶店でくつろぐ青年が描かれている。パリから帰って東京美術学校教授となった岡田三郎助のサインがある。その年四月、白馬会出品の印象派風の「女性像」が評判になっていた。

さらに見開きで、利根川をはさんで埼玉、群馬、栃木の地図が折り込まれている。本文五四二頁。ゆったりした贅沢な造本で、定価一円六十銭。花袋の『田舎教師』への愛着ばかりか、贅沢な本造りが許された花袋の作家としての地位を顕している。

## 2

小林秀三の遺した日記は、いま、岩永胖《ゆたか》『田山花袋研究』（一九五六年四月、白楊社）によって、一九〇四（明治三十七）年四月から六月までの最晩年の一部分、さらに小林一郎『田山花袋——「田舎教師」のモデル　日記原文と解読所収』（一九六三年十二月、創研社）によって、一九〇一年一月一日「第二拾世紀最初の日」から十二月三十一日までの明治三十四年分を読むことができる。熊谷中学卒業を経て、弥勒小学校に就職した一年間である。ともに遺族宅で発見された。

「この日記がなくとも、『田舎教師』は出来たであろうけれども、とにかくその日記が非常に好い材料になったことは事実であった」（『東京の三十年』）と花袋は書いている。小林秀三のいわば原日記と『田舎教師』を並べてみると、花袋によって取捨選択され、脚色された部分が明らかになり、作品成立の過程をたどることができる。

交友関係、天候、景色——などは詳細に日記にそって再現され、しかもかなりの量の原日記がほぼそのままの形で挿入されている。その意味では原日記なしに『田舎教師』は成立しえなかったともいえる。と同時に、主人公の内面、思考、感情は花袋の創作による。う。若い日の花袋と執筆時の三十七歳の花袋が投影され、「日記がなくとも」書けたのであろう。

細部の描写は原日記に保証させたとしても、モデル・小林秀三の感情と感慨は花袋のものである。林清三は花袋によって創られた存在だが、実在した小林秀三はその後「林清三」として生きなくてはならない、パラドキシカルな存在となっている。

「遼陽陥落の日に」にさびしく死んでいくというストーリーの都合上、一九〇四(明治三十七)年九月二十二日の死亡は、小説上では、九月四日の遼陽陥落を祝う祭りの日に繰り上げられた。このドラマティックな死が、読者の心を揺さぶった。

死亡日の設定は執筆時から定まっていたのだが、住職が不在だったので小僧が経を読んだ、との描写は、実際のことだった。太田玉茗は、従軍から帰国し九月十九日品川に戻った花袋を迎えるために、上京中だった。

フィナーレに向けていくつもの大幅な変更が周到に準備されている。

原日記の明治三十四年三月十二日「今朝七時参拾分光一死去」。わずか五歳の弟の急死は小林秀三を打ちのめす。「我脳は破れ終んぬア丶!!」と大文字で記される。残された玩具をみて慟哭《どうこく》し、バイブルを繙《ひもと》く。賢く美しい弟だった。

『田舎教師』では、「弟は一昨年の春十五歳で死んだ。その病は長かった。次第に痩せ衰えて顔は日に日に蒼白くなった。医者は診断書に肺結核と書いた」とされている。「肺結核」は主人公の悲劇的な結末を予感させる措辞だが、実際の死因は腸炎だった。

あるいは原日記の、明治三十七年「五月六日　金、本日徴兵検査、身長五尺三寸四分、体重十二貫五百匁、乙種合格に決せられる」の記載は捨て去られ、「自分も体が丈夫ならば——三年前の検査に戊種《ぼしゅ》などという憐《あわれ》むべき資格でなかったならば、満洲の野に、わが同胞と共に、銃を取り剣を揮《ふる》って、僅《わず》かながらも国家のために尽くすことが出来たであろうに」との慨嘆調に変えられている。

徴兵検査での「戊種」は病気療養中の者で、来年の再検査が義務付けられていて、けっして不合格ではない。しかも兵役検査は二十歳の青年に課せられているから、明治十七年三月十一日生まれの秀三は、三年前では十七歳となる。甲種合格は壮健であることの保証付きだったとはいえ、乙種合格も健康体であり、いつ徴兵されてもおかしくない。

原日記ではそのあと、戦局のニュースが増え、彼が戦争を自分のこととして感じていることが知られる。五月八日には、「乙種なればとの予約あり、柏餅を奢《おご》る」とある。背丈一六二センチ、体重四十七キロは、当時の成年男子の平均一六一センチ、五十三キロに比べてやや痩身とはいえ、さほどのことはない。乙種合格にほっとして、友人に柏餅を奢る青年がいる。

三十六年暮れごろから、林清三はしきりと咳をし痩せていく。明らかに結核の進行を思わせる。が、原日記では「四月二十三日　明日は花山へ遊ぶ筈なり△午後生徒来たれば、徒歩にてラッケット打つ」とテニスに興じるさまが書かれている。花山は館林の城沼《しろぬま》に面したつつじが丘公園である。羽生からだと車で二、三十分くらいだろうか。それなりの距離である。健康体とは言えないまでも、病弱のイメージはない。植物に興味を持ち、日記にひらがなで草花名を列記し、図書館で植物図鑑を調べ、生徒の相手をする若い教員の姿が思い浮かぶ。

原日記に戦争の記事が増えていくが、植物の名前などの記載とさほど変わることはない。五月二十二日「△近衛歩兵第二連隊一等卒門井倉蔵は北埼玉長野の産、去五月一日靉河《あいが》の右岸にて戦死す、本日長久寺に葬らる、会葬するもの、知事代理、警部長　其他学校生徒等」との数行の記載が、『田舎教師』四十九章の長い描写となる。行田からの帰り道、林清三は常行寺の山門前で戦死者の葬式と出会う。小学生の列に見送られたその悲しみの情景がこまやかな筆致で描き込まれている。

原杏花(田山花袋)が軍司令部とともに中国へ出発した時、両側に整列して万歳を唱えた小学生に「爾《なんじ》、幼なき第二の国民よ、国家の将来はかゝって汝等《なんじら》の双肩《そうけん》にあるのである。健在なれ、汝等幼なき第二の国民よ」と心中に絶叫した、と『日露戦争実記』に書いていた場面を、主人公は想い起こす、という構成になっている。「砲煙の漲《みなぎ》った野に最後の苦痛を味って冷たく横《よこたわ》った一兵卒の姿と、こうした梅雨晴の鮮《あざや》かな故郷の日光の下に悲しく営まれる葬式のさまとが一緒になって、清三の眼の前を通った。『どうせ人は一度は死ぬんだ!』こう思ったかれの頬には涙がこぼれた」。

3

『第二軍従征日記』『一兵卒』の作家としての花袋の感慨が、若い清三の心情に引き写されている。花袋をして『田舎教師』を書かせたモチーフに、戦場で命を失った無数の若者たちへの慟哭があった。西南戦争で戦死した父親に捧げた『第二軍従征日記』に、花袋は戦場の様を「悲惨の極、酸鼻《さんび》の極」と書き込んでいる。

「数多の死屍《しがい》は或は伏し或は仰向《あおむけ》になりつ、横《よこたわ》って居るのを見ては、戦争其《その》もの、罪悪を認識せずには何《ど》うしても居られぬ。殊に、砲弾に斃《たお》れたるもの、惨状は一層見るに忍びんので、或は頭脳骨を粉虀《ふんさい》せられ、或は頷骨《かんこつ》(あごの骨)を奪い去られ、或は腸《はらわた》を潰裂《かいれつ》せしめ、或は胸部を貫通する等、一つとして悲惨の極を呈して居らぬは無い。渠等《かれら》は雨霰《あめあられ》と砲弾を浴《あび》せ懸けられて、一物の遮《さえぎ》るもの無き広野に、いかに悲鳴を挙げたであろうか。現に小さき板橋の下に五、六名まで折重って死せるを見ても、いかに渠等が隠遁地点を求むるに焦心したかを察し得られる。しかもこの血汐《ちしお》の流るゝばかりなる路には、かゝる悲惨なる光景をも物ともせざるわが歩兵、騎兵の大部隊、続々として行進を起し、傍《そば》には一度死して蘇生せる敵の負傷兵《ておいへい》を捕虜とするなど、実に一方《ひとかた》ならざる混雑を呈して居る」(五月二

十七日）

言外に作戦の失敗、人間を作戦の駒としか見ることのない軍司令部への不信感、憤りが渦巻いている。八月末、従軍取材中、花袋は流行性腸胃熱を発病した。軍医森鷗外の手厚い治療を受けていたが、遼陽の戦闘から取り残された無念に歯がみしていた。九月三日、退院を決意し、翌四日貨車に便乗して戦地に向かった。遼陽に至る道は死屍累々「其の惨憺たるさまは実に眼も当てられぬばかり」だった。

花袋に明確な反戦思想があったとは思われないが、その従軍体験は、戦争を美化したりセンチメンタルな感慨で包み込むことを許さなかった。戦死者のほとんどは地方出身の若者たちであり、全国津々浦々で林清三が目にした葬儀の光景が繰り広げられていた。

「渠《かれ》は歩き出した。銃が重い、背嚢《はいのう》が重い、脚が重い」と始まる『一兵卒』の主人公は、最後の場面で三河国渥美《あつみ》郡福江村加藤平作と明かされる。野戦病院での蠅の大群、麦の粥《かゆ》に塩だけの食事、便所の臭気——耐えられなくて広々とした野に出て、所属する十八聯隊を追う。重い脚気だった。遼陽では戦いが始まっていたが、満洲の野にはさびしい秋風が吹いていた。

「母の顔、若い妻の顔、弟の顔、女の顔が走馬灯のごとく旋回する」と、突然「軍隊生活の束縛ほど残酷なものはない」と思う。「戦場は大なる牢獄である。いかに藻掻《もが》いても焦ってもこの大いなる牢獄から脱することは出来ぬ」。「もう駄目だ、万事休す、遁《のが》れるに路《みち》がない。消極的の悲観が恐ろしい力でその胸を襲った。と、歩く勇気も何も無くなってしまった。止度《とめど》なく涙が流れた。神がこの世にいますなら、どうか救《たす》けて下さい、どうか遁路《にげみち》を教えて下さい」と声をあげて泣いた。

曠野では赤い大きな太陽が地平線に落ちようとしていた。出会った二人の兵士に助けられて、彼は戦場近くに建っていた洋館に転げ込む。部屋の片隅に蹲《うずくま》り「潮《うしお》のように押寄せる。暴風《あらし》のように荒れわたる」疼痛《とうつう》と戦う。「叫喚、悲鳴、絶望、渠《かれ》は室の中をのたうち」、二人の兵士の「気の毒だナ」「本当に可哀そうです」という同情の中で、故郷の風景を想い浮かべながら絶息する。主人公・加藤平作は三河の豪家の息子として設定されているから、立派な葬儀が営まれたことであろう。

一方、『田舎教師』の主人公・林清三の末期の想いとは「屍《かばね》となって野に横《よこた》わる苦痛、その身になったら、名誉でも何でもないだろう。父母が恋しいだろう、祖国が恋しいだろう、故郷《ふるさと》が恋しいだろう。しかしそれらの人たちも私よりは幸福だ——こうして希望もなしに病の床に横《よこたわ》っているよりは……」である。

この戦場での病死と平時の病死との幸不幸の対比は真逆といえる。花袋は戦場で目撃したあまりにも悲惨な無名戦士の死にたいして、レクイエムを書きつけたかったのかもしれない。

『第二軍従征日記』を背景に置いて、『一兵卒』『田舎教師』を並べて見ると、花袋の軍部に媚びない、批判的リアリストの目が明らかとなる。

一九四二(昭和十七)年六月、『田舎教師』が小学館から再刊された。巻末の解説を書いた宇野浩二は、天王寺中学校の頃この小説を読んで感動し、卒業したあと、早速、大阪の若江村で代用教員となった、という経歴を持つ。

窪川(佐多)稲子は、『田舎教師』を読み、『文藝通信』第五号(一九四二年、小学館)に「『田舎教師』の感銘」と題して、次のように書いている。

「早春の或る雨の日、宿屋の一室でこの田舎教師を読み出し、手から離すことが出来なかった。そして最後へきて、主人公が息をひきとるとき、あたかも町は遼陽占領を祝う万歳の声が満ち、提灯行列は幾度となく賑やかに通った、というあたりへくると、私は、声を上げて泣いた」「多くの人に最も身近く親しい田舎の一教師の生活をもってつづられたこの小説の清冽な悲哀はまた多くの人の胸を美しく洗うものであるにちがいない」。

出版から三十三年後、日露戦争とは比較にならないアジア・太平洋戦争下、『田舎教師』が無限の共感の中で読み継がれていたことを思う。

小林秀三の日記はさまざまな改変、削除、想像力による血肉化を経て、小説『田舎教師』となった。モデルと作品との距離の最たるものが、「中田の遊廓の一条は、仮構であった。しかし、青年の一生としては、そうしたシーンが、形は違っても、何処かにあったに相違ないと私は信じた」(『東京の三十年』)として書き込んだ、三十一章から三十九章である。

『女学世界』を読む「女郎静枝」は「小づくりで、色の白い、髪の房々した」「眉と眉との遠いのが、どことなく美穂子を偲ばせる」女だった。清三が長年ひそかに心を寄せていた師範学校に通う美穂子は、高等師範学校に入学した親友と親しくなっていた。清三は無二の親友とArtと呼び交わしていた片恋の人を失うことになる。その失意の中での遊廓通い――ということなのだろう。静枝には芸妓飯田代子の面影が与えられ、主人公は三十代半ばの花袋自身と重なる。

さらに花袋が原日記から省いたものに、教会、バイブルがある。この時代の青年として、小林秀三もまた教会に関心をもっていた。弟の死に「正しき神の摂理いづくにあるや。アヽこゝえ堪えじ。え堪えざらん!!　今日より煙草節して新しき好ましきバイブル買わんとせし」と書き、熊谷の「セントポーロ」（日本聖公会聖パウロ教会）にしばしば通った。オルガンを弾き、作詞しているのは『田舎教師』の主人公も同じであるが、教会、賛美歌に慣れ親しんだ経歴が省かれているために、上野音楽学校の受験を含めてやや唐突感が残る。

「蒲団」の女主人公芳子のモデル・岡田美知代（一八八五年生）、彼女と駆け落ちする永代静雄（一八八六年生）が、小林秀三（一八八四年生）と同世代であり、共に熱心なクリスチャンだったこともあって強いて避けたのかもしれない。岡田美知代、永代静雄と全く異なる青年像を、花袋は自分を重ねあわせることによって造り上げたかった。そのためにはキリスト教へのシンパシーは不要だったのだろう。

## 4

田山花袋は一八七二(明治四)年、館林に生まれる。家は代々秋元藩士で、父親は警視庁邏卒《らそつ》として、西南戦争に参加、戦死した。三男二女は、祖父母、母を中心に生活困窮の中で成長する。花袋は次男だった。足利《あしかが》や日本橋で丁稚《でっち》小僧をしたのち、十二歳で館林の漢学塾に入り、やがて『穎才新誌《えいさいしんし》』に熱心に投稿する文学少年に成長した。

一八八六年、一家をあげて上京。陸軍軍人を目指し速成学館に学ぶ。旧藩士の子弟野島金八郎と知りあって西欧文学に関心を持ち、日本英学館で英語を学ぶ。一八九〇年、弁護士を志して日本法律学校に入学するが、学費が続かず退学。翌年十九歳の時に尾崎紅葉を訪ねる。すでに『二人比丘尼色懺悔《ににんびくにいろざんげ》』を出し、二十四歳にして大家と呼ばれた紅葉と対等に海外文学について語り合った、と『東京の三十年』に記している。

紅葉の紹介で江見水蔭《えみすいいん》主宰の『千紫万紅《せんしばんこう》』に参加。花袋の最初の短編「瓜畑」を同年十月古桐軒主人の名で発表する。すでに太田玉茗、松岡(柳田)国男と親しく、まもなく島崎藤村、国木田独歩との交流も始まる。「田舎者」のイメージで語られる花袋だが、覇気に満ちた傑出した青年像が浮かぶ。

しかしながら花袋にとって、モデルの小林秀三は十二歳の年の差はあっても、あり得たかもしれない自分自身だった。絵画骨董を細々と商う秀三の父親は、かつて呉服商であり、武士の果ての姿だった。『明星』を愛読し、海外文学を読み、文学論をたたかわす秀三に、花袋は若い日の自分の姿を見たのだろう。中学校を出たものの、片田舎の小学校教師となった不遇の青年は、二十一歳で生を終えなくてはならない。

花袋の主人公への同情は止めどなく、原日記から感じられる知的できわめて意志的な現代風の青年は、ただ運命に流される純情で素朴な青年に変容させられている。もはや独学での立身出世は文学の世界においても難しい時代になっていた。経済力、学歴、強力なコネクションがなくては、未来はほとんど封じられている。友人たちは上級学校を受験し、それぞれの可能性に向かって歩き出していた。熊谷、行田、羽生、弥勒と次第に活気がなくなっていく田舎道を歩く、鬱屈した若者の心の内を花袋はていねいに描く。

明治三十四（一九〇一）年の原日記をもとに組み立てられた一章から二十五章まで、弥勒小学校就職、中学時代の友人との賑やかな交流、文学への傾倒に、羽生の建福寺（成願寺）住職太田玉茗（山形古城）の存在が大きくかかわる。義弟で作家の田山花袋（原杏花）や友人の編集者桐生悠々《きりゅうゆうゆう》（相原健二）、文壇の人たちとの交流、あるいは博文館社主の女婿・大橋《おおはし》乙羽《おとわ》（大島孤月）の無念の死を、玉茗は語る。主人公も熱心に耳を傾け、本を借り、感想を述べる。原日記に記された玉茗や花袋の作品への感想はなかなか厳しく的確だが、『田舎教師』では割愛されている。

とはいっても、自分で思い描いた道を進む友人たちに引き換え、不運に打ちひしがれていく清三の心境が、日記に深い翳を落としている。大晦日に「思ひに思ひ乱れてこの三十四年も暮れ行かんとす」「無言、沈黙、実行。われは運命に順《したが》ふの人ならざるべからず」と書き付ける青年の心は、すでに無邪気な時代を去っている。

二十六章から三十九章までは明治三十五年の原日記に依っている。ただし三十五年秋から三十六年十一月十五日まで、原日記は空白となり、そこへ中田遊廓など、花袋による虚構が挿入された。「昨年の春頃に比べて、心の調子、筆の調子が著しく消極的になった」「世の中の実際を知らぬだけそれだけ暢気《のんき》であった」「恋から、世から、友情から、家庭から全く離れてしまおうと思うほどその心は傷《きず》ついていた」と花袋は主人公の心を覗きこむ。

寺を出て学校の宿直室で寝起きし、オルガンを弾き、弥勒の生活になじんでいく様子が描かれる。「田舎は存外猥褻《わいせつ》で淫靡《いんび》で不潔であるということも解って来た」清三は、その雰囲気に押されるように遊廓に通う。交情は三十五年九月二十四日秋季皇霊祭の翌日の日曜日から翌三十六年三月半ば、女が身請けされて姿を消した時まで続く。

あらゆるところに主人公の借金はたまり、住職や校長からの忠告を受けて「落ちて行く深い谷から一刻も早く浮び上がらなければ」と決意するようになる。

四十章以降は、明治三十六年十一月十五日から三十七年度の原日記がほぼそのまま使われた。清三は十一月十五日の日記に「絶望と悲哀と寂寞とに堪え得られるようなまことなる生活を送れ」「弱かりしかな、不真面目なりしかな、幼稚なりしかな、空想児なりしかな。今日よりぞわれ勇者たらん。今日よりぞわれ、わが以前の生活に帰らん」「第一、体を重んぜざるべからず」「第二、責任を重んぜざるべからず」「第三、われに母あり」と書いた。「所詮、境遇は境遇なり、運命は運命なり。かれ等を羨みて捨て去りしわれの小なりしことよ」と昔の友情も復活させた。そして、本格的に植物の標本の整理にとりかかる。

明治三十七年元日の清三の日記には「△小畑に手紙出す、これより勉強して二年三年の後、検定試験を受んとす、科目は植物に志す由《よし》言ひやる」と記されている。風邪や腫物の記述が多く、一月八日「健康を得たし、健康を得たし、健康を得たし」は、実感だったのだろう。九日「△日露の危機、外交より戦期に遷らんとすと新聞紙頻《しき》りに言ふ。吾人の最も好まぬ戦争は遂に避くべからざるか」とある。

二月八日、日露開戦。「召集令は既に下」り、南埼玉からも三百余名が、二十四時間以内に管下に集められる。あらゆる道に「一包の荷物をかかえて急いで国事に赴く姿が続々として見られた」状態に、たとえ「吾人の最も好まぬ戦争」であっても、次第に周辺の熱気に煽られていったということだろうか。

四十四章から六十二章まで日露戦争が大きく日常生活の中に入り込む様子と平行して、身体の不調を訴える主人公が描かれ、それらとは対照的に友人たちとの友情の復活、家族とのこまやかな愛情が強調される。まさにフィナーレに向けて、花袋の筆は限りなく優しい。

## 5

『田舎教師』の特色はまず文体にある。「四里の道は長かった」から終章「秋の末になると、いつも赤城おろしが吹渡って、寺の裏の森は潮のように鳴った。その森の傍を足利まで連絡した東武鉄道の汽車が朝に夕に凄じい響を立てて通った」に至るまで、映像的な描写が魅力的である。新しい生活への期待に胸を躍らせながら行田、羽生、弥勒と馬車や徒歩で往く主人公の心の底に、漠然と潜む不安と怖れが冒頭の「四里の道は長かった」に集約されよう。心の状態とシンクロさせた自然描写が、的確に、揺れ動く清三の心理を映しだしている。

上級学校に進学する希望に満ちた覇気ある青年たちと田舎の小学校教員として自足した日々を送る同僚たち。世俗とは別世界を生きる山形古城や原杏花の文学者の存在。病に倒れた青年の鬱屈と遼陽陥落の歓呼の声。その歴史的な対比の日まで、中学校の同級生で、まめまめしい友情を注ぐ郵便局員の荻生秀之助。やさしく草花が好きな母親——主人公を囲む人たちの思いが重なって、没後一年での墓碑の建立となった。

羽生建福寺の山門を入る。かつて小林秀三が下宿し、花袋がくつろいだ旧本堂はいまも残されている。想像していたよりも大きく立派で、その横に「太田玉茗詩碑」がある。本堂横には川端康成、片岡鉄兵、横光利一が一九三八（昭和十三）年四月『田舎教師』の遺跡を巡って旅した際の句碑「山門に木瓜《ぼけ》咲きあるる羽入かな」が建っている。

銀杏並木を本堂に向かって左に曲がった奥に、「故小林秀三君之墓」と記された石碑があった。裏面に「明治三十七年九月二十二日終焉、同三十八年九月九日建之　生前辱知」とある。そのすぐ南奥に小杉放庵筆による「田舎教師　花袋翁作中の人此処に眠る」と記された文学碑がある。「田舎教師法要羽生町協賛会」によって一九三四（昭和九）年に建立された。

建福寺の境内奥に、ちいさな「鶴仙沙弥尼」の墓がある。「蒲団」のモデル、岡田美知代と永代静雄の間に生まれた千鶴子は、太田玉茗の養女となったが、二歳で亡くなっている。その墓に出会えたことも嬉しかった。

羽生から車で弥勒に進む。弥勒小学校跡地近くに、鳥打帽をかぶった着物姿の「田舎教師の像」（法元六郎作）が、歩き出しそうな気配で佇んでいた。いくつもの「田舎教師」の碑が建てられ、日記の一文が刻まれたものもある。町の人たちの「田舎教師」への共感と哀惜を思いながら、二十一歳の青年の向こうに、志半ばに逝った無数の青年たちの面影が浮かびあがった。戦前と重なるような時代を迎えて、なんだか「無名戦士」の墓めぐりをしているような思いに駆られた。

「もう一度田山花袋に帰ろうではないか。あの熱情を学ぼうではないか。あれほどの痩我慢と、不撓不屈《ふとうふくつ》の精神と、子供のような正直さと、そしてまた虚心坦懐の徳とを誰が持ち得たろう」——島崎藤村は、一九三六(昭和十一)年六月、内外書籍から出された全十六巻『花袋全集』序文に書き付けた。

ふたたび利根川の土手に上って、藤村の言う「上州平野の静息のすがた」(序文)を眺めた。花袋の大正期の代表作に『再び草の野に』がある。東武線の終着駅が羽生からひとつ延びて利根川の土手下、茫々とした野原に川俣駅がおかれる。またたく間に道が通り、茶屋、料理屋、料亭、宿屋が建てられ、客と女たちの嬌声でにぎわい、さまざまな喜怒哀楽が繰り広げられる。利根川の氾濫と洪水禍、身を持ち崩した若者たち、心中事件や殺人事件も起こる。「田舎教師」の林清三を思わせるSの日記にはその変遷が詳しく描かれ、花袋の女弟子、岡田美知代と水野仙子、幼い娘とその父親・永代静雄も登場する。

が、その後、川俣駅は撤去され、あたりはまた野原にもどった。そのすべてをのみ込んで利根川は水量豊かに悠々と流れ下っていく。冬の午後、弱い陽にかすかなきらめきを見せながら流れている。

(二〇一八年一月)

〔編集付記〕

底本には、一九〇九年十月二十五日刊行の左久良書房版を使用し、岩波文庫旧版(一九三一年)を参照した。

岩波文庫(緑帯)の表記について

近代日本文学の鑑賞が若い読者にとって少しでも容易となるよう、旧字・旧仮名で書かれた作品の表記の現代化をはかった。そのさい、原文の趣きをできるだけ損うことがないように配慮しながら、次の方針にのっとって表記がえをおこなった。

(一) 旧仮名づかいを現代仮名づかいに改める。ただし、原文が文語文であるときは旧仮名づかいのままとする。
(二) 「当用漢字表」に掲げられている漢字は新字体に改める。
(三) 漢字語のうち代名詞・副詞・接続詞など、使用頻度の高いものを一定の枠内で平仮名に改める。
(四) 平仮名を漢字に、あるいは漢字を別の漢字に替えることは、原則としておこなわない。
(五) 振り仮名を次のように使用する。
(イ) 読みにくい語、読み誤りやすい語には現代仮名づかいで振り仮名を付す。
(ロ) 送り仮名は原文通りとし、その過不足は振り仮名によって処理する。
例、明に→明《あきらか》に

(岩波文庫編集部)

田舎教師《いなかきょうし》

1931年1月25日　第1刷発行
2018年3月16日　改版第1刷発行

作　者　田山花袋《たやまかたい》

発行者　岡本　厚

発行所　株式会社　岩波書店
〒101-8002 東京都千代田区一ツ橋 2-5-5
案内 03-5210-4000　営業部 03-5210-4111
文庫編集部 03-5210-4051
http://www.iwanami.co.jp/

印刷 製本・法令印刷　カバー・精興社

ISBN 978-4-00-360032-0　Printed in Japan

# 読書子に寄す

——岩波文庫発刊に際して——

岩波茂雄

真理は万人によって求められることを自ら欲し、芸術は万人によって愛されることを自ら望む。かつては民を愚昧ならしめるために学芸が最も狭き堂宇に閉鎖されたことがあった。今や知識と美とを特権階級の独占より奪い返すことはつねに進取的なる民衆の切実なる要求である。岩波文庫はこの要求に応じそれに励まされて生まれた。それは生命ある不朽の書を少数者の書斎と研究室とより解放して街頭にくまなく立たしめ民衆に伍せしめるであろう。近時大量生産予約出版の流行を見る。その広告宣伝の狂態はしばらくおくも、後代にのこすと誇称する全集がその編集に万全の用意をなしたるか。千古の典籍の翻訳企図に敬虔の態度を欠かざりしか。さらに分売を許さず読者を繫縛して数十冊を強うるがごとき、はたしてその揚言する学芸解放のゆえんなりや。吾人は天下の名士の声に和してこれを推挙するに躊躇するものである。このときにあたって、岩波書店は自己の責務のいよいよ重大なるを思い、従来の方針の徹底を期するため、すでに十数年以前より志して来た計画を慎重審議この際断然実行することにした。吾人は範をかのレクラム文庫にとり、古今東西にわたって文芸・哲学・社会科学・自然科学等種類のいかんを問わず、いやしくも万人の必読すべき真に古典的価値ある書をきわめて簡易なる形式において逐次刊行し、あらゆる人間に須要なる生活向上の資料、生活批判の原理を提供せんと欲する。この文庫は予約出版の方法を排したるがゆえに、読者は自己の欲する時に自己の欲する書物を各個に自由に選択することができる。携帯に便にして価格の低きを最主とするがゆえに、外観を顧みざるも内容に至っては厳選最も力を尽くし、従来の岩波出版物の特色をますます発揮せしめようとする。この計画たるや世間の一時の投機的なるものと異なり、永遠の事業として吾人は微力を傾倒し、あらゆる犠牲を忍んで今後永久に継続発展せしめ、もって文庫の使命を遺憾なく果たさしめることを期する。芸術を愛し知識を求むる士の自ら進んでこの挙に参加し、希望と忠言とを寄せられることは吾人の熱望するところである。その性質上経済的には最も困難多きこの事業にあえて当たらんとする吾人の志を諒として、その達成のため世の読書子とのうるわしき共同を期待する。

昭和二年七月